Ullstein Romantik

ÜBER DAS BUCH:

Der hinreißenden Samara O'Neill ist das Leben auf der elterlichen Plantage viel zu langweilig! Wagemutig reißt sie aus, um auf dem Handelsschiff ihres Bruders Brendan nach Frankreich zu gelangen. Doch bevor das Schiff sein fernes Ziel erreichen kann, wird es gekapert! Heiß brennt der Haß der gefangenen Samara, als sie dem blendend aussehenden Freibeuter Captain Raymond Hampton vorgeführt wird. Denn Samara weiß, daß er im Auftrag des britischen Königs handelt – des größten Feindes Amerikas! Doch schon bald muß sie sich eingestehen, daß ihr Herz in der Nähe dieses faszinierenden Mannes heftig klopft. Nach dem ersten leidenschaftlichen Kuß, den Raymond der feurigen Samara raubt, fühlt auch er, daß er sie liebt und begehrt wie keine andere je zuvor. Alles würde er dafür tun, wenn sie sich ihm hingeben würde – aber nicht als seine Gefangene! Deshalb gibt er ihr und Brendan noch vor den Bermudas die Gelegenheit zu fliehen. Kaum auf der Plantage ihrer Eltern angekommen, spürt Samara brennende Sehnsucht nach Raymond – während er in England den Beschluß gefaßt hat, wieder nach Amerika zu segeln, um sie für immer zu erobern ...

Patricia Potter

UNBEZÄHMBARE SAMARA

Roman

Ullstein

ULLSTEIN ROMANTIK
Ullstein Buch Nr. 23110
im Verlag Ullstein GmbH,
Frankfurt/M – Berlin

Ungekürzte Ausgabe

Umschlagentwurf:
Hansbernd Lindemann
Illustration:
Harlequin Enterprises

Taschenbuchausgabe mit freundlicher
Genehmigung des CORA Verlages, Berlin

Unter dem Originaltitel »Samara«
erschienen bei Harlequin Enterprises Ltd., Toronto
in der Reihe HARLEQUIN HISTORICAL
Published by arrangement with
HARLEQUIN ENTERPRISES B.V., Amsterdam

Übersetzung: Louisa Christian
Printed in Germany 1993
Gesamtherstellung:
Ebner Ulm
ISBN 3 548 23110 1

Oktober 1993
Gedruckt auf alterungsbeständigem
Papier mit chlorfrei
gebleichtem Zellstoff

Die Deutsche Bibliothek – CIP-Einheitsaufnahme

Potter, Patricia:
Unbezähmbare Samara / Patricia Potter.
[Übers.: Louisa Christian]. – Ungekürzte Ausg. –
Frankfurt/M; Berlin: Ullstein, 1993
(Ullstein-Buch; Nr. 23110: Ullstein-Romantik)
ISBN 3-548-23110-1
NE: GT

1. KAPITEL

South Carolina, 1812

Stumpfsinn, Stumpfsinn, Stumpfsinn. An etwas anderes konnte Samara O'Neill nicht denken, während sie die Nadel in das Stickmustertuch stach und wieder herauszog. Stumpfsinn, Stumpfsinn, Stumpfsinn. Jedem Stich folgte dieses Wort, und Samaras Verärgerung wuchs. Ihr Leben war einfach zu langweilig. Nie passierte etwas Aufregendes. Ich wünschte, ich wäre ein Mann, dachte sie.

Angewidert blickte Samara auf ihre Stickerei. Sie war viel zu alt für solch eine Arbeit, aber ihre Mutter hatte sie dazu überredet. Und die war einer der wenigen Menschen, denen Samara wirklich gefallen wollte. So saß sie denn an diesem schönen Tag im Haus und stickte. Plötzlich stach sie in ihrem Eifer, die einschläfernde Tätigkeit möglichst bald hinter sich zu bringen, etwas zu tief, und rotes Blut spritzte auf das makellos weiße Tuch. »Verdammt!« entfuhr es ihr, und sie zuckte erschrocken zusammen. Immer wieder hatte man ihr gesagt, daß die jungen Männer keine Damen mit solch einer lockeren Zunge mochten. Allerdings interessierte sich Samara nicht sonderlich für die jungen Männer ihrer Bekanntschaft.

Alles Lackaffen, dachte sie verächtlich.

»Zum Teufel damit«, schimpfte Samara und betrachtete die verdorbene Stickerei. Schuldbewußt blickte sie auf und stellte erleichtert fest, daß es keine Zeugen für diesen Temperamentsausbruch gegeben hatte. Nicht zum erstenmal wünschte sie, daß sie nicht derart beharrlich wäre. Fertig sticken würde sie das Muster auf jeden Fall, denn sie besaß den unwiderstehlichen Drang, alles zu Ende zu bringen, was sie einmal begonnen hatte. Glücklich war sie darüber nicht. Auf diese Weise hatte sie schon manches langweilige Buch auslesen oder eine ungeliebte Aufgabe verbissen zum Abschluß bringen müssen.

Ein Geräusch an der Türschwelle ließ Samara aufhorchen. Ihr nächst älterer Bruder Conn stand dort und beobachtete belustigt ihre emsige Arbeit. Am liebsten hätte sie ihm das Sticktuch ins Gesicht geschleudert.

»So wirkst du richtig häuslich, Schwesterchen«, zog er sie lächelnd auf. »Eigentlich hatte ich dich fragen wollen, ob du mit mir zu Bren reiten möchtest. Aber selbstverständlich will ich dich nicht von solch einer wichtigen Tätigkeit abhalten.«

Samara schob das Kinn vor und erklärte würdevoll: »Ich beende, was ich einmal angefangen habe – was man von manchen anderen Familienmitgliedern nicht behaupten kann.«

Conn errötete. Samaras Ausdauer war allen bekannt, während seine erheblich zu wünschen übrig ließ. Von den Söhnen O'Neills hatte er allein noch keine Lebensaufgabe gefunden. Bren, der Älteste, leitete die Schiffahrtslinie der Familie; Francis hatte gerade sein Medizinstudium in Edinburgh beendet, und Jerry verwaltete äußerst erfolgreich die zweite Plantage der Familie.

Conn liebte dagegen wie Samara das Abenteuer, und nachdem Amerika gerade England den Krieg erklärt hatte, hatte er sich zum Militär gemeldet und erwartete seine Einberufung. Verstohlen betrachtete Conn seine hübsche Schwester. Sie war als einziges Mädchen unter vier älteren Brüdern aufgewachsen und ging nicht nur mit Gewehr und Pistole um, sie war auch eine gute Reiterin. Und sie war ungeheuer hartnäckig.

»Ich weiß zumindest, wann ich aufgeben muß«, erwiderte Conn.

Samara kicherte fröhlich, und er stimmte ein, denn beide mußten an Samaras sogenannten »Stallknecht-Tag« denken.

Mit zehn Jahren hatte sich Samara verzweifelt ein eigenes Pferd gewünscht. Sie war davon überzeugt gewesen, daß sie für ihr älteres geliebtes Pony zu groß geworden sei, und hatte Himmel und Hölle in Bewegung gesetzt, um ihr Ziel zu erreichen. Diesmal allerdings ohne Erfolg. Ruhig hatte die Mutter sie wissen lassen, daß sie erst dann ein Pferd bekommen könne, wenn sie in der Lage sei, es selbst zu versorgen.

Erhobenen Hauptes hatte Samara die Herausforderung angenommen und allen verkündet, daß sie nicht nur ein einzelnes Pferd, sondern einen ganzen Pferdestall versorgen könne. Das war bestimmt nicht schwierig. Der Pferdeknecht brauchte doch nur hier und dort ein wenig zu schaufeln.

Unglücklicherweise hatte der Vater Samara beim Wort genommen. Sie wurde in die ältesten Kleider ihrer Brüder gesteckt und mußte mit einer Schaufel, die viel größer war als sie selbst, den Beweis liefern. An ihren kleinen Händen bildeten sich Blasen, und ihre Kleidung schreckte jedermann ab. Aber sie weigerte sich, um Gnade zu flehen. Zur Verwunderung ihrer Eltern blieb sie den ganzen Tag im Stall. Sie hatte ihr Pferd erhalten und auf diese Weise früh gelernt, nicht gedankenlos Aufgaben zu übernehmen, von denen sie nur wenig wußte.

»Bist du sicher, daß du nicht mitkommen willst?« fragte Conn. »Ich gratuliere dir zu deinem Fleiß«, fuhr er fort und verbeugte sich spielerisch. »Ich werde Bren sagen, daß du ein Stickmuster ihm vorziehst.« Rasch duckte er sich, denn Samara warf ein Kissen in seine Richtung und blickte sehnsüchtig zur Tür, die sich hinter ihrem Bruder schloß.

Widerstrebend machte sie sich wieder an die Arbeit. Das Tuch war ein Geschenk für ihre Patentante in Washington City. Die Mutter hatte ihr versichert, daß Annabelle McLaughlin sich bestimmt darüber freuen werde.

Stumpfsinn, Stumpfsinn, Stumpfsinn. Eifrig glitten Samaras Finger auf und ab. Dabei wäre sie viel lieber mit zu Brendan geritten. Er war ihr geliebter ältester Bruder und wollte in zwei Tagen nach Frankreich weitersegeln.

Oh, wenn sie doch mit Brendan nach Frankreich fahren, herrliche Tage auf See verbringen und anschließend miterleben könnte, wie er die Engländer überlistete! Wenn sie doch kein Mädchen wäre . . .

Immer wieder hatte Samara gebeten, mit Brendan reisen zu dürfen, aber die Eltern hatten erklärt, es wäre viel zu gefährlich. Sie sah die besorgten Blicke in deren Augen, wenn von Brendans bevorstehender Abreise die Rede war. Die Engländer hatten mit ihren Schiffen die amerikanischen Häfen buchstäblich abgeriegelt. Ebenso gefährlich waren die britischen Freibeuter, die ihre Jagd inzwischen auch auf amerikanische Schiffe ausgedehnt hatten, Piraten nannte ihr Vater sie nicht ohne Bitterkeit. Die Reederei der O'Neills hatte mehrere Schiffe an die privaten Abenteurer verloren, denen es um Gold ging und nicht um das Vaterland.

Doch Samara war völlig sicher, daß Bren jeden Engländer täuschen und besiegen würde. Für sie war er ein strahlender Held. Der vierzehn Jahre ältere Bruder hatte sich ihrer besonders angenommen und sie nach Meinung von Vater und Mutter geradezu schamlos verwöhnt. Samara liebte alle vier Brüder, aber Bren ganz besonders.

Jetzt kommandierte er einen eigenen Blockadebrecher, die »Samara«. Er hatte ihn nach ihr benannt, weil sie nach seinen Worten als einziges Mädchen hübsch genug war, um ihren Namen dem schönsten Schiff auf dem Wasser zu geben. Der in Baltimore gebaute Schoner konnte jede britische Fregatte abhängen.

Auch wenn die Eltern Samara keine Reise nach Europa erlaubten, hoffte sie, zumindest mit Brendan nach Charleston reisen zu dürfen, um ihre Freundin Melanie zu besuchen. Dort wollte sie sich von Bren verabschieden und zuschauen, wie die »Samara« ihre herrlichen Segel entfaltete und zu einem neuen Abenteuer aufbrach. Während ihre Nadel weiter durch den Stoff glitt, legte sich Samara einen Plan zurecht, wie sie die Eltern überreden könnte.

Das Abendessen verlief fröhlich wie immer, wenn die vier O'Neill-Brüder zur Abwechslung einmal wieder gemeinsam zu Hause waren. Bren war am Spätnachmittag angekommen; Francis verbrachte einige Wochen bei den Eltern, bevor er in Charleston seine Praxis eröffnen wollte; Jerry, der im nahen Chatham Oaks wohnte, war mit seiner Frau Judith herübergekommen, und der lebenslustige Conn vervollständigte das Quartett.

Wie immer, wenn sie mit ihrem Vater und ihren Brüdern zusammen war, verglich Samara sie mit ihren Verehrern, und die schnitten sehr schlecht dabei ab. Keiner von ihnen konnte es mit den Männern der O'Neills aufnehmen. Samara war beinahe sicher, daß sie niemanden fände, der so klug wie ihr Vater, so stark und lustig wie Bren, so nett und sanftmütig wie Francis, so gerissen wie Jerry oder so spaßig wie Conn war. Alle verblaßten bei dem Vergleich.

Außerdem hatten ihre Eltern eine ganz besondere Beziehung zueinander, und Samara würde sich nicht mit weniger begnügen. Natürlich wußte sie, daß solch ein Verhältnis äußerst selten war. Keines der Paare, das sie kannte, verhielt sich so. Weder blickten sie einander ständig liebevoll an, noch suchten sie immer wieder einen Vorwand, sich gegenseitig zu berühren, sich zu necken oder miteinander zu lachen.

Samara fand ihre Mutter sehr hübsch, und sie wünschte oft, sie hätte deren blaue Augen und deren herrliches schwarzes Haar mit dem ganz besonderen Rotschimmer geerbt. Ihre eigenen Augen gefielen ihr nicht, denn sie hatte keine Ahnung, daß sich alle Farben ringsum in dem Rauchgrau spiegelten. Als einziges der fünf Kinder besaß sie diese Augenfarbe, und sie beneidete die anderen. Besonders ungerecht fand sie, daß Bren goldblondes Haar und blaue Augen besaß.

»Samara!«

Erschrocken fuhr Samara aus ihren Gedanken auf und sah Bren fragend an.

»Wie viele liebeskranke Verehrer hast du jetzt? Oder hat irgend jemand endlich dein Herz gewonnen?« Der leichte Ernst in Brens neckender Stimme war nicht zu überhören.

Samara errötete, wie immer, wenn jemand ihre Verehrer erwähnte. Normalerweise waren sie ihr ausgesprochen lästig: entweder waren sie zu jung, zu alt, zu klein, zu dünn oder zu langweilig.

Die Mutter kam ihr zur Hilfe. »Laß ihr Zeit, Brendan. Sie ist doch erst achtzehn.«

»Und hat schon die Hälfte der Herzen in der Gemeinde gebrochen«, antwortete er. »Vielleicht sollte ich ihr Gelegenheit geben, in Charleston dasselbe zu tun.«

Samara traute ihren Ohren nicht. Würde es tatsächlich so einfach werden? Mit großen Augen sah sie ihren Bruder an: »Charleston?«

»Mutter hat mir erzählt, wie gern du Melanie besuchen würdest«, antwortete er. »Und ich kann mir keinen besseren Glücksbringer vorstellen als den Abschied von dir.«

Samaras Augen leuchteten. »Darf ich, Mutter? Darf ich wirklich?« Es wäre die erste Reise ohne ihre Eltern.

»Ich weiß nicht, ob sie ohne Aufsicht in Charleston bleiben sollte«, antwortete ihr Vater langsam und zwinkerte ihr zu. Samara merkte, daß er sie nur aufziehen wollte.

Sie sprang auf und küßte vor Freude erst ihre Eltern und anschließend ihren Bruder.

Keinen Bissen bekam sie mehr hinunter, weder die reichhaltige Pekannuß-Pastete noch die Apfeltorte. Sie durfte nach Charleston reisen. Endlich würde sie auch einmal etwas erleben!

Der Gedanke kam ihr zum erstenmal am späteren Abend. So sehr sie ihn auch verdrängte, wie ein Korken auf dem Wasser tauchte er immer wieder auf.

Das darf ich nicht, schalt Samara sich selbst.

Aber deine Mutter hat es auch getan. Sie lief davon, ritt und kämpfte mit General Francis Marion und lernte deinen Vater dabei kennen, flüsterte ihr ein Teufelchen zu.

Ich würde ihnen sehr weh tun, wies Samara es zurecht.

Ach, du wärest doch bei Bren. Deine Eltern wüßten, daß er dich beschützen würde. Sie werden es schon verstehen, denn sie haben selbst ihre Abenteuer erlebt, entgegnete die innere Stimme.

Mach, daß du fortkommst! verlangte ihr Gewissen.

Du möchtest es doch selbst, sagte das Teufelchen. Es wäre so einfach. Unmittelbar bevor das Schiff ablegt, kannst du dich an Bord schleichen und dich im Laderaum verstecken. Samara merkte, daß sie einen vergeblichen Kampf focht. Ihre leichtfertige Seite hatte schon wieder die Oberhand gewonnen. Wenn sich ein Gedanke erst bei ihr festsetzte, entwickelte er sich von allein weiter und brauchte keine zusätzliche Nahrung, behauptete ihr Vater immer.

So war es auch jetzt bei ihr. Sie würde mit nach Frankreich fahren!

Sorgfältig packte Samara ihre Sachen und war trotzdem als erste beim Frühstück. Auf der Anrichte häuften sich Schinken, Speck, Eier, warmes Brot und Marmeladen. Samara nahm sich mehr als gewöhnlich, denn sie wußte ja nicht, wann sie die nächste Mahlzeit erhielt. Bevor die anderen heruntergekommen waren, hatte sie schon zwei Laib Brot, etwas Käse und eine Flasche

Wein aus der Speisekammer geholt und in ihrem Nähkorb versteckt.

Ihre Mutter küßte und umarmte sie zum Abschied. »Du wirst mir bestimmt fehlen, Samara, auch wenn es nur für eine Woche ist.«

Samara bekam plötzlich ein schlechtes Gewissen, aber ihr Plan war gefaßt. Die Mutter würde sich sorgen und vielleicht traurig sein, aber sie würde ihren Schritt verstehen. Ihr Vater – bei ihm war es etwas anderes. Von allen Geschwistern stand sie seinem Herzen am nächsten. Er zeigte es ihr immer wieder, selbst bei seinen seltenen Versuchen, ihr etwas mehr Disziplin beizubringen.

Jetzt ging Samara zu ihm und küßte ihn leicht auf die Wange. »Ich habe dich sehr lieb, Papa«, sagte sie leise. »Danke, daß du mir die Reise erlaubst.«

»Ich dich auch, Kleines. Paß auf dich auf, benimm dich anständig in Charleston und mach dir ein paar schöne Tage. Wir sehen uns in einer Woche wieder.«

Diesmal blieb keine Zeit für ein schlechtes Gewissen, denn Brendan war bereit zur Abreise.

Samara überließ ihrem Bruder nur den Koffer und trug ihr anderes Gepäck selbst hinaus, denn sie wollte keine Erklärungen dazu abgeben. Eines der ordentlich eingewickelten Päckchen, das wie ein Geschenk für Bren aussah, enthielt ein Kleid von ihr. Im Nähkorb befanden sich das Essen und das Sticktuch für Annabelle. Außerdem hatte sie dort eine Nachricht für die Eltern versteckt.

Es war ein warmer Herbsttag, und die Luft war erfüllt vom würzigen Geruch dieser Jahreszeit, in den sich leichter Rauch mischte.

Bren wollte sich bei seinem Schiff absetzen lassen, denn es war schon ziemlich spät, und er mußte bei Anbruch der Abenddämmerung ablegen. Um diese Zeit fiel die graue Farbe seiner Segel am wenigsten vor dem Himmel und der See auf. Anschließend sollte Caesar dann Samara zur Familie ihrer Freundin bringen.

In Gedanken war Bren schon ganz bei der bevorstehenden Aufgabe. Trotzdem bemerkte er, daß Samara ungewöhnlich schweigsam war, und er sah sie nachdenklich an.

»Na, Schwesterchen, welchen Streich heckst du denn jetzt schon wieder aus?« fragte er, ergriff ihr Kinn und hob ihren Kopf an.

Samara senkte die Augen unter seinem fragenden Blick, dann antwortete sie: »Ich mußte gerade daran denken, wie gern ich mit dir führe.«

»Ich glaube, es würde dir bald zu langweilig werden. An Bord gibt es nur wenig Abwechslung, es sei denn, du willst die Segel mit einholen oder die Decks schrubben. Aber das würde dir wohl kaum gefallen.«

Samara sah ihn an. »Laß es darauf ankommen«, meinte sie schelmisch.

»Vielleicht später einmal, wenn der Krieg vorüber ist«, antwortete Brendan und erinnerte sich an den Vorfall mit dem Pferdestall. Er hatte die Hartnäckigkeit seiner Schwester immer bewundert.

Sie erreichten Charleston am Spätnachmittag. Zahlreiche kleinere Schiffe befanden sich im Hafen, auch ein zweiter Blockadebrecher. Die beiden Schiffe wollten abends gemeinsam auslaufen, denn wenn eines gesichtet wurde, konnte das andere den Gegner ablenken. Es war ein gefährliches Spiel, aber die Kapitäne kannten sich aus. Beide Schiffe waren schneller als die englischen Fregatten, so daß die größte Gefahr darin bestand, vorzeitig entdeckt zu werden.

Samara hatte die nächsten Schritte sorgfältig geplant. Sie nahm ihren Nähkorb mit an Bord und erklärte, sie wollte ein wenig stikken, während Bren seine letzten Anweisungen gab. In Wirklichkeit mußte sie den Korb sorgfältig verstecken, denn er enthielt ihre Lebensmittel. Unmittelbar bevor sie ablegten, wollte sie noch einmal zur Kutsche gehen, weil sie angeblich das Geschenk für Bren vergessen hatte, und Caesar berichten, daß ein Offizier sie zu ihren Freunden begleiten würde. Anschließend würde sie wieder an Bord gehen und sich heimlich im Laderaum verstecken. Bren war bestimmt viel zu beschäftigt, um es noch rechtzeitig vor dem Auslaufen des Schiffes zu bemerken.

Sorgen bereitete Samara nur der Aufenthalt im Laderaum. Sie mußte sich dort verstecken, bis sie so weit von der Küste entfernt waren, daß Bren nicht noch einmal zurückkehren würde. Und das konnte zwei Tage dauern. Die Dunkelheit machte ihr angst, deshalb hatte sie auch eine Kerze in den Nähkorb gelegt. Aber Samara wußte natürlich, wie gefährlich ein offenes Feuer sein konnte, und sie hoffte, daß sie genügend Mut besaß, ohne Licht auszukommen.

2. KAPITEL

An Bord des britischen Freibeuterschiffes »Unicorn«

Raymond Hampton stand barfuß am Ruder seiner »Unicorn«, und sein schlanker Körper hob und senkte sich im sanften Rhythmus des Schiffes.

Sein weites, lockeres Hemd peitschte an seine Brust, und sein von der Sonne gebleichtes rotblondes Haar fiel ihm ins tiefgebräunte Gesicht.

Raymond nahm eine Hand vom Steuer, fuhr damit durch die zerzausten Strähnen und schob sie aus der Stirn. Er trug das Haar kürzer als die meisten, denn es durfte ihn nicht im Kampf behindern. Die jeweilige Mode und die Sitten und Gebräuche der Gesellschaft kümmerten ihn wenig. Seit Jahren überließ er diese Fallstricke seinem Zwillingsbruder Avery, der sieben Minuten vor ihm auf die Welt gekommen war und daher sowohl das Gut Hampton als auch den englischen Adelstitel geerbt hatte. Eine gute Fügung des Schicksals, dachte Raymond oft. Denn Avery liebte das Landleben, während er, Raymond, sich immer nach der See gesehnt hatte.

Es war ein herrlicher Tag. Vor den hochaufgetürmten Wolken warf die Sonne ihre goldenen Strahlen auf das smaragdgrüne und himmelblaue Wasser des ständig seine Farbe wechselnden Ozeans. Delphine schwammen neben dem Schiff her und schienen die »Unicorn« mit ihren spielerischen Sprüngen zu noch größerer Geschwindigkeit antreiben zu wollen. Raymond legte die Hände auf das Ruder und merkte, wie schnell das Schiff jeder Bewegung seiner Hände folgte. Oft stellte er sich vor, die »Unicorn« wäre eine schlanke schöne Frau, die empfindsam auf jede Liebkosung reagierte.

Aber Schiffe sind treuer, dachte Raymond und verzog kläglich die Lippen. Bei der »Unicorn« wußte er immer, was er von ihr erwarten konnte.

Das Schiff war genau nach seinen Anweisungen gebaut worden. Obwohl es aus England stammte, entsprach es der amerikanischen Bauweise, die Raymond sehr bewunderte. Sie war ein großer Schoner mit einem ranken Rumpf und hohen Masten, und sie war mit zwei langen Kanonen sowie zwanzig schnellfeuernden Kartätschen ausgestattet, die eine Takelage in tausend Stücke zerreißen konnten.

Spöttisch, wie er nun einmal war, hatte Raymond das Schiff »Unicorn« – Einhorn – genannt, denn ihm gefiel solch ein netter Name für den todbringenden Räuber.

Und ein Räuber war die »Unicorn«! Seit fünf Jahren war Kapitän Raymond Hampton Freibeuter und hatte seitdem ein Vermögen aus der französischen Beute erworben und wieder ausgegeben. Seit der Kriegserklärung Amerikas im Juni 1812 hatte er sein Revier weiter ausgedehnt und inzwischen zwei amerikanische Schiffe erbeutet und Fahrzeuge und Ladung in Bermuda verkauft.

Ihm machte es Spaß, seine Geschicklichkeit mit den Amerikanern zu messen. Sie waren hervorragende Segler – im Gegensatz zu den Franzosen, die häufig wie fette Schafe kurz vor dem Schlachten auf dem Wasser lagen. Und ihre Schiffe erzielten ausgezeichnete Preise. Deshalb segelte er auch jetzt wieder vor der amerikanischen Küste, immer in der Nähe der Märkte auf den Bermudas und in der Karibik.

Aufmerksam beobachtete Raymond den Horizont. Seine Augen besaßen dieselben leuchtenden Farben wie das Meer, eine erstaunliche Mischung aus Blau und Grün. Manchmal strahlten sie, manchmal blickten sie sanft, aber immer spiegelten sie die Ruhelosigkeit, das Geheimnis und die Tiefe des Wassers ringsum.

Raymond sah nur die sanft wogende See und den goldenen Schein auf den Wellen. Er spürte, wie die Sonne und der leichte Wind seinen Körper streichelten, spreizte die Beine, warf den Kopf zurück und schrie aus reiner Lebenslust laut auf. Der Schrei verwandelte sich in brüllendes Gelächter, das über die Decks hallte und die fleißigen Segler erschreckte.

Einige sahen zu ihrem Kapitän hinauf, und einer bekreuzigte sich sogar. Wie er so dastand, das Gesicht zum Himmel gehoben, während die Sonne in seinem Haar spielte, sah er aus, als wolle er die Naturgötter herausfordern.

Im Laderaum war es noch schrecklicher, als Samara befürchtet hatte. Kaum hatte sie sich eingerichtet, da begann es ganz in der Nähe zu rascheln. Nur der eiserne Wille hielt sie davon ab, sofort wieder hinauszustürzen.

Es war entsetzlich dunkel in dem Verschlag. Niemand hatte sie auf diese völlige Leere vorbereitet, wenn die Zeit nicht enden will und die Wirklichkeit entrückt. Die ersten Minuten schienen Stunden zu dauern, und nur das leichte Schwanken des Schiffes zeigte ihr, daß die »Samara« immer noch im Hafen lag.

Wie lange mußte sie in diesem schwarzen Loch bleiben? Ursprünglich hatte Samara sich zwei Tage vorgenommen. Aber vielleicht reichte es, wenn sie wartete, bis sie die englische Blockade durchbrochen hatten. Das konnte einen Tag dauern – vielleicht auch weniger. Aber wie sollte sie es hier unten erfahren?

Bisher hatte Samaras Plan hervorragend geklappt. Caesar hatte ihr ohne weiteres geglaubt und es ganz normal gefunden, daß sich die Pferde ausruhen sollten und Master Brendan seine Schwester von einem seiner Offiziere begleiten lassen wollte. Bereitwillig hatte er Samara das Gepäck gereicht und gar nicht gemerkt, daß sie einen Brief an die Eltern auf die Bank gelegt hatte. Man würde ihn erst finden, wenn sie vermißt wurde und man alles nach einem Hinweis auf sie absuchte.

Nachdem Caesar fortgefahren war, war Samara wieder auf das Schiff gegangen und hatte sich in den Laderaum geschlichen, der glücklicherweise unverschlossen war. Alle waren mit den Vorbereitungen zum Auslaufen beschäftigt gewesen, und niemand hatte sie beachtet.

Der Laderaum war ziemlich voll, trotzdem hatte sie ein behagliches Plätzchen gefunden, bevor sie die Tür hinter sich zuzog und es stockdunkel wurde. Vorsichtig stellte sie den Nähkorb mit dem Essen sowie das Paket mit ihrem Kleid und der Unterwäsche zum Wechseln auf den Boden.

In den folgenden langen Stunden hatte sie viel Zeit, um über ihre Tat nachzudenken. Ihr Vater würde sehr, sehr böse sein und sehr verletzt.

Bren würde sie dagegen verstehen. Er verstand sie immer. Sie sehnte sich nach seiner Zustimmung und konnte sich nicht einmal vorstellen, daß er ihr Verhalten mißbilligte.

Wie dunkel und beängstigend es hier war. Samara hörte es erneut rascheln und fürchtete, es könnten Ratten sein. Deshalb zog sie die Röcke straff um ihre Beine, preßte diese eng an den Körper und machte sich so klein wie möglich.

Endlich klirrten die Ketten, und die »Samara« legte ab. Das Rollen des Schiffes nahm zu, sobald der Wind in die Segel fuhr und die »Samara« hinaus auf die See trieb.

Wieviel Zeit ist inzwischen vergangen? fragte Samara sich. Tage schienen es zu sein, weil sie aus Furcht vor den kleinen Tieren, die schon ihre Beine berührt hatten, keine Sekunde schlief. Beim erstenmal hatte sie beinahe losgeschrien und erschrocken die Hand vor den Mund gelegt. Es war noch viel zu früh. Wie schrecklich, wenn sie dies alles durchhielte und anschließend doch zurückgeschickt würde. Deshalb riß sie sich zusammen und machte so wenig Geräusche wie möglich.

Es war heiß, schrecklich heiß. Samara fühlte, wie der Schweiß ihren Rücken hinablief, und ihr Kleid wurde unter den Achseln ganz feucht. Denk an etwas anderes, befahl sie sich. Denk an deinen Vater.

Ihr Vater hatte im vorigen Krieg monatelang in solch einem Laderaum in Ketten gelegen. Jetzt begriff Samara, daß seine Augen jedesmal schmal und sein Mund hart wurden, wenn ihn jemand an jene schrecklichen Monate erinnerte. Er wollte nicht darüber sprechen, auch nicht, als Samara die Narben an seinen Fersen entdeckte.

Später hatte die Mutter ihr alles erzählt und erwähnt, daß dieses Erlebnis bei ihrem Vater nicht nur körperliche Narben hinterlassen hätte. Deshalb verabscheute der Vater die Engländer so sehr und unterstützte diesen Krieg nach Kräften.

Samara verstand ihren Vater jetzt. Sie konnte diesen entsetzlichen Raum zumindest jederzeit verlassen. Es mußte schrecklich sein, hier wie in einem Grab eingesperrt zu bleiben.

Nur noch eine kleine Weile! Waren inzwischen sechs oder zwölf oder sogar zwanzig Stunden vergangen? Samara war hungrig, und sie griff in ihren Nähkorb. Ein Stück Brot war noch da, doch die Weinflasche fühlte sich ziemlich leicht an. Gierig setzte Samara sie an die Lippen und trank die letzten Tropfen.

Wieder dieses Rascheln! Der Geruch nach etwas Eßbarem machte die kleinen Gefährten mutiger. Jetzt reichte es, sie mußte unbedingt hinaus.

Samara stand auf und setzte sich gleich wieder hin. War sie bereit, Bren gegenüberzutreten? Ein Biß an ihrem Bein gab den Ausschlag. Unsicher stand Samara da und war ganz steif von der verkrampften Haltung. Wo war die Tür? Sie stieß gegen eine Kiste nach der anderen und verlor jede Orientierung. Die Kerze in ihrem Nähkorb! Aber auch der war verschwunden.

Völlig verängstigt tat Samara das einzige, was ihr noch übrig blieb: Sie schrie aus Leibeskräften.

Zum erstenmal seit Beginn der Reise legte Brendan eine Ruhepause ein. Während der beiden ersten Tage hatte er nicht gewagt, das Ruder auch nur für einen Moment zu verlassen. Der bewölkte Himmel und ein leichter Nebel hatten die grauangestrichene »Samara« den Blicken der Engländer verborgen, und das Schiff war unbemerkt an ihren Fregatten vorbeigesegelt. Nur die Seevögel begleiteten sie. Trotzdem bestand noch die Gefahr, daß sie einem englischen Handelsschiff oder einem Freibeuter begegneten. Doch das Haupthindernis war leicht genommen, und Bren betrachtete dies als gutes Omen.

Mühsam zog er seine Stiefel aus und legte seinen Kopf auf das Kissen. Er mußte unbedingt ein paar Stunden schlafen. Die Schiffsbewegung half ihm dabei. Der Himmel hatte sich aufgeklärt, und die See war ruhig. Bren genoß es, wie die »Samara« rasch vor dem lebhaften Wind über das Wasser glitt. Er liebte sein Schiff. Es war die Krönung seiner jahrelangen Arbeit.

Brendan hatte die Schiffahrtslinie der O'Neills, die bereits die Anfangsschwierigkeiten überwunden hatte, vor einiger Zeit von seinem Vater übernommen, sie vor allem für den Transport des Indigo von den Plantagen ausgebaut und zu einer bedeutenden Flotte gemacht. Selten fand er noch Zeit, sich selbst ans Ruder zu stellen. Doch es widerstrebte ihm, seine unerfahrene Mannschaft der britischen Blockade auszusetzen. Außerdem gab er heimlich zu, daß er sich nach der See sehnte – und nach einer Gelegenheit, die Engländer zu überlisten.

Kaum war Brendan eingeschlafen, da klopfte es. Sofort war er hellwach und eilte stirnrunzelnd zur Tür. Seine Verärgerung verstärkte sich, als er seinen zweiten Maat Scotty bemerkte und einen Schatten hinter ihm entdeckte.

»Ich bitte um Entschuldigung, Sir«, sagte Scotty. »Wir haben einen blinden Passagier an Bord.« Er trat beiseite, und Brendan sah seine völlig verschmutzte Schwester, die ungewöhnlich niedergeschlagen dastand.

Bren schloß die Augen, um das Bild zu vertreiben, doch als er sie wieder öffnete, war Samara immer noch da und wirkte sogar etwas trotziger.

Seine Augen wurden schmal, so wütend war er. »Wo war sie?« fragte er endlich.

»Im Laderaum, Sir. Sie muß mindestens eineinhalb Tage dort gewesen sein und hat wahrscheinlich Angst bekommen. Gerade als ich daran vorbeiging, begann sie zu schreien. Deshalb habe ich sie gefunden.«

Brendan konnte seinen Zorn kaum noch bezähmen. »Danke, Scotty«, sagte er trügerisch ruhig. »Geh bitte wieder an deine Arbeit. Komm herein, Samara.«

Samara sah ihren Bruder an und begriff nicht, weshalb er böse war. Noch nie hatte sie ihn so wütend erlebt. Bren war der ausgeglichenste Mensch, den sie kannte – immer fröhlich, neckend und verständnisvoll. Bis jetzt.

Ein Muskel zuckte in Brens Wange, und er versuchte, sich zu beherrschen. »Was zum Teufel machst du hier?« fragte er schließlich.

»Ich reise nach Frankreich«, antwortete Samara ruhig. Nur ihre Lippen zitterten ein wenig und verrieten ihre wachsende Besorgnis.

»Und was ist mit Vater und Mutter? Hast du auch nur einen Moment bedacht, was du ihnen damit antust?«

Samara hob den Kopf. »Ich habe eine Nachricht hinterlassen. Sie wissen, daß du dich um mich kümmern wirst.«

»Und die Engländer? Glaubst du, die werden sich daran halten? Verflixt noch mal, Samara, ist dir nicht klar, wie gefährlich diese Fahrt ist?«

»Du bist besser als alle anderen ... Sie werden dich nicht kriegen.« Samara hatte so zuversichtlich versprochen, daß Bren Mühe hatte, sie weiterhin zu tadeln.

Er schüttelte den Kopf. »Tatsache ist, meine liebe Schwester, daß wir in größte Schwierigkeiten geraten, falls uns jemand entdeckt. Die »Samara« ist ein Handelsschiff. Wir besitzen keine Kanonen, um uns gegen ein Kriegsschiff zu verteidigen, sondern müssen uns auf unsere Geschwindigkeit – und das Glück verlassen.«

»Das ist mir gleichgültig«, sagte Samara eigensinnig. »Niemand kann dir etwas tun.«

»Dein Wort in Gottes Ohr«, antwortete Brendan spöttisch. Er hielt Samara auf Armlänge von sich und betrachtete ihr müdes, schmutziges Gesicht und ihre verdreckte Kleidung. »Wann hast du dies geplant?«

»Erst am Abend, bevor wir Glen Woods verließen«, antwortete Samara ehrlich.

»Und ich habe es dir leichtgemacht, indem ich dich einlud, mit mir nach Charleston zu fahren.«

Nur ihre Augen verrieten ihm, daß er recht hatte.

»Oh, Samara, ich habe dich zu sehr verwöhnt. Unter anderen Umständen wäre ich entzückt über deine Gesellschaft, aber diese Reise ist zu gefährlich. Wir segeln zurück.«

»Das geht doch nicht«, antwortete Samara entsetzt. »Du kannst die Blockade nicht noch einmal durchbrechen.«

»Wir werden nicht in den Hafen segeln. Ich werde nahe an die Küste fahren und dich von einigen Männern zurückbringen lassen.

Eine andere Möglichkeit gibt es nicht«, sagte Bren freundlich. »So gefährlich es auch sein mag, es ist nicht so schlimm wie das, was wir sonst noch auf der Reise erleben könnten.«

Samara war verzweifelt. Ihr Traum war nicht nur gescheitert, sie hatte auch ihren geliebten Bruder unnötig in Gefahr gebracht.

»Ich tue alles, was du willst«, sagte sie mit leiser, flehender Stimme. »Ich schrubbe deine Decks, ich koche . . .«

»Ich brauche keine zusätzliche Hilfe«, erklärte Bren. »Ich möchte, daß meine Schwester unversehrt bleibt. Das war mein letztes Wort zu diesem Thema.« Er betrachtete sie noch einmal. »Hast du noch etwas anderes anzuziehen?«

»Ja, ein Kleid«, antwortete Samara elendig.

»Ich sorge dafür, daß du ein Bad bekommst und etwas schlafen kannst. Du siehst aus, als hättest du es nötig.« Seine Lippen verzogen sich zu einem halben Lächeln. »Warst du wirklich die ganze Zeit im Laderaum?«

Samaras graue Augen weiteten sich bei der Erinnerung an die schrecklichen Stunden dort unten, und sie nickte langsam.

Bren streichelte ihre Wange. »O Samara – was machen wir nur mit dir?«

Er wollte gerade gehen, da ertönte ein Ruf: »Segel in Sicht!« Bren unterdrückte einen Fluch. Ausgerechnet jetzt! »Bleib hier und verschließ die Tür, bis du meine Stimme hörst«, ordnete er an und lief an Deck.

Brendan trat zu dem Ausguck. »Welche Flagge?«

»Überhaupt keine.«

Er blickte durch das Fernrohr und fluchte erneut. Das Schiff war ein Schoner, seinem ziemlich ähnlich, aber größer und schwer bewaffnet. Besorgt wandte er sich an seinen ersten Matrosen Briggs. »Machen wir, daß wir fortkommen.«

Das Schiff drehte sich in den Wind, und Bren befahl seinen Männern, das Topsegel zu setzen. Die »Samara« nahm Fahrt auf, doch der Schoner folgte ihnen, und der Abstand wurde immer kleiner.

In weniger als einer Stunde war der Segler so nahe, daß er feuern konnte. Bren sah, daß die englische Flagge gesetzt wurde sowie eine zweite, die ihn aufforderte, beizudrehen.

Er mußte sich sofort entscheiden, und das fiel ihm um so schwerer, da seine Schwester an Bord war. Viele Männer seiner Mannschaft waren in England geboren und unterstanden britischem Recht. Sie würden gefangengenommen oder sogar gehängt werden, wenn sie aus der englischen Marine desertiert waren – und das traf auf einige zu. Und niemand wußte, was mit Samara geschehen würde. Offensichtlich war sein Gegner ein Freibeuter, und die waren kein bißchen besser als gewöhnliche Piraten.

Brendan hatte keine Wahl. Zwar war sein Schiff nicht so stark bewaffnet wie der Engländer, vielleicht konnte er jedoch mit einem gezielten Schuß die Takelage des Gegners soweit zerstören, daß die »Samara« eine Chance zur Flucht erhielt.

»Hißt unsere Flagge«, sagte er seinem Steuermann, »und macht Euch kampfbereit.«

Während der nächsten Stunde bekam Samara eine Vorstellung davon, wie es in der Hölle sein mochte. Sie hörte den Einschlag von Kanonenkugeln, fühlte, wie die »Samara« unter dem Gegenfeuer erzitterte, und roch den Rauch des Schießpulvers. Am schlimmsten waren die entsetzlichen Schreie der Verwundeten, in die sich das Krachen und Splittern von Holz mischte. Noch nie hatte sie solche Angst verspürt, und sie blieb gehorsam in der Kabine.

Plötzlich gab es einen heftigen Ruck, und Samara stürzte zu Boden. Die beiden Schiffe waren zusammengestoßen, und der Freibeuter nahm Brens Schoner auf den Haken. Trotzdem war Samara noch überzeugt, daß ihr Bruder am Ende siegen würde. Er ließ bestimmt nicht zu, daß seiner Schwester etwas geschah. Niemals!

Brendan hatte den Schuß nicht bemerkt, der ihn niederstreckte. Er hatte das Feuer vom Achterdeck geleitet und das Ruder übernommen, nachdem sein Steuermann gefallen war. Die Decks waren rutschig vom Blut und die Luft beißend vom Rauch. Er wußte, daß er besiegt war, wollte es aber nicht wahrhaben. Gerade begann er sein Schiff zu drehen, um außer Reichweite des Freibeuters zu gelangen, da schlug eine Kanonenkugel keinen Meter über ihm ein und splitterte das Holz in Hunderte von scharfen Geschossen, die auf ihn hinabfielen. Eines verletzte ihn am Kopf, ein anderes drang in seinen Arm und riß ihn zu Boden. Dann verlor er das Bewußtsein.

Nachdem der Kapitän ausgefallen war, kapitulierte das Schiff sofort. Die meisten Männer der stark dezimierten Mannschaft waren friedliche Segler und nicht für einen Nahkampf ausgebildet, der jetzt erforderlich gewesen wäre. Einer nach dem anderen legte die Waffen nieder und blickte besorgt dem goldblonden, blutbefleckten Riesen entgegen, der leichtfüßig an Bord sprang und das Kommando über das Schiff ergriff.

Raymond Hampton warf einen raschen Blick über das Deck und suchte nach dem Kapitän. Einen derartigen Widerstand hatte er nicht erwartet, und er wollte eine weitere Überraschung vermeiden. Ein einziger Mann schien etwas zu sagen zu haben.

»Kapitän?« fragte er barsch.

»Nein«, schimpfte Briggs, »der erste Offizier. Der Kapitän liegt verwundet am Ruder. Er muß dringend verbunden werden.«

Raymond schlenderte zu dem Mann am Boden. »Sein Name?«

»Kapitän O'Neill.«

Raymond beugte sich vor und zog einen Holzsplitter aus Brens Arm. Anschließend riß er ein Stück Stoff aus dem Hemd, wickelte es fest um die blutende Wunde und gab seinen Männern ein Zeichen.

»Bringt ihn auf die ›Unicorn‹. Yancy soll sich um ihn kümmern.« Dann drehte er sich wieder Briggs zu und erklärte: »Trennen Sie die Verwundeten von den anderen. Wir haben einen Wundarzt an Bord.«

Er befahl drei Männern, das restliche Schiff nach Überlebenden abzusuchen, und schickte seinen Bootsmann in die Kapitänskabine, um die Schiffspapiere zu holen. Er wollte wissen, was die »Samara« geladen hatte und ob sie den Kampf wert gewesen war.

Gewissenhaft prüfte Raymond die Schäden und wunderte sich über den seltsamen, exotisch klingenden Namen des Seglers. Das Schiff war zu retten, auch wenn es viel Arbeit machen würde. Und es war eine kleine Schönheit. Schade, daß der eigensinnige Amerikaner nicht früher aufgegeben hatte.

Der Bootsmann kehrte zurück. »Die Tür ist verschlossen, Kapitän.«

»Sir, mir scheint, sie ist von innen blockiert. Es ist jemand darin. Ich dachte, Sie sollten es wissen . . .«

Raymond runzelte die Stirn. Das ergab keinen Sinn. Weshalb sollte sich jetzt noch jemand verbergen? Er mußte längst bemerkt haben, daß das Schiff gekapert worden war. Wollte er erst die Schiffspapiere vernichten?

»Gehen wir, Evans«, sagte er und sprang die Treppe hinab. Neugierig betrachtete er die Tür. Schon wollte er den Insassen der Kabine auffordern, sie zu öffnen, doch dann besann er sich anders. Dadurch wurde der Mann nur gewarnt und bekam vielleicht Gelegenheit zu einem Schuß. Daher flüsterte er Evans zu, die Pistole bereitzuhalten, rammte die Tür mit der Schulter und fühlte, wie das Holz splitterte. Nach einem weiteren Schlag schwang die Tür auf und schlug an die Wand.

Verblüfft blieb Raymond stehen. Ganz hinten stand, eine Weinflasche wie ein Schwert gehoben, mit vor Angst und Trotz blitzenden Augen die hübscheste Frau, die ihm je begegnet war.

3. KAPITEL

Samara ahnte, daß etwas Schreckliches geschehen war. Der Kampflärm hatte sich gelegt, aber Brendan ließ sich nicht blicken. Ihre Angst verwandelte sich geradezu in Panik, als sie Schritte auf dem Gang hörte und jemand die Kabinentür öffnen wollte. Die Schritte entfernten sich wieder, dann war alles still.

Du liebe Güte, wo ist Bren? Er würde sie nicht allein lassen, es sei denn, er war verwundet – oder tot. Verzweifelt suchte Samara nach einer Waffe und fand nur eine Weinflasche, die Bren offensichtlich zum Abendessen hatte trinken wollen. Damit flüchtete sie an die hintere Wand.

Sie war auf alles gefaßt, nur nicht auf das, was nun folgte. Einen Augenblick glaubte Samara, der Teufel persönlich wäre hereingekommen. Vor ihr stand ein Riese; er war größer als ihr Vater und alle ihre Brüder. Selbst in der ziemlich dunklen Kabine besaß sein zerzaustes rotes Haar einen goldenen Schein. Der Mann trug nur ein weites Hemd und kurze weiße Hosen und war von den breiten Schultern bis zu den nackten Füßen mit Blut bespritzt. Mit seinem Blick hielt er sie an der Wand gefangen.

Solche Augen hatte Samara noch nie gesehen. Sie waren grünblau und schienen in allen Farben zu funkeln. Erst blickten sie verärgert, gleich darauf belustigt und veränderten sich schließlich derart, daß Samara innerlich erschauderte. Da sie nicht weiter zurückweichen konnte, hob sie abwehrend die Flasche.

»Ich wußte, daß ich reiche Beute machen würde. Aber ich hatte keine Ahnung, daß sie so reich ausfallen würde«, sagte der Riese mit tiefer, träger Stimme, und Samara zitterte noch stärker. Gelassen lehnte er sich an den Türrahmen, betrachtete sie prüfend und schien sie in Gedanken langsam auszuziehen.

Zum erstenmal im Leben wünschte Samara, sie könne auf Anhieb ohnmächtig werden. Niemand hatte bisher gewagt, sie derart anzusehen. Sie hatte das Gefühl, nicht nur körperlich, sondern auch seelisch nackt dazustehen. Der Mann wußte, wie verängstigt sie war, und machte sich darüber lustig, und das beschämte sie mehr als das unübersehbare Begehren in seinen Augen.

»Wollen Sie wirklich mit dieser Flasche kämpfen?« fragte er halb interessiert, halb spöttisch, und Samara verabscheute ihn augenblicklich. Instinktiv hielt sie die Flasche höher.

Seine Stimme wurde weich und schnurrte geradezu. »Hören Sie ... Damit könnte man etwas wesentlich Besseres tun.«

Seine Stimme hatte etwas Hypnotisierendes. Verzweifelt versuchte Samara, den Bann zu brechen, in dem er sie hielt. Endlich stieß sie hervor: »Ist der Kapitän ... Ist Kapitän O'Neill ...«

Der Riese betrachtete sie weiter, und Samara merkte, daß sie unter seinem eindringlichen Blick errötete.

Raymond war verwirrt. Diese Frau war schmutzig, ihr Gesicht war verschmiert und ihr Kleid verdreckt. Aber sie besaß eine verlockende Figur. Das Violett ihres Kleides spiegelte sich in ihren riesigen Augen, die abwechselnd vor Furcht und einem beinahe rührenden Trotz blitzten. Ihr schwarzes Haar besaß einen roten Schimmer und umrahmte ihr ausgesprochen hübsches Gesicht.

Wer mochte die Frau sein? Bestimmt nicht die Ehefrau des Kapitäns. Kein Schiffsführer würde seine Frau auf solch eine gefährliche Reise mitnehmen. Wer war sie dann? Die Geliebte des Kapitäns? Wahrscheinlich.

Dieser Gedanke erregte Raymond. Als Geliebte des Kapitäns hatte die Frau wahrscheinlich nichts dagegen, nun die seine zu werden. Frauen versagten ihm selten ihre Gunst.

Schon begann das Blut in Raymond zu wallen, und sein Lächeln wurde geradezu lüstern.

Samara entging nicht, daß sich sein Blick veränderte und sein kräftiger Körper sich straffte. In höchster Verzweiflung hob sie die Flasche noch höher und fragte: »Der Kapitän – wo ist der Kapitän?«

»Er ist auf meinem Schiff«, antwortete Raymond langsam und fragte sich, ob es die Frau wirklich interessierte. »Er wurde verwundet, aber nicht schwer. Mein Wundarzt kümmert sich um ihn.«

»Ich möchte ihn sofort sehen«, verlangte Samara kühner als sie war. Sie biß sich auf die Lippen, damit sie nicht zitterten.

Sein Blick wurde weicher. Zweifellos sorgte sich die Frau um O'Neill. Aber weshalb?

»Wie stehen Sie zu ihm?« fragte er leise.

Samaras Angst um Bren legte sich ein wenig, und sie sah ihr Gegenüber aufmerksam an. Dies war der phantastischste Mann, der ihr je begegnet war. Sein Gesicht wirkte wie aus Stein gemeißelt und besaß klare, kräftige Züge. Seine Haut war von der Sonne tief gebräunt, so daß sein goldblondes Haar und seine glänzenden aquamarinblauen Augen einen heftigen Kontrast dazu bildeten. Hochmut und Kraft strahlte der Mann aus, und Samara keuchte beinahe, weil ihr Körper bei seinem Anblick derart erbebte. Noch nie hatte sie so auf einen Mann reagiert.

Er war ein Engländer, ein Pirat, ein Dieb, der gerade Brens Schiff stahl und vielleicht sogar sein Mörder war.

Raymond Hampton bemerkte die Verwirrung in Samaras Gesicht. Sie errötete, während sie ihn ebenso eingehend betrachtete, wie er zuvor sie, und er lächelte, weil sie sich verlegen auf die Lippen biß, als er sie dabei ertappte.

Die Frau wirkte geradezu unglaublich unschuldig – und verletzlich. Einen kurzen Moment fühlte Raymond Mitleid mit ihr, aber er schob es rasch beiseite. Als einzige Frau auf einem Schiff voller Männer konnte sie unmöglich so unschuldig sein, wie sie aussah.

Noch hatte sie seine Frage nicht beantwortet. Deshalb versuchte er es erneut und sagte mit einer leichten Verbeugung: »Ich bin Kapitän Raymond Hampton. Und mit wem habe ich die Ehre?«

Samara ließ die Flasche mehrere Zentimeter sinken. Langsam kam sie sich richtig töricht vor. Als wenn sie den Mann mit der Flasche aufhalten könnte ... Doch als er nun auf sie zutrat, hob sie den Arm wieder an.

»Die Flasche.« Raymond hatte leise gesprochen, aber so selbstsicher, daß sich erneut eine Mischung aus Verärgerung und Verlangen in ihr regte. Vergeblich versuchte Samara, an der Wand entlangzugleiten, um den Kapitän auf Abstand zu halten. Schon war sie zwischen seinen langen Armen gefangen. Vorsichtig nahm

Raymond ihr die Flasche aus der Hand und stellte sie auf den Tisch.

Samara wollte unter seinem Arm hindurchschlüpfen, doch er faßte mit einer Hand ihr Kinn und hob ihren Kopf an, bis sie ihm in die Augen sehen mußte. Mit dem Zeigefinger der anderen Hand strich er federleicht über ihren Wangenknochen, so daß Samara seltsam heiß wurde.

»Bitte ...« Ihre Stimme klang sehr leise und unsicher.

»Bitte was, Süße?« antwortete er, und seine warme Stimme verblüffte sie. »Bitte weitermachen oder bitte aufhören?« Er schien ihre Antwort auf diese Frage genau zu kennen. Ihr ganzer Körper zitterte unter seinen Händen und bog sich ihm unbewußt entgegen.

»Auf-hö-ren.«

Als Antwort drückte er die Lippen auf ihren Mund, und Samara hatte das Gefühl, von einem Sturm fortgerissen zu werden. Niemand hatte sie bisher so geküßt, niemand hatte sie so berührt. Seine Liebkosungen reichten von sanftem Streicheln bis zu fiebriger Besitzergreifung und erregten sie immer stärker, bis sie es kaum noch aushielt.

Plötzlich erkannte Samara, was mit ihr geschah. Entsetzt riß sie sich los und schlug dem Mann verzweifelt ins Gesicht. Die Heftigkeit verblüffte sie ebenso wie ihn, und der Schlag hallte in dem engen Raum wider.

Samara betrachtete den roten Fleck, den ihre Finger auf Raymonds Wange hinterlassen hatten. Wie gelähmt erwartete sie die Reaktion des Mannes, die zweifellos folgen würde. Mit weit aufgerissenen Augen sah sie ihn an.

Raymonds aufwallende Verärgerung legte sich angesichts Samaras eindeutiger Angst. Er hatte noch nie eine Frau mißhandelt oder wider ihren Willen genommen und zwang sich auch jetzt zur Ruhe. Aber sein Körper wollte ihm nicht gehorchen.

»Weshalb haben Sie nicht einfach nein gesagt?« fragte er endlich.

»Das – habe – ich – ja – versucht ...«

»Nicht sehr überzeugend«, erklärte er belustigt, und sie zuckte unter seinen Worten zusammen, denn er hatte recht. Kläglich legte er eine Hand an seine Wange. »Ihr Kapitän hätte Sie an Deck stellen sollen, dann hätte er vielleicht gesiegt.«

Seine Worte brachten Samara in die Wirklichkeit zurück. »Ich muß unbedingt zu ihm.«

»Bitte«, zog er sie auf. »Sagen Sie bitte.«

Einen Moment war Samara froh, daß sie ihn geschlagen hatte, und wünschte, es wäre noch heftiger gewesen. »Bitte . . .«

»Bitte, Kapitän Hampton . . .« beharrte er, um sie weiter zu quälen.

»Bitte, Kapitän Hampton«, wiederholte Samara verdrossen. Sie war bereit, alles zu tun, um diesem Mann – und ihre unerklärliche, schamlose Reaktion auf ihn – endlich loszuwerden.

»Und wer bittet mich darum?« fragte er derart überheblich, daß sein wahres Interesse verborgen blieb.

Flehentlich sah sie ihn an. »Samara«, sagte sie beinahe hilflos, »Samara O'Neill.«

Raymond hatte das Gefühl, einen Schlag bekommen zu haben. Dies war also tatsächlich O'Neills Ehefrau! Daher der Name des Schiffes. Seine Enttäuschung verblüffte ihn selbst. Er besaß nur wenige Grundsätze, und einer davon lautete, daß verheiratete Frauen für ihn unantastbar waren. Diesen Entschluß hatte er gefaßt, nachdem ein Freund im Duell mit einem zornigen Ehemann getötet worden war. Keine Frau war es wert, ihretwegen zu sterben oder einen Menschen zu töten – vor allem keine, die ihren Ehemann betrog.

»Kapitän O'Neill ist Ihr Ehemann?« Er mußte die Frage einfach stellen.

Erschrocken sah Samara ihn an. Sie war gar nicht auf den Gedanken gekommen, Raymond könnte dies annehmen. Seine plötzliche Zurückhaltung entging ihr nicht. Zwar durfte sie nicht darauf hoffen, daß dieser – dieser Pirat eine Ehe respektierte, aber man wußte ja nie, was in dem anderen vorging. Vielleicht konnte sie sich auf diese Weise vor ihm – und sich selbst retten. Noch immer spürte sie, wie Raymond ihre Sinne erregte, und sie mußte sich zurückhalten, um ihn nicht zu berühren. Er ist ein Pirat, sagte sie sich erneut, ein Engländer, und wußte selber nicht, was schlimmer war.

Einen Moment schloß Samara die Augen, dann öffnete sie sie wieder und sah dem Kapitän gerade ins Gesicht. »Ja«, antwortete sie, »und ich möchte ihn gern sehen – falls das nicht zuviel verlangt ist von einem Piraten.«

Raymonds Augen wurden schmal. »Ich bin ein Freibeuter, Mrs. O'Neill, und unsere Länder führen gegeneinander Krieg.«

»Das ist nur eine Ausrede für Mord und Diebstahl«, erklärte Samara tapfer und wiederholte die Worte ihres Vaters. Ihre Panik hatte sich gelegt, und sie fürchtete nicht mehr, der Mann könnte ihr körperlich etwas antun. Um sich vor ihm zu schützen, schürte sie bewußt die eigene Verärgerung. Raymond hatte das Schiff angegriffen, das ihren Namen trug, und er war verantwortlich für die Verletzungen ihres Bruders. Sie mußte ihn einfach verachten, und sie verabscheute sich selbst, weil sie sich zunächst zu ihm hingezogen gefühlt hatte. Feindselig sah sie ihn an.

Zu ihrem unendlichen Verdruß schien ihr Blick ihn nur zu belustigen. Seine Mundwinkel zuckten, und seine Augen funkelten fröhlich.

»Diese tödliche Waffe nehme ich lieber mit«, erklärte er und ergriff die Flasche. »Vielleicht brauche ich sie noch«, fügte er hinzu.

Samara sah ihn an. Er lachte über ihre Verlegenheit, und sie ballte die Fäuste vor Wut. Am liebsten hätte sie ihm erneut ins Gesicht geschlagen, aber sie wagte es nicht. Diesmal war er bestimmt darauf gefaßt.

Raymond lächelte breiter. Er wußte genau, was in Samara vorging, dafür besaß er zuviel Erfahrung mit Frauen. Vielleicht sind manche Grundsätze dazu da, gebrochen zu werden, dachte er plötzlich. Vielleicht war Samara gar nicht so stark verheiratet. Auf jeden Fall stand ihm eine interessante Reise bevor.

Mit einer leichten Verbeugung ergriff er ihren Arm, kümmerte sich nicht darum, daß sie sich sofort losmachen wollte, und führte sie aus der Tür. Diesmal hätte Samara ihn umbringen können.

Erst als sie das Oberdeck erreichten, wurde Samara der volle Umfang des Schreckens der vorigen Stunden bewußt. Der Magen drehte sich ihr um, als sie das Wrack betrachtete, in das der Freibeuter Brendans gepflegtes Schiff verwandelt hatte. Segelfetzen flatterten wie Kinderdrachen über den Überresten des Blutbades. Zersplittertes Holz und gezackte Eisenstangen übersäten das früher so makellose Deck. Leuchtend rote Blutflecken wirkten wie die Malerei eines Verrückten auf einer Leinwand.

Samara konnte den Blick nicht von dem Gemetzel wenden. Sie entdeckte einige Männer aus Brendans Mannschaft, die in von Schießpulver geschwärzten Kleidern unter der Aufsicht einer bewaffneten Wache arbeiteten. Verwundete hockten in einer Ecke und erwarteten weitere Maßnahmen. Die Angst in ihren Gesichtern sagte Samara, daß sie nicht wußten, ob die Zukunft ihren Tod oder Rettung bringen würde.

In einer anderen Ecke entdeckte sie mehrere Körper, auch ein vertrautes gestreiftes Hemd, das die Engländer zerrissen hatten.

Sie lief hinüber und kniete nieder. »Scotty«, flüsterte sie und tastete nach der blutigen Hand. Sie kannte den Maat seit Jahren. Wie froh war sie gewesen, als er sie erst vor ein paar Stunden aus dem Laderaum befreit hatte.

»O Scotty«, wiederholte sie und merkte nicht, daß ihr Tränen die Wangen hinunterliefen. Nie war ihr der Tod in dieser Heftigkeit begegnet. Bisher hatte sie nur alte Tiere langsam sterben sehen und selbst darüber tagelang geweint.

»Mrs. O'Neill . . .« Sie spürte den freundlichen, aber bestimmten Druck auf ihrem Arm. »Mrs. O'Neill, dies ist kein Platz für Sie.« Wie durch einen Nebel drang die Stimme zu ihr.

Samara stand auf, und erneut packte sie die Wut. Zornig wirbelte sie herum und sah den Mann, der sie gefangenhielt, an. »Sie haben das getan«, erklärte sie eiskalt. »Ich verabscheue Sie, ich verabscheue Sie!« Wieder wollte sie ihm ins Gesicht schlagen. Doch er fing ihre Hand ab, ergriff auch ihre linke und drückte ihr beide Hände auf den Rücken. »Mehr als eine Ohrfeige ist nicht erlaubt«, erklärte er gepreßt.

Zitternd stand Samara da. Tränen liefen ihr über das Gesicht, während Raymond sie näherzog. Sein Hemd wurde naß, und sie roch die stechende Mischung aus Moschus, Blut und Schweiß. Etwas Wildes, Ursprüngliches tief in ihrem Innern reagierte darauf, und Samaras Herz pochte so heftig, daß er es hören mußte. Was war nur mit ihr los? Sie konnte sich nicht rühren und kaum noch atmen.

Denk an Scotty, befahl sie sich und befreite sich entschlossen. Zu ihrer Überraschung ließ er die Arme sinken, und sein unerwartet freundlicher, warmer Blick entwaffnete sie beinahe. Rasch schlug sie die Augen nieder. Sie mußte sich geirrt haben. Er war ein Pirat und für die Zerstörung hier verantwortlich.

Als Samara Raymond wieder ansah, war sein Blick eiskalt. »Dies ist kein Platz für Sie«, wiederholte er. »Ich bringe Sie zu Ihrem Mann.« Ohne ihre Antwort abzuwarten, führte Raymond Samara zu jener Stelle, wo die beiden Schiffe zusammengebunden waren. Ein Brett erleichterte den Übergang. Raymond faßte Samara um die Taille, hob sie auf, schwenkte sie mühelos hinauf und sprang leichtfüßig hinterher. Erneut durchfuhr es sie siedend heiß, und sie schüttelte seine Hände ab. Unglücklicherweise verlor sie das Gleichgewicht, und Raymond hob sie mit beiden Armen auf und drückte sie fest an seine harte Brust. Leicht wie eine Feder hielt er sie, und sie staunte über seine Kraft. Dann hatten sie das Brett überquert, und er ließ sie immer noch nicht los, sondern sah sie seltsam an.

»Sie scheinen entschlossen zu sein, noch mehr Schaden anzurichten«, sagte er schließlich belustigt.

»Lassen Sie mich sofort runter«, forderte Samara ihn auf.

»Nur wenn Sie versprechen, schön brav zu sein«, antwortete er. Er klang, als rede er mit einem Kind, und Samara wurde immer wütender. Wie konnte er es wagen! Sie wand sich und wollte sich losmachen, aber er hielt sie nur um so fester.

Sie merkte, daß er innerlich lachte, und konnte sich kaum noch bewegen. Verzweifelt mied sie seinen Blick, denn er durfte nicht merken, was in ihr vorging. Seine Finger brannten auf ihrer Haut und sie begriff nicht, weshalb. Sie mußte diesen Mann doch hassen! Weshalb hatte ihr niemand gesagt, daß man so empfinden konnte?

Endlich setzte Raymond Samara vor einer offenen Tür vorsichtig ab, ergriff ihren Arm und führte sie hinein.

Bren lag ganz still auf einem Tisch, sein sonnengebräuntes Gesicht war ungewöhnlich blaß und gefaßt. Ein Mann beugte sich über ihn und stach ihm eine Nadel durch die Haut. Er kümmerte sich nicht darum, daß sein Patient bei jedem Stich vor Schmerz die Luft anhielt.

Samara sah schweigend zu und wollte den Arzt nicht stören, um Brens Qual nicht unnötig zu vergrößern. Plötzlich legte der Engländer seine Hand beinahe freundlich auf ihre Schulter. Sie schaute kurz zu ihm auf und bemerkte einen Anflug von Mitgefühl in seinem Blick. Doch sie verdrängte diesen Eindruck sofort und drehte sich wieder zu Bren.

Sobald der Arzt den Faden verknotet hatte, eilte Samara zu ihrem Bruder. Dessen Augen weiteten sich bei ihrem Anblick. Alles war so schnell gegangen, daß er Samara beinahe vergessen hatte. Erst vor ein paar Minuten war er wieder zu Bewußtsein gekommen, und sein Kopf und sein Arm schmerzten entsetzlich.

»Mein Mann ... mein lieber, wunderbarer Ehemann«, rief Samara, beugte sich nieder und küßte Brendan.

Ungeheure Verwirrung mischte sich in seinen Schmerz, und er sah seine Schwester wie durch einen Nebel ungläubig an.

»Ich habe mir solche Sorgen um dich gemacht«, fuhr Samara fort und achtete nicht auf seinen Blick. »Dieser ... dieser Pirat«, sie sah zu Raymond hinüber, »hat mir erlaubt, dich zu sehen.«

Plötzlich begriff Bren. Aus irgendeinem Grund hatte Samara sich als seine Ehefrau ausgegeben. Er sah sie an, faßte ihre Hand und drückte sie leicht. Dann versuchte er sich aufzurichten, fiel aber sofort zurück und blickte hilflos in die Runde.

Neben dem Arzt befanden sich zwei Seeleute als Wache im Zimmer. Als ob er fliehen könnte ...

Hinter ihnen lehnte eine große Gestalt scheinbar uninteressiert an der Wand. Trotzdem spürte Bren die Gefahr, die von dem Mann ausging. Vor allem seine schmalen Augen und die unübersehbare Anspannung machten es ihm klar. Jetzt trat der Mann zu ihm, und Bren sorgte sich plötzlich um seine Schwester. Sie durfte ihn keinesfalls unterschätzen.

»Kapitän O'Neill ...« Die Stimme klang leise und angenehm. »Ich bin Raymond Hampton, der Kapitän der ›Unicorn‹. Sie und Ihre Mannschaft sind meine Gefangenen.«

»Was ist mit meinem Schiff?«

»Es hält sich über Wasser, wenn auch mit Mühe. Wir versuchen, es zu retten.«

»Und Samara – meine Frau?«

»Sie ist in Sicherheit – ein Unterpfand für Ihr Verhalten, wenn Sie so wollen. Bisher hat sie allerdings noch kein gutes Beispiel dafür geliefert.«

Bren hörte das Lachen in Raymonds Stimme, und seine Sorge um Samara wuchs.

»Wenn Sie sie anrühren . . .«

Raymonds Mund wurde hart. »Sie sind nicht in der Lage, mir zu drohen, Kapitän. Ich versichere Ihnen jedoch, daß ich nicht mit Frauen kämpfe.«

Damit mußte Bren sich zufriedengeben. Mehr würde der Kapitän nicht sagen. »Und meine Mannschaft?«

»Sieben Männer wurden getötet, die Verwundeten wurden versorgt. Die übrigen müssen für ihren Unterhalt arbeiten.«

»Auf einem englischen Schiff?« schnarrte Bren.

»Wenn sie essen und trinken möchten, ja«, antwortete Raymond freundlich.

»Und anschließend?« Brendan O'Neill hatte keine Erfahrung als Bittsteller, aber das Wohl seiner englischen Seeleute ging ihm über alles.

Raymonds ernstes Gesicht entspannte sich nur wenig. »Wenn Sie mir keine Schwierigkeiten bereiten, setze ich Sie und ihre Mannschaft an einem neutralen Ort an Land.«

»Meine gesamte Mannschaft?«

Raymond verstand die Bedeutung dieser Frage sofort. Einer der Gründe dieses Krieges war, daß Großbritannien eigensinnig darauf beharrte, jeder in England, Schottland oder Irland geborene Mann bliebe für immer Untertan des Königs und habe daher nach seiner Flucht aus der Armee Verhaftung oder Schlimmeres zu befürchten.

»Die gesamte Mannschaft«, stimmte er zu. »Mir liegt nichts daran, die Reihen der Marine wieder aufzufüllen. Ich will die beiden Schiffe nach Bermuda bringen.«

»In einen englischen Hafen«, schimpfte Brendan. »Nennen Sie den neutral?«

Ein Muskel zuckte in Raymonds Wange, das einzige Anzeichen für seine wachsende Verärgerung. »Ich bin es nicht gewohnt, daß man mein Wort – oder meine Ehrenhaftigkeit – in Frage stellt«, erklärte er.

»Ehrenhaftigkeit?« Verachtung klang aus Brens Stimme. »Bei einem Freibeuter? Weshalb sollte ich Ihnen glauben?«

Raymonds Stimme klang jetzt seidenweich. »Weil Sie gar keine andere Wahl haben, Kapitän.« Er wandte sich an die beiden Seeleute. »Bringt ihn zu den anderen Offizieren in den Laderaum.

»Nein!« rief Samara entsetzt.

Raymond drehte sich zu ihr und zog spöttisch die Augenbrauen in die Höhe. »Nein?« wiederholte er leise.

Selbst Brendan sah sie mißbilligend an.

»Ich ... Ich ...« Sie sollte lieber nicht weiterreden. Doch sie erinnerte sich an ihre eigenen furchtbaren Stunden unter Deck und ertrug den Gedanken nicht, daß der verwundete Brendan dort gefangengehalten werden sollte.

Raymond ging nicht auf ihr Flehen ein und wandte sich wieder an O'Neill. »Weshalb in aller Welt haben Sie Ihre Frau mit aufs Schiff genommen?«

Bren schloß verärgert die Augen. Der Tadel des Engländers war unüberhörbar.

»Er hat mich nicht mitgenommen«, fiel Samara ein. Brendan durfte auf keinen Fall für ihre Missetat verantwortlich gemacht werden. »Ich hatte mich versteckt. Er fand mich, unmittelbar bevor sie uns angriffen.«

Raymond sah erstaunt auf. Deshalb war Samara so schmutzig. Sie waren mindestens zwei Tage von jedem Hafen entfernt. Es war ihm unbegreiflich, daß eine Frau all diese Mühe und Unbequemlichkeit auf sich nahm, um mit ihrem Ehemann zusammenzusein. Die beiden mußte mehr verbinden, als er ursprünglich angenommen hatte.

Raymond blickte von Samara zu Brendan. Er spürte die tiefe Zuneigung des Paares, trotzdem stimmte irgend etwas nicht. Ihm war nicht entgangen, wie heftig Samara auf ihn reagiert hatte.

Der Funke war sofort übergesprungen. Zwischen Brendan und Samara bemerkte er nichts dergleichen.

Andererseits trug das Schiff ihren Namen. Normalerweise gab man seinem Schiff nicht den Namen einer Geliebten.

Raymond schüttelte den Kopf. Er hatte genügend Zeit, um dieses Geheimnis zu lösen, und er würde es lösen. Beruhigend legte er Samara die Hand auf den Arm und wiederholte seine Anweisung.

Bren warf seiner Schwester einen warnenden Blick zu und versuchte, sich aufzusetzen. »Und was wird mit meiner Frau?«

»Sie bekommt die Kabine meines ersten Offiziers. Ihr wird nichts geschehen, was sie nicht selbst will.« Raymond beobachtete Brendan genau, während er diese Antwort gab. Er mußte den Mann besser kennenlernen und wurde nicht enttäuscht.

»Verdammt noch mal«, fuhr Bren auf und wollte sich auf Raymond stürzen. Doch seine Beine trugen ihn nicht. Nur die beiden Seeleute bewahrten ihn vor einem Sturz. »Ich bringe Sie um, falls Sie ihr etwas tun.«

Hilflos sah Samara zu, wie Bren von den Männern halb gezogen, halb getragen fortgeführt wurde.

4. KAPITEL

Die Kabine des ersten Offiziers war winzig und enthielt nur eine schmale eingebaute Koje, einen am Boden verschraubten Tisch, einen Stuhl und einen Schrankkoffer, der in einer Ecke stand.

Kapitän Hampton brachte Samara persönlich hinein, betrachtete sie mit unverhohlenem Interesse und verbeugte sich leicht. »Ich bitte um Vergebung für das Quartier, aber wir hatten solch einen hübschen Gast nicht erwartet«, sagte er.

»Ich wäre lieber bei meinem – Ehemann«, antwortete Samara, immer noch trotzig.

»Das ist leider unmöglich«, erwiderte Raymond lächelnd. »Er ist nicht der einzige Gefangene im Laderaum, und ich nehme an, Sie möchten das Lager nicht mit den anderen teilen.«

Samara starrte ihn nur schweigend an.

»Haben Sie noch weitere Kleider auf Ihrem Schiff?« fragte er und betrachtete sie prüfend.

Plötzlich wurde Samara sich bewußt, wie verheerend sie aussehen mußte. Ihre schlimmsten Befürchtungen bestätigten sich, denn Raymonds blaugrüne Augen funkelten vergnügt. Stolz schob sie ihr Kinn vor und bedachte nicht, daß alle Bemühungen um ein wenig Würde bei diesem kindlich verschmutzten Gesicht von vornherein sinnlos waren. »In der Kapitänskabine habe ich noch ein Kleid.«

»Ich lasse es holen«, versprach Raymond. »Außerdem werde ich dafür sorgen, daß Sie ein Bad bekommen.« Er blickte geradezu lüstern an ihr hinauf und hinab, und wieder begann Samaras Körper zu prickeln.

»Das ist nicht nötig«, antwortete sie und versuchte, so gleichmütig wie möglich zu klingen. »Ich fühle mich durchaus wohl.«

»Sie irren sich, es ist nötig«, meinte der Engländer breit. »Sie sollen mir heute beim Abendessen Gesellschaft leisten, und ich möchte wissen, wie Sie ohne diesen Schmutz aussehen.« Er streckte die Hand aus und berührte einen der breiteren schwarzen Streifen an ihrer Wange.

»Ich würde lieber verhungern, als mit einem Piraten gemeinsam zu essen«, fuhr Samara ihn an.

»Freibeuter«, verbesserte er sie und fügte hinzu: »Ob Ihr Ehemann und seine Offiziere ebenso denken würden?« Der Glanz in seinen Augen paßte nicht zu seiner weichen Stimme.

Entsetzt sah Samara ihn an. »Sie werden doch nicht . . .«

Seine Mundwinkel zuckten. »Nein?«

»Ich verabscheue Sie«, fuhr Samara ihn an und überlegte, wie sie den Kapitän am besten kränken könnte. »Sie sind kein Gentleman.«

Raymond warf den Kopf zurück und lachte laut auf. »In diesem Punkt würden Ihnen sicher viele Menschen zustimmen. Außerdem: Was erwarten Sie denn von einem Piraten?« Schon wieder neckte er sie und verwendete dabei ihre eigenen Worte.

Samara sah sich nach einer Waffe um, fand aber nichts Geeignetes.

»Ihre Flasche habe ich leider auf dem anderen Schiff gelassen«, erklärte Raymond und ärgerte sich über ihren unbeugsamen Willen. »Jetzt seien Sie ein liebes Mädchen, und baden Sie erst einmal.«

Damit verließ er die Kabine und verschloß die Tür hinter sich. Kurz nachdem Hampton gegangen war, erschienen ein Kammersteward und ein Decksmann. Der eine trug einen Zuber, der kaum in die winzige Kabine paßte, der andere zwei Eimer mit heißem Wasser. Handtücher und das Paket mit ihrem Kleid hatten die Männer ebenfalls mitgebracht. Interessiert betrachtete der jüngere den neuen Passagier.

»Viel Spaß beim Baden, Mistress«, sagte er.

Trotz der widrigen Umstände war das Bad einladend. Samara war es gewöhnt, täglich zu baden und häufig die Wäsche zu wechseln. Ihr war ganz elend bei dem Gedanken an die Schmutzschicht und den getrockneten Schweiß auf ihrer Haut. Sie betrachtete die Tür, fand jedoch kein Schloß an der Innenseite. Entschlossen schob sie den Stuhl vor die Tür, zog sich aus und stieg in den Zuber.

Das warme Wasser strich wie Seide über ihre klebrige Haut. Samara tauchte tiefer hinein und ließ sich wie in einem Kokon davon einhüllen. Doch plötzlich bekam sie ein schlechtes Gewissen. Wie Bren wohl behandelt wurde? In Gedanken sah sie die zahllosen Verwundeten vor sich. Wie mochte es ihnen ergehen? Eine unbändige Wut erfaßte sie, und sie schämte sich zutiefst, daß sie sich zu dem Mann hingezogen fühlte, der für all dieses Leid verantwortlich war. Kapitän Hampton hatte Bren versichert, er würde sie nicht anrühren. Nur, welche Garantie gab es dafür?

Sie mußte ihren Bruder und seine Männer befreien. Aber wie? Mit Wein! Sie würde Raymond heute abend betrunken machen, ihn mit der Weinflasche oder einer anderen Waffe auf den Kopf schlagen und die Schlüssel an sich nehmen.

Ungewöhnlich verunsichert zog Raymond sein blutbeflecktes Hemd und seine Hose aus und warf sie zu einem Haufen auf den Boden. Er wusch und rasierte sich etwas gründlicher als sonst und rieb mit dem Handrücken über seine glatte Wange.

Was hatte diese kleine Wildkatze an sich, daß sie ihn mehr als nur oberflächlich interessierte? Noch dazu, wenn sie nach eigenen Worten verheiratet war? Ihm war nicht entgangen, wie heftig Samara auf ihn reagierte. Vergeblich hatte sie versucht, die Funken zu ersticken, die zwischen ihnen übergesprungen waren. Vor allem diese reizende Unschuld paßte nicht zu einer verheirateten Frau. Der Gedanke ließ ihn nicht los, daß irgend etwas nicht stimmte.

Raymond beugte sich über seine Seekiste und zog eine Wildlederhose sowie ein weißes Batisthemd heraus. Anschließend schlüpfte er in seine Stiefel, betrachtete sie verächtlich und tauschte sie gegen ein Paar saubere aus, die ihm bis zu den Knien reichten. Er mußte selber lachen. Es war merkwürdig, daß ihm heute soviel an seiner Erscheinung lag. An Bord geschah das äußerst selten.

Plötzlich runzelte er die Stirn. O nein, diese kleine Wildkatze würde ihn nicht in ihre Klauen bekommen. Aber er wollte ihr Geheimnis lüften. Und der Wein würde ihm gewiß dabei helfen.

Samara hatte gerade ihr Haar gebürstet, so daß es wieder glänzte, da klopfte es an der Tür. Rasch glättete sie ihr Kleid und wünschte, sie hätte nicht solch ein schlichtes Tageskleid für die Reise über den Ozean eingepackt. Das Beste daran war die Farbe – ein sattes Blau, das gut zu ihren Augen paßte.

Zu ihrer Enttäuschung war Kapitän Hampton nicht selbst gekommen, sondern hatte einen gutaussehenden dunkelhaarigen jungen Mann geschickt, der sich als Michael Simmons vorstellte und erster Offizier auf der »Unicorn« war. Neugierig betrachtete er Samara.

»Kapitän Hampton hat mich gebeten, Sie zu seiner Kabine zu führen«, sagte er schließlich. »Außerdem brauche ich ein paar Sachen aus meiner Kabine.«

Beinahe hätte Samara sich für die Ungelegenheiten entschuldigt, die sie ihm bereitete. Dann wurde ihr bewußt, daß sie nicht freiwillig in seiner Kabine war. Zu Simmons Enttäuschung funkelte sie ihn nur an und lehnte standhaft seinen Arm ab.

Ihr Zorn verwandelte sich in Verwirrung, sobald der erste Offizier die Tür zur Kapitänskabine öffnete und Hampton frisch gewaschen und umgezogen vor ihr stand. Raymond sah einfach phantastisch aus. Samaras Knie wurden ganz weich, und ihr Herz begann wie wild zu pochen.

Nachdem er die blutige Kleidung abgelegt hatte, wirkte der Kapitän beinahe kultiviert. Trotzdem strahlte er etwas Gefährliches aus. Vielleicht lag es an seinem wilden, ruhelosen Blick. Als könne Raymond ihre Gedanken lesen, lächelte er spöttisch.

»Ich hatte recht, unter diesem Schmutz befand sich tatsächlich eine wunderschöne Frau«, erklärte er, und ein heftiger Schmerz erfaßte sein Inneres. Er sah auf und bemerkte seinen ersten Offizier, der sie beide erstaunt betrachtete.

»Danke, Michael«, sagte Raymond mit fester Stimme. »Bitte richten Sie Davey aus, daß er servieren kann, sobald das Essen fertig ist.« Er lächelte über die verblüffte Miene des Freundes und schloß die Tür hinter ihm.

Samara blickte sich interessiert in der Kabine um. Die Umgebung sagte eine Menge über einen Menschen aus, und sie wollte soviel wie möglich über diesen Kapitän Hampton erfahren. Der Raum war groß und trotz der schlichten Einrichtung gemütlich. Das Bett war wesentlich größer als ihr eigenes und beherrschte die ganze Kabine.

Zwei Tische befanden sich im Raum, einer diente offensichtlich als kleiner Arbeitstisch, der andere schien ein Eßtisch für mindestens sechs Personen zu sein. Eine geschnitzte Truhe war in eine Ecke geschoben, und mehrere Seekarten lehnten an der Wand.

Eine seltsame, halb verwelkte exotische Pflanze stand in der anderen Ecke, und ein paar Stiefel lagen in der Nähe des Tisches.

Auf jeden Fall ist Kapitän Hampton kein besonders ordentlicher Mann, schloß Samara. Die Kabine war sauber, aber unaufgeräumt.

Ihr Blick fiel auf die Bücher, die beinahe hinter einer Holzleiste verschwanden. Erstaunt betrachtete sie die Titel. Wie nicht anders zu erwarten, besaß Hampton zahlreiche militärische und nautische Bücher, aber auch mehrere geschichtliche Werke sowie Dramen von Shakespeare und Milton. Am meisten verblüfften Samara eine griechische Ausgabe von Homers »Ilias« und der »Odyssee«.

Raymond bemerkte ihren Gesichtsausdruck. »Auch Piraten können lesen«, erklärte er lächelnd, und seine träge, tiefe Stimme machte sie nervös.

»Griechisch?« fragte sie zweifelnd.

Er runzelte die Stirn. »Haben Sie Griechisch gelernt?«

»Natürlich«, antwortete Samara unbekümmert. Daß es ihr schlechtestes Fach war und sie gerade die Buchtitel entziffern konnte, ging ihn nichts an.

»Ein Glas Wein, Mrs. O'Neill?«

Samara sah Raymond an und merkte, wie sich sein Hemd über seinen breiten Schultern spannte und die Muskeln seiner starken Oberschenkel sich unter den enganliegenden Hosen abzeichneten. Sie schluckte. Denk an Bren, ermahnte sie sich. »Ja, gern, Kapitän«, sagte sie schließlich, und ihre Hand zitterte ein wenig, als sie den Silberbecher ergriff.

»Raymond«, sagte er. »Bitte nennen Sie mich Raymond.« Seine Stimme war geradezu unwiderstehlich.

Samara trank einen Schluck. Sie hatte bisher nur bei besonderen

Gelegenheiten Wein getrunken und erinnerte sich nicht, daß er so köstlich schmeckte. Deshalb trank sie einen weiteren Schluck, und nun fiel ihr das Lächeln schon leichter.

Etwas wie Zärtlichkeit erfaßte Raymond bei diesem Lächeln. Samara wirkte so verletzlich, daß sie eine Mischung aus Beschützerinstinkt und Verlangen in ihm auslöste.

Schließlich gewann das Verlangen die Oberhand. Raymond trat einen Schritt auf sie zu, stellte seinen Becher auf den Tisch und nahm ihr den Wein ebenfalls ab. Zärtlich legte er einen Finger unter ihr Kinn, hob ihren Kopf an, blickte ihr tief in die Augen und entdeckte darin das Feuer. Er beugte den Kopf, um ihre Lippen zu küssen, und Samara reckte sich ihm wie gebannt vor eigenem Begehren entgegen.

In diesem Augenblick klopfte es an der Tür, und Samara zuckte zurück wie ein erschrockenes Tier. Entsetzt erkannte sie, was sie beinahe getan hätte.

Raymond fluchte laut und stieß wütend die Tür auf. Der Kammersteward trat ein. In den Händen trug er ein schwerbeladenes Tablett mit aromatisch duftenden Schüsseln. Er errötete, als er Raymonds Verärgerung bemerkte.

»Mr. Simmons sagte, ich solle servieren«, stotterte er nervös. Raymonds Gesicht glättete sich. »Schon gut, Davey.« Er wandte sich an Samara. »Das ist Davey. Falls Sie irgend etwas benötigen, brauchen Sie ihn nur zu fragen.«

Der Steward nickte eifrig, während Samara kaum die Lippen verzog. Beinahe hätte es eine Katastrophe gegeben. Das muß am Wein liegen, überlegte sie und vergaß, daß sie ein derartiges Verlangen schon früher verspürt hatte. Keinen weiteren Schluck würde sie heute trinken. Sowohl der Kapitän als auch Davey blickten gerade in eine andere Richtung. Rasch zog sie einen der beiden Stiefel mit dem Fuß heran und schüttete ihren restlichen Wein hinein.

Schon kam Raymond und führte Samara zum Tisch. Seine Hand brannte wie Feuer auf ihrem Arm. Höflich rückte er ihr den Stuhl zurecht und setzte sich ihr gegenüber.

Das Essen duftete köstlich. Samara hatte die letzten drei Tage fast nichts gegessen, doch hatten das Entsetzen und die Verwirrung jedes Hungergefühl verdrängt. Jetzt betrachtete sie die Gerichte und leckte sich unbewußt die Lippen.

Raymond entging die Bewegung nicht. Doch als Davey ihren Teller mit Hähnchenfleisch, Butterkartoffeln und heißem Brot füllte, mußte sie plötzlich an Bren denken, der verwundet und hungrig in seinem Verlies lag. »Ich möchte nichts«, erklärte sie tapfer, obwohl ihr das Wasser im Mund zusammenlief.

Raymond sah, wie sich die widerstrebenden Gefühle in ihrem Gesicht spiegelten, und wunderte sich selbst, welch einen Schmerz sie bei ihm auslösten.

»Würde es Ihnen helfen, wenn ich Ihnen versicherte, daß der Arzt noch einmal nach Kapitän O'Neill gesehen hat und es ihm gut geht?« fragte er beinahe freundlich. »Außerdem hat er ein ordentliches Essen bekommen.«

Samara strahlte. Sie glaubte Raymond, obwohl er ein Pirat war. Eifrig machte sie sich über ihren Teller her und merkte nur beiläufig, daß der Kapitän die beiden Becher erneut mit Wein füllte.

Raymond beobachtete Samara fasziniert. Nachdem sie ihrer Sorgen enthoben war, langte sie zu wie ein ausgehungerter Wolf. Noch nie hatte er eine Frau derart hingebungsvoll essen sehen, und das machte Samara in seinen Augen noch reizvoller. Trotz ihres unübersehbaren Hungers war sie bereit gewesen, auf das Essen zu verzichten. Weshalb? Aus Liebe zu ihrem Mann? Aus Pflichtgefühl?

Erneut klopfte es an die Tür, und Raymond rief Davey herein, der frisches Obst brachte. Keiner der beiden Männer sah, daß Samara erneut ihren Wein in den Stiefel schüttete.

Anschließend entließ Raymond den Steward für diesen Abend, lehnte sich zurück und betrachtete Samara, die seinem Blick verwundert standhielt. Wenn er nur wüßte, was sie dachte . . .

Wieder füllte er die Becher. Langsam mußte sich doch die Wirkung des Weins bei ihr einstellen. Im Augenblick schien sie noch völlig nüchtern zu sein. Raymond trank einen großen Schluck. »Wie lange sind Sie eigentlich schon verheiratet, Mrs. O'Neill?« fragte er schließlich und betrachtete sie dabei eindringlich.

Samara schluckte. Darüber hatte sie noch gar nicht nachgedacht. »Zwei – zwei Monate.«

Erneut lehnte er sich zurück. »Sie müssen Ihren Mann sehr lieben, wenn Sie seinetwegen – wie lange war es? – zwei Tage im Laderaum geblieben sind.«

»Ich – ja.«

»Es ist dort sehr dunkel.«

Samaras Augen wurden riesengroß, während sie sich an die schrecklichen Stunden unter Deck erinnerte. Raymond bemerkte es und zweifelte nicht an diesem Teil ihrer Geschichte.

»Noch etwas Wein, Mrs. O'Neill? Oder darf ich Sie Samara nennen?«

»Nein – nein.«

»Nein was? Keinen Wein mehr, oder soll ich Sie nicht Samara nennen?« Sein erneuter Spott brachte sie in die Wirklichkeit zurück. Denk an deinen Plan, befahl sie sich. Die Weinflasche war leer. Raymond mußte aufstehen und sich herumdrehen, wenn er eine neue holen wollte.

»Es wäre höchst unpassend, wenn Sie mich bei meinem Vornamen nennen würden«, erklärte sie so bestimmt wie möglich. »Aber ich möchte gern noch etwas Wein.«

Raymond stand auf und wandte sich ab, vor allem um sein Lachen zu verbergen, und Samara goß ihren Becher wieder aus. Langsam füllte sich der Stiefel. Diesmal hatte sie die Flüssigkeit deutlich plätschern hören.

Raymond kehrte mit einer vollen Flasche in der Hand zurück, füllte ihre beiden Becher und wunderte sich, wie trinkfest Samara war. Selbst er begann langsam die Wirkung des Weins zu spüren. Vielleicht zeigte sie es einfach nicht. Deshalb versuchte er es erneut.

»Erzählen Sie mir von zu Hause. Wo leben Sie?«

»In South Carolina«, antwortete Samara vorsichtig.

»Und Ihre Familie? Was würde die von all dem hier halten?«

Ihre Familie. Seit Stunden hatte Samara nicht mehr an ihre Eltern und ihre Geschwister gedacht. Zum erstenmal wurde ihr bewußt, welche Angst alle um sie haben mußten.

Schuldbewußt sah sie Kapitän Hampton an und trank hastig einen kräftigen Schluck Wein. Er wärmte sie und gab ihr neue, falsche Zuversicht. Sie würde Bren und sich retten. Entschlossen trank sie einen weiteren Schluck.

Raymond beobachtete Samaras wechselnden Gesichtsausdruck und fragte sich, ob sie ahnte, wie bezaubernd leicht sie zu durchschauen war. Unübersehbar hatte sie irgendeine Bosheit im Sinn. Er betrachtete seinen Becher. Vielleicht war sie gar nicht so unschuldig, wie sie tat, und wollte ihn betrunken machen. Das wäre interessant.

Wieder goß er Wein nach und lenkte ihre Aufmerksamkeit auf die Truhe in der Ecke. »Die habe ich in Indien entdeckt«, erzählte er und goß seinen Wein in die nahe, halb verwelkte Pflanze. »Vielleicht wollen Sie sie einmal ansehen.«

Samara betrachtete die Truhe und goß ihren Wein mit der linken Hand in den Stiefel. Wieviel mochte hineingehen? Dann setzte sie den leeren Becher an die Lippen und tat, als trinke sie ihn aus.

Sobald sie den Becher auf den Tisch gestellt hatte, füllte Raymond ihn wieder. Verflixte Frau, dachte er. Sie mußte ja Eingeweide wie Stahl haben.

»Sie haben mir noch nichts von Ihrer Familie erzählt«, erinnerte er sie freundlich.

»Oh, ich bin eine Waise«, erklärte Samara und bat ihre ganze Familie stumm um Vergebung.

Raymond sah sie fragend an. Ihm waren eine Menge Waisen begegnet, doch keine hatte so umsorgt gewirkt wie Samara. Ihr fehlten dieser schreckliche Hunger nach Liebe und der heftige Wunsch, zu irgend jemandem zu gehören. Trotz ihrer Verwirrung und ihrer Angst war sie zuversichtlich, wie es nur jemand sein konnte, der nie wahre Gier oder echten Schmerz erlebt hatte.

Samara bemerkte Raymonds Blick und erkannte, daß sie einen Fehler gemacht hatte. »Mein Onkel hat mich aufgezogen«, erklärte sie. »Bren ist mein Vetter. Alle waren dagegen, daß wir heirateten. Deshalb bin ich fortgelaufen, um bei ihm zu bleiben.«

Raymond nahm ihr die Geschichte ab. Sie erklärte einiges, auch die Vertrautheit der beiden und das Fehlen einer großen Leidenschaft. Wahrscheinlich waren sie gute Freunde gewesen, und die Ablehnung der Familie hatte eine Ehe um so reizvoller erscheinen lassen. So etwas kam häufig vor. Irgendwie erleichterte dieser Gedanke sein Gewissen.

»Und was ist mit Ihnen?« Samaras direkte Frage schreckte Raymond auf, und er bemerkte echtes Interesse in ihrem Blick. »Besitzen Sie eine Familie?«

»Einen Bruder«, antwortete er mit einem leichten Lächeln auf den Lippen. »Einen Zwillingsbruder. Er lebt in England.«

Zuneigung spiegelte sich auf seinem Gesicht und erschreckte Samara. Er schien ein sehr einsamer Mann zu sein.

»Ist er auch Pi . . .«

»Ob er auch Pirat ist?« unterbrach Raymond sie und wußte nicht, ob er lachen oder verärgert sein sollte. »Sie wollen unbedingt das Schlimmste von mir annehmen. Nein, er ist kein Freibeuter.« Jetzt lachte er tatsächlich. Die Vorstellung, sein würdevoller, verantwortungsbewußter Bruder könne ein Pirat sein, war zu komisch.

Obwohl es Samara kränkte, daß er sich ständig über sie lustig machte, war sie fasziniert. »Erzählen Sie mir von ihm.«

»Aufgrund der Tatsache, daß er sieben Minuten früher als ich auf die Welt kam, ist er jetzt Earl von Beddingfield«, begann Raymond, den der Wein gesprächiger als gewöhnlich gemacht hatte.

»Sie sind der Sohn eines Earls?« fragte Samara verblüfft.

»Es scheint ziemlich unwahrscheinlich, nicht wahr?«

Samara versuchte sich zu erinnern, was sie über den britischen Adel wußte. »Sind Sie ein ›Mylord‹?« fragte sie neugierig.

»Nein, leider nur ein ›Ehrenwerter‹ . . .« gab er lächelnd zu und wirkte geradezu umwerfend charmant. Erwartungsvoll sah er sie an.

Plötzlich konnte Samara nicht mehr an sich halten. Sie lachte laut auf und hörte gar nicht mehr auf. Sie bemerkte den jungenhaften Ausdruck in Raymonds Gesicht, weil er ebensoviel Spaß hatte wie sie, und ihr wurde klar, daß er zum erstenmal mit ihr lachte und nicht über sie. Und das war wirklich nett. Etwas Wunderbares geschah zwischen ihnen, und sie sahen sich an: Samara überrascht und gleichzeitig bestürzt, Raymond eher erschrocken und erstaunt.

Endlich riß Samara ihren Blick von dem Kapitän los und versuchte, den Gedanken zu verdrängen, daß dieser Mann ihr vielleicht gefallen könnte. Er war Engländer, und die kamen nach Meinung ihres Vaters gleich nach dem Teufel. Und er war hinter ihrer Seele her. Nicht ganz erfolglos, wie Samara zu ihrem größten Schrecken feststellte.

Konzentrier dich auf die Befreiung von Bren, schalt sie sich. Konzentrier dich auf deinen Plan. Konzentrier dich auf den Wein – auf irgend etwas, nur nicht auf diesen vitalen, ungeheuer anziehenden Mann.

»Kann ich noch etwas Wein bekommen?« fragte Samara schließlich bebend und merkte entsetzt, daß Raymond an ihrer Stimme erkannte, was in ihr vorging. Bestimmt wußte er, welch eine Wirkung er auf Frauen, und insbesondere auf sie hatte, und das war schlimm.

Weshalb wurde der Kerl nicht endlich schläfrig oder was immer mit Männern passierte, die zuviel tranken? Sie war müde, ihr schwindelte, und sie war gleichzeitig erregt und wütend. Daher setzte sie ihr strahlendstes Lächeln und bat: »Erzählen Sie mir mehr über Ihren Bruder. Sind Sie böse, weil er der Earl wurde?«

»Du liebe Güte, nein«, antwortete Raymond, und Samara bezweifelte seine Aufrichtigkeit nicht. »In meinem Fall hat es das Schicksal gutgemeint. Ich danke dem Himmel jeden Abend, daß ich der zweite Sohn bin und nicht die Verantwortung für solch ein großes Land und soviel Menschen tragen muß.«

»Und Ihr Bruder – wäre er auch gern ein freier Mann?«

»Nicht so stark wie ich. Er war immer der beständigere, der verantwortungsbewußtere von uns. Trotzdem ist er nicht langweilig«, fuhr er lebhafter fort. »Avery war nie langweilig. Er interessiert sich für alles mögliche – Bücher, Politik, neue Methoden zur Bodenverbesserung.« Raymond wußte selbst nicht, weshalb er das alles erzählte.

»Ein Schiff zu führen, bedeutet doch auch Verantwortung.«

Diese Bemerkung überraschte Raymond. Er hatte Samara für eine außerordentlich hübsche, aber noch sehr junge Frau gehalten, die ihrem Ehemann eine Menge Sorgen bereitete. Sie hatte ihm während des Abendessens nur Gesellschaft leisten sollen. Prostituierte, erfahrene Kurtisanen und selbstsichere Damen, die sich ihrer Schönheit und ihres Standes nur allzu bewußt waren, war er gewöhnt. Diese Samara O'Neill war eine völlig neue Erfahrung für ihn. Ihr kleiner Trotz und die Verwirrung in ihren großen Augen, die ständig die Farbe wechselten, hatten etwas ungeheuer Anziehendes. Tief in seinem Innern rührte diese Frau etwas auf, und er wußte nicht recht, was er davon halten sollte.

»Verantwortung ...« wiederholte sie und erwartete im Grunde keine Antwort.

»Hat man Ihnen nicht gesagt, Piraten seien verantwortungslos?« zog Raymond sie erneut auf.

Er bemerkte ihre Enttäuschung, und sein Herz schmerzte einen Moment heftig. Dann zwang er sich zur Ordnung.

Er war Samara nichts schuldig, erst recht keine Auskunft über sich selbst. Sie würde nie erfahren, wieviel ihm die »Unicorn« bedeutete; wieviel ihm an jedem seiner Männer lag und wie sehr sein Bruder und selbst Gut Beddingfield ein Teil von ihm waren. Beinahe seine gesamte Beute verwendete er dafür, das Gut zu erhalten. Lieber sollte sie ihn für den schlimmsten aller Piraten halten.

»Darf ich Ihnen jetzt ebenfalls ein paar Fragen stellen, Mrs. O'Neill?« sagte Raymond spöttisch.

Samara sah ihn unsicher an und senkte den Kopf, damit er ihr nicht in die Augen sehen konnte. Wie schnell seine Laune wechselte! »Über mich gibt es nichts zu erzählen«, erklärte sie mürrisch, während er sich herüberbeugte, in ihren leeren Becher blickte und ihn erneut füllte.

»Oh, ich weiß nicht«, antwortete er und lachte wieder. »Mich würde zum Beispiel interessieren, wie Sie soviel Wein trinken können, ohne umzufallen.«

»Sie fallen doch auch nicht um.«

»Nein, aber ich bin vermutlich mehr gewöhnt als Sie«, meinte er breit und gab lieber nicht zu, daß er morgen vermutlich einen gewaltigen Kater haben würde.

»Nun, dann ist es wohl ein Gottesgeschenk«, meinte Samara

stolz und begriff nicht, weshalb sich Raymond plötzlich zurücklehnte und laut auflachte.

»Wohl eher eine Teufelsgabe«, stieß er endlich hervor, und Samara lief ein Schauer den Rücken hinab.

»Sie müssen es ja wissen«, erwiderte sie wütend. Nahm dieser Mann sie denn nie ernst?

»Nun, wenn Sie es mir nicht verraten wollen«, fuhr er fort, »erzählen Sie mir wenigstens, ob Sie noch Geschwister haben.«

»Ich habe keine«, antwortete sie trotzig. Er bemerkte das Flakkern in ihren Augen und ahnte, daß sie log. Die Frage war nur, weshalb.

Plötzlich entdeckte Raymond ein kleines rotes Rinnsal, das erst in die eine, dann mit der Schiffsbewegung in die andere Richtung aus seinem Stiefel lief.

»Noch etwas zu trinken?« fragte er leise und überlegte, wieviel seines kostbaren Weins Samara heute nacht schon verschüttet hatte. Er hustete, damit sie nicht merkte, daß er lachen mußte. Dieses kleine kokette Weibsbild! Offensichtlich war sie viel intelligenter, als er vermutet hatte. Was hatte sie vor? Es gab nur eine Möglichkeit, es herauszufinden.

Während der nächsten halben Stunde ließ Raymond sich immer mehr gehen. Seine Augen wurden trübe, und er begann, schleppender zu sprechen. Mit jedem weiteren Anzeichen seiner Trunkenheit strahlte Samara stärker. Endlich ließ er den Kopf auf den Tisch sinken.

Raymond hielt die Augen auch noch geschlossen, als Samara aufstand, in der Kabine umherging, die Truhe öffnete und in die Ecken schaute. Endlich hörte er sie zufrieden aufatmen. Vorsichtig schob sie die Hand in seine Tasche und zog seine Schlüssel heraus. Er rührte sich nicht, denn er wollte wissen, wie weit sie gehen würde. Sie zögerte kurz, dann fuhr etwas durch die Luft, und er griff instinktiv nach ihrem Handgelenk. Scheppernd fiel die Flasche zu Boden.

Im nächsten Augenblick war Raymond aufgestanden und drehte Samara zu sich, damit sie ihn ansehen mußte.

»Wie ...« stotterte sie, als sie die Verärgerung in seinem Gesicht bemerkte. Verschwunden waren die leise Belustigung und die Gelassenheit. Raymonds Augen blitzten, und er lächelte umbarmherzig. Samara wurde es angst und bange.

»Sagen Sie mir«, begann er süßlich, und es klang drohender, als wenn er sie angeschrien hätte, »hatten Sie vor, mich umzubringen oder nur schwer zu verletzen?«

Samara wollte zurückweichen und den Blick von seinen Augen wenden, aber sie blieb wie gebannt stehen.

»Weder – noch«, antwortete sie und ärgerte sich furchtbar, weil sie ihre Angst so deutlich zeigte. »Ich – ich wollte – nur . . . Wollte – Sie – betäuben . . .«

»Betäuben? Mit einer vollen Weinflasche?« fragte er schrecklich leise. »Wissen Sie nicht, wie leicht man den Schädel eines Mannes zerspalten kann?« Sein Griff wurde noch fester. »Wenn nicht, sind Sie ein sehr gefährliches Kind.«

Samara sah ihn mit großen Augen an und dachte über seine Worte nach. Sie hatte Raymond wirklich nicht ernsthaft schaden wollen. Ein gefährliches Kind hatte er sie genannt. Langsam wurde sie böse.

»Ich wünschte, ich hätte es getan«, sagte sie bissig. »Ich bin kein Kind mehr.«

»Nein?« Sein Tonfall zeigte ihr, daß sie einen schweren Fehler begangen hatte. »Das werde ich gleich feststellen . . .«

Bevor Samara etwas erwidern konnte, hatte er den Mund auf ihre Lippen gepreßt. Diesmal war er nicht zärtlich, sondern strafte sie wild und grausam. Er zwang sie, die Lippen zu öffnen und drang geschickt mit der Zunge ein. Zu Samaras eigenem Entsetzen reagierte ihr Körper auch diesmal, obwohl sie wußte, daß Raymond sie nur strafen wollte. Ihr ganzes Innere wehrte sich gegen ihren Verstand. Sie wünschte nur noch, er würde weitermachen und alle ihre Sinne zum Klingen bringe.

Raymond lockerte den Druck seiner Lippen, sobald er merkte, daß Samara nachgab, und sein Körper pochte vor Verlangen. Er ließ ihr Handgelenk los, faßte ihre Taille und zog Samara enger an sich. Er spürte, wie ihr Körper erbebte, während sie sich an ihn bog, und der Schmerz in seinen Lenden nahm zu. Dann fiel ihm ein, was Samara gerade getan hatte.

»Sie enttäuschen mich, Madam«, meinte er mit eisiger Verachtung. »Erst versuchen Sie, mich wegen Ihres Ehemannes zu ermorden, anschließend sind Sie durchaus bereit, ihn zu betrügen. Vielleicht hat die kleine Vorstellung, die ich morgen geben werde, doch nicht die Wirkung, die ich mir davon erhoffe.«

Die kalte Verachtung in seiner Stimme und sein Gesichtsausdruck brachten Samara augenblicklich in die Wirklichkeit zurück. Von Raymonds Standpunkt hatte sie diesen Tadel sicher verdient. Der Kapitän glaubte, sie wäre verheiratet, und jetzt reagierte sie auf ihn wie auf Kurtisane. Was war nur mit ihr los? Sie wurde kreidebleich.

»Was für eine Vorstellung?« flüsterte sie kaum hörbar.

Wieder klang seine Stimme seidenweich. Doch er blickte sie stechend an, und sein Körper war vor Wut und Enttäuschung gespannt. Samara zitterte am ganzen Leib.

»Ich lasse Ihnen während der Nacht Zeit, darüber nachzudenken«, erklärte er. »Welche Strafe steht auf Mordversuch? Oder Meuterei?«

Samara wurde es ganz schlecht angesichts der unausgesprochenen Bedeutung seiner Worte. Während der letzten zwölf Stunden hatte sie viele Seiten von Raymond kennengelernt – manchmal war er warmherzig, beinahe jungenhaft. Doch nun gefror sie unter dem verächtlichen Blick dieses kalten, harten Fremden bis ins Mark.

»Ich bringe Sie jetzt in Ihre Kabine zurück, Madam«, verkündete er und beachtete ihre Angst nicht. Mit diesen wundervollen, verletzlichen Augen täuschte sie ihn nur über ihr verräterisches Herz hinweg. Er war ein Narr gewesen, daß er etwas anderes erwartet hatte. Einen Moment empfand er sogar Mitleid mit Brendan O'Neill.

Wütend ergriff Raymond Samaras Arm. Es war ihm völlig gleichgültig, ob er ihr weh tat. Zum erstenmal in seinem Leben hätte er eine Frau am liebsten geschlagen. Er zerrte sie in ihre Kabine, trat zu ihrem Entsetzen ebenfalls ein und blickte sich in dem ordentlich aufgeräumten Zimmer nach eventuellen Waffen um. Anschließend ließ er Samara los, die sich vor Angst nicht zu rühren wagte, und durchsuchte auch die Truhe seines ersten Offiziers.

Nachdem er dort ebenfalls keinen gefährlichen Gegenstand gefunden hatte, drehte er sich wieder zu ihr. »Räumen Sie die Truhe wieder ein«, wies er sie hart an. »Von nun an werden Sie genau tun, was man Ihnen sagt – Madam.« Es klang wie eine Beleidigung. »Haben Sie verstanden?«

Samara nickte nur. Sie versuchte, die Tränen zurückzuhalten, die ihr in die Augen steigen wollten. Vieles konnte sie ertragen, aber nicht diesen schrecklichen eiskalten Spott. Weshalb war es ihr wichtig, was dieser – Pirat von ihr hielt? Sollte sie ihm erklären, daß Brendan nicht ihr Mann war und sie keine untreue Ehefrau, wie er offensichtlich annahm?

Doch schon schlug er die Tür hinter sich zu und drehte den Schlüssel herum.

Raymond ging nicht sofort in seine Kabine, sondern lief ruhelos an Deck auf und ab, um seine Wut zu mildern. Er wunderte sich selbst, wie aufgebracht er war. Was hatte diese kleine Katze an sich, daß sie ihn derart beschäftigte? Ihr heftiges Temperament hatte ihm gefallen, ihre offensichtliche Verletzlichkeit hatte ihn gerührt, ihre ungewöhnlich dunkle Schönheit hatte ihn innerlich aufgewühlt, und ihre widerstrebende, aber durchaus vorhandene Leidenschaft hatte ihn erregt, bis er beinahe wahnsinnig wurde. Er begehrte sie – mehr als er je eine Frau begehrt hatte. Selbst jetzt noch, nachdem er wußte, daß auch sie vor Betrug nicht zurückschreckte und ihr Herz nicht so unschuldig war, wie er angenommen hatte.

Morgen würde er mehr über sie herausfinden. Er war nicht gerade stolz auf das, was er vorhatte, aber Samara O'Neill hatte eine Lektion verdient. Und die würde er ihr geben.

5. KAPITEL

Dies war wahrscheinlich die schlimmste Nacht in Brendans Leben. Sein Arm brannte, als würde er von tausend heißen Nadeln durchstochen, und sein Kopf schmerzte immer noch. Die Umgebung trug auch nicht gerade zu seiner Gesundung bei. Er teilte den Raum mit fünf weiteren Offizieren, und sie hatten gerade genügend Platz, um sich auszustrecken. Es gab weder Strohsäcke noch Stühle, nur einen Toiletteneimer, aus dem es entsetzlich stank. Das einzige Licht fiel durch ein vergittertes Fenster, vor dem zwei Seeleute Wache hielten. Einmal war es für einen Moment geschlossen worden, als die gesunden Männer seiner Mannschaft für die Nacht in einen anderen Laderaum geführt wurden.

Das körperliche Unbehagen war jedoch gar nichts im Vergleich zu Brens seelischer Verfassung. Bisher hatte er noch nie eine Niederlage erlitten; dieses Wort gab es bei den O'Neills nicht. Jetzt hatte er nicht nur sein Schiff verloren, sondern auch Samara und seine Männer nicht schützen können. Seine Leute waren auf das, was geschehen war, nicht einmal vorbereitet gewesen. In seiner Überheblichkeit hatte er angenommen, jedem Engländer ausweichen zu können.

Und dann Samara ... Brendan war die Bedeutung von Hamptons Worten nicht entgangen, und er fürchtete, seine kleine beschützte, viel zu verwöhnte Schwester war einem so gefährlichen Mann nicht gewachsen. Sicher glaubte Samara, mit ihm ebenso fertig zu werden wie mit ihren zahlreichen unerwünschten Verehrern, und brachte sich gerade dadurch in Gefahr.

Nur am Wachwechsel und daran, daß das Fenster erneut für kurze Zeit geschlossen wurde, weil seine Mannschaft wieder an Deck ging, erkannte Brendan, wie die Zeit verrann.

Als sich die Tür öffnete, schob er alle Vorsicht beiseite, achtete nicht auf den Schmerz in seinem Arm und stürzte sich blindlings auf eine der beiden Wachen. Er merkte kaum, daß er aus dem Verschlag herausgezogen wurde und die Tür hinter ihm zufiel. Entschlossen warf er sich erst auf den einen, dann auf den anderen Mann und schlug mit dem Kopf, den Füßen und seinem linken Arm auf sie ein. Endlich packte ihn jemand, band seine Hände vorn zusammen und stieß ihn den Gang entlang zu einer schmalen Treppe und zum Achterdeck hinauf.

Oben angekommen, blinzelte Brendan, denn das helle Sonnenlicht war nach den vielen Stunden im Dunkeln beinahe unerträglich. Es dauerte eine Weile, bis er sich an die Helligkeit gewöhnt hatte. Dann entdeckte er Hampton. Die Miene des Kapitäns war undurchschaubar, sein Blick verschleiert. Mit einer Hand hielt er Samara neben sich fest.

Entsetzt bemerkte sie das frische Blut auf Brendans Hemd, die neuen Wunden und die Stoppeln in seinem ungewaschenen Gesicht. Sie wollte einen Schritt auf ihn zugehen, doch Hampton ließ es nicht zu. Furcht und Sorge spiegelten sich in ihren Augen, und Brendan merkte, wie sein Haß auf den Kapitän wuchs. Er versuchte weiterzugehen, wurde aber an den Armen zurückgehalten.

Endlich sagte Hampton mit kühler, unpersönlicher Stimme: »Ich sagte Ihnen bereits, Ihre Frau wäre für mich ein Unterpfand für Ihr ordentliches Verhalten. Leider hatte sie nicht begriffen, daß das auch umgekehrt gilt.« Er verstärkte seinen Griff um Samaras Arm, weil sie sich losmachen wollte. Offensichtlich ahnte sie, was kommen mußte.

»Gestern abend hat sie versucht, mich umzubringen – ziemlich erfolglos, gebe ich zu«, fuhr Raymond im selben kühlen Ton fort. »Da ich zumindest im Augenblick nicht gewillt bin, sie zu bestrafen, werden Sie an Ihre Stelle treten.«

»Nein!« schrie Samara und wollte sich erneut von dem Engländer losreißen.

Raymond beachtete ihren Einwand nicht. »Bindet ihn an den Mast«, befahl er den beiden Männern, die Brendan hielten. »Zwanzig Schläge dürften genügen.«

Bren schloß die Augen, wehrte sich jedoch nicht, als er zum

Mast geführt wurde. Die Männer lösten seine Fesseln, streiften ihm das blutbefleckte Hemd vom Körper und banden seine Hände erneut so zusammen, daß er den Mast umarmte.

Weder er noch die beinahe hysterische Samara merkten, daß Raymonds Mannschaft sich verblüfft ansah. All die Jahre hatte der Kapitän nie eine körperliche Bestrafung erlaubt und erst recht nicht selber angeordnet. Da die »Unicorn« genügend Beute machte, hatte die Drohung, nach einer Straftat von Bord gewiesen zu werden, fast immer genügt.

Raymond wollte die kleine Scharade schon beenden und Samara erklären, daß die Strafe noch viel schlimmer ausfiele, wenn sie mit ihren Missetaten fortfuhr, da riß sie sich von ihm los, rannte zu ihrem Bruder und warf die Arme um ihn.

»Nein . . .« Diesmal klang ihre Stimme kräftig und bestimmt. »Ich habe es getan – nicht Brendan. Wenn jemand bestraft werden muß, dann ich. Mir tut nur leid«, fügte sie trotzig hinzu, »daß ich Sie nicht tatsächlich umgebracht habe.«

Die Männer blickten von Samara zu ihrem Kapitän. Sein Verhalten war ihnen unverständlich, und sie bewunderten den Mut und die Energie der jungen Frau.

»Mach, daß du wegkommst!« brach O'Neill die lange, gespannte Stille. »Sie ist meine Frau. Ich bin für sie verantwortlich. Aber bringt sie fort von hier.«

Samara umarmte ihn noch fester. In diesem Augenblick wirkte sie durchaus nicht kindlich. Flehentlich sah sie Raymond an. »Ich tue alles, was Sie wollen«, sagte sie ruhig, und er merkte, daß es ihr ernst war.

Brendan wußte es ebenfalls. Er zerrte an den Bändern, und erneut spritzte Blut aus seinen Wunden. »Nein!« schimpfte er. »Verdammt noch mal, Hampton, bringen Sie sie fort, und lassen Sie die Männer weitermachen.«

Noch nie war Raymond sich so erbärmlich vorgekommen. Er hatte Samara eine Lektion erteilen wollen und statt dessen selbst eine bekommen – eine Lektion über Ehre, Selbstopferung und Liebe. Samara liebte ihren Mann also doch. Ein unerwarteter Schmerz durchfuhr ihn, und er wandte sich um.

»Macht ihn los«, befahl er. »Bringt ihn erst zum Arzt und anschließend in meine Kabine.«

»Und Sie«, wandte er sich an seinen verblüfften ersten Offizier, »begleiten Mrs. O'Neill zurück in ihre Kabine.« Ohne ein weiteres Wort verschwand er und ließ seine Mannschaft ungläubig staunend zurück.

Raymond setzte sich in seinen bequemen Sessel, streckte die Beine aus und trank einen Brandy, während er auf Brendan O'Neill wartete. Doch die gelassene Haltung täuschte über seine innere Erregung hinweg. Wie Samara hatte er gestern abend mehr getrunken, als er vorgehabt hatte, und ihm war richtig elend.

Trotzdem brauchte er diesen Brandy, um die erbärmliche Szene an Deck aus seinem Gedächtnis zu tilgen. Noch nie hatte er einen Gefangenen mißhandelt, erst recht keinen Verwundeten, und er schämte sich zutiefst. Richtig lächerlich hatte er sich gemacht. Und weshalb? Wegen der Ehefrau eines anderen Mannes. Gestern abend war sein Stolz verletzt worden. Aber das war nichts im Vergleich zu dem, was er sich heute morgen geleistet hatte. Der Teufel sollte die kleine Kratzbürste holen.

Es klopfte an der Tür, und Raymond ließ O'Neill und die beiden stämmigen Männer seiner Wache eintreten. Sein Blick glitt über den Gefangenen. Brendan trug ein frisches Hemd. Trotzdem sah man den dicken Verband an seinem Arm, der mit einer Schlinge fest an seine Brust gedrückt wurde. Brendans Augen sprühten vor Haß, und Raymond konnte es ihm nicht übelnehmen. Er schickte die Wache hinaus.

Die beiden Männer beäugten sich argwöhnisch. Raymond hatte bereits ein zweites Glas mit Brandy gefüllt und auf den großen runden Tisch gestellt. Mit dem Stiefel schob er einen Stuhl nach vorn und deutete darauf. »Setzen Sie sich, O'Neill.«

Brendan tat, als hätte er nichts gehört. Er blieb stehen und schwankte ein wenig, denn er hatte ziemlich viel Blut verloren und seit achtundvierzig Stunden nichts gegessen. Da er keinen Bissen herunterbekam, hatte er die Mahlzeit seinen Offizieren überlassen.

Jetzt hoffte er nur, er würde nicht umkippen. Keinesfalls wollte er vor dem verhaßten Feind schwach werden.

Langsam stand Raymond auf und ließ O'Neill nicht aus den Augen. Eine ganze Weile maßen sich die beiden Männer schweigend. Endlich begann der Kapitän zu sprechen. Eine beinahe unmerkliches Zucken in seinem Wangenmuskel verriet Brendan, wie erregt er war.

»Noch nie in meinem Leben habe ich mich bei einem Mann entschuldigt, und ich hätte nicht geglaubt, daß es einmal erforderlich werden könne«, begann Raymond langsam. »Ich wollte Ihrer Frau heute morgen eine Lektion erteilen – und bin entschieden zu weit gegangen. Es tut mir leid.«

Brendan war verblüfft. Nichts in den vergangenen Stunden erklärte dieses veränderte Verhalten. Er preßte die Hände zusammen. »Meine Frau – ihr ist doch nichts geschehen?«

Ungeduldig verzog Hampton das Gesicht. »Ich sagte Ihnen bereits, daß ich nicht mit Frauen kämpfe. Ich habe Ihre Frau nicht angerührt, obwohl sie mich umbringen wollte.«

»Sie versicherten mir, sie würden ihr nichts tun, was sie nicht selbst wünsche«, erinnerte Brendan ihn und wollte Raymond noch nicht recht trauen. Diese Worte enthielten – eine gewisse Unterstellung ...

»Sind Sie sich Ihrer Frau so unsicher?« Raymond straffte sich, und seine Verärgerung wuchs.

»Sie ist noch sehr jung«, antwortete Brendan und sah Hampton eindringlich ins Gesicht. »Und sehr verletzlich.«

»Nicht so verletzlich, wie sie einen glauben machen möchte«, sagte Raymond kläglich.

Die Männer sahen sich erneut an, diesmal verständnisvoller.

»Samara ist sehr eigensinnig«, erklärte Brendan unnötigerweise.

»Und absolut treu«, erwiderte Raymond. »Allerdings etwas unbekümmert.« Diesmal lag eine Warnung in seiner ruhigen Stimme.

Brendan drohte umzufallen und stützte sich mit der Hand auf den Tisch.

»Normalerweise gebe ich meine Anordnungen nicht zweimal«, sagte Raymond. »Setzen Sie sich.«

Diesmal gehorchte Brendan. Widerstrebend begann er den Mann zu bewundern.

»Vielleicht hilft der Brandy«, meinte Raymond, der merkte, daß O'Neill die Lippen vor Schmerz und Schwäche zusammenpreßte.

Brendan ging nicht darauf ein. »Was wollen Sie von mir?«

Raymond zuckte mit den Schultern angesichts der erneuten Feindseligkeit seines Gefangenen. »Ich will Ihnen ein Angebot machen.«

Brendan sah ihn fragend an.

»Sie und Ihre Offiziere dürfen sich frei auf dem Schiff bewegen, wenn Sie versprechen, mir keine Schwierigkeiten zu bereiten.«

»Und meine Mannschaft?«

»Sie muß tagsüber weiterhin arbeiten – und kann nachts schlafen, wo sie möchte.«

Brendan zögerte nur kurz. Er hatte keine Möglichkeit, die »Samara« zurückzuerobern. Außerdem konnte er seine Schwester besser schützen, wenn er frei war. Daher nickte er.

»Ihnen ist klar, daß Sie damit die Verantwortung für Ihre Mannschaft – und für Ihre Frau übernehmen?«

Erneut nickte Brendan und preßte die Lippen zusammen. Er verabscheute sich selbst für diese Kapitulation, aber er hatte keine andere Wahl, solange Samara an Bord war.

Raymond warf ihm einen Schlüssel zu. »Ihre Frau ist in der Kabine nebenan. Sie können dort ebenfalls schlafen.« Er sprach beinahe gleichmütig, um seine Eifersucht zu verbergen.

Brendan erkannte, daß er entlassen war. Unter Schmerzen stand er auf und ging zur Tür. Dort drehte er sich noch einmal um, betrachtete Hampton und suchte nach der Ursache für das Geschehen der letzten Stunden. Doch das Gesicht des Kapitäns war völlig ausdruckslos.

Die Tür zu Samaras Kabine war verschlossen. Brendan probierte den Schlüssel und öffnete. Samara hatte sich in die Ecke des schmalen Bettes gehockt und blickte ängstlich in seine Richtung. Ihr Gesicht entspannte sich nur wenig, als sie ihren Bruder erkannte.

»Da wir angeblich ein Ehepaar sind, sollen wir uns diese Kabine teilen«, begann er langsam. Der Vorwurf in seiner Stimme war unüberhörbar.

Samara wußte nicht, was sie sagen solle. Seit sie Glen Woods verlassen hatte, war alles schiefgegangen. Es war ein schlimmer Fehler gewesen, einfach fortzulaufen und sich auf Brendans Schiff zu verstecken. Es war falsch, Kapitän Hampton glauben zu lassen, sie wäre Brendans Frau, und es war geradezu töricht, daß sie angenommen hatte, diesen Mann überlisten zu können. Während der letzten Stunden war sie die Ereignisse noch einmal in Gedanken durchgegangen und hatte erkannt, daß es ihr sowohl an Reife als auch an gesundem Menschenverstand fehlte. Sie hatte sich wie ein Kind benommen und war auch so behandelt worden.

Noch ärgerlicher war es, daß ihr das Bild von Kapitän Hampton nicht aus dem Kopf ging. Er hatte genau gewußt, was er tat, und sie war völlig hilflos gewesen. Seit Stunden saß sie so da, und die widerstrebendsten Empfindungen hatten sie erfaßt.

Jetzt sah sie ihren Bruder unsicher an. »Was ist passiert?« flüsterte sie.

»Das weiß ich selbst nicht recht«, antwortete Brendan. »Es scheint, als besitze Kapitän Hampton so etwas wie Ehre.«

»Ehre? Dieser gemeine Kerl? Dieser Pirat? Dieser . . .« Sie hielt inne, weil ihr Bruder die Augenbrauen hochgezogen hatte.

»Ist zwischen dir und Hampton irgend etwas passiert?« fragte er mißtrauisch.

»Nein«, antwortete Samara heftig und verdrängte bewußt den Gedanken an seinen feurigen Kuß. »Ich hasse ihn.«

Brendan betrachtete seine Schwester eine ganze Weile und versuchte, die Wahrheit herauszufinden. Ihre Augen blitzten leidenschaftlich, aber das konnte nach dem heutigen Morgen auch an ihrem Haß liegen. Die Szene an Deck war nicht gerade angenehm gewesen. Hampton hätte ihn wohl kaum freigelassen, wenn er Samara verführen wollte. Er schien die Ehe zu respektieren. Offensichtlich hatte er keine Ahnung, daß Samara noch Jungfrau war.

»Du hast etwas Schönes angerichtet, meine liebe Schwester«, meinte er. »Jetzt sitzen wir in der Falle. Wie in aller Welt sollen wir beide hier schlafen?«

Samara sah ihn elendig an. »Ich lege mich auf den Fußboden«, bot sie ihrem Bruder an.

»Das bringst du fertig, nicht wahr?« fragte er fröhlich und war beinahe wieder der alte Bren. »Das wird sicher nicht nötig sein. Aber jetzt möchte ich mich erst einmal hinlegen, wenn du nichts dagegen hast. Ich habe die letzten vier Tage furchtbar wenig geschlafen ... Und mein Arm schmerzt wie wild.«

Sofort sprang Samara vom Bett und setzte sich auf den Stuhl. »Hat er – hat er irgend etwas über mich gesagt?«

Wieder sah Bren seine Schwester neugierig an. Ihre Frage hatte nicht nur beiläufig geklungen. »Nur, daß ich jetzt für dein Verhalten verantwortlich bin. Ich glaube, er ist deinetwegen sehr verärgert. Was hast du angestellt?«

»Erst habe ich versucht, ihn betrunken zu machen«, gab Samara kleinlaut zu. »Anschließend wollte ich ihm mit einer Weinflasche auf den Kopf schlagen.«

Bren legte eine Hand vor das Gesicht, um sein Lachen zu verbergen.

»Und woher hast du gewußt, wie man einen Mann betrunken macht, Schwesterchen?«

»Ich habe zu Hause gut zugehört«, erklärte Samara geradeheraus. »Erinnerst du dich ...«

»Nein, ich will es auch nicht«, unterbrach er sie. »Hast du nicht daran gedacht, daß du selbst auch hättest betrunken werden können?«

»Ich habe nicht viel getrunken«, erklärte Samara selbstgefällig, »sondern statt dessen meinen Wein in einen seiner Stiefel gegossen.«

Bren prustete los, keuchte und lachte schließlich laut auf. Er wunderte sich immer mehr, daß Hampton seine Drohung heute morgen nicht wahrgemacht hatte. Der Mann stieg ganz entschieden in seiner Achtung.

»Du hast wohl nie Angst, einen Tiger in die Nase zu zwicken?« fragte er schließlich.

»Heute morgen schon«, gab sie ehrlich zu, und aller Schalk verschwand aus ihrer Stimme.

»Sehr gut«, antwortete Brendan ruhig. »Kapitän Hampton läßt sich nämlich bestimmt nicht an der Nase herumführen. Gib mir dein Wort, daß du dich ordentlich benimmst. Keine weiteren Rettungsversuche!«

Samara nickte. Heute hatte sie die eiskalte, grausame Seite des Engländers kennengelernt. Die wollte sie nicht noch einmal herausfordern. Wenn sie den Kapitän doch auch aus ihren Gedanken vertreiben könnte ...

Samaras guter Vorsatz hielt gerade drei Stunden. Der Steward brachte ihnen etwas zu essen: Brot, Käse und gepökeltes Fleisch. Bren verschlang das meiste davon. Nachdem sich seine Sorge um Samara etwas gelegt hatte, merkte er, wie hungrig er war. Anschließend zog er seine Stiefel aus und war Minuten später eingeschlafen.

Samara saß im Sessel und beobachtete ihn. Sie hatte noch nie einen schlafenden Mann gesehen. Das Privatleben wurde im Hause O'Neill stets respektiert, daher durfte sie die Zimmer ihrer Brüder nicht betreten.

Wieviel jünger wirkte Bren, nachdem sich die Sorgenfalten geglättet hatten. Sein blondes Haar, das erheblich heller war als das von Kapitän Hampton, ringelte sich um sein Gesicht. Wie liebte sie ihn, und wie gut und besorgt er immer um sie war. Selbst jetzt noch, nachdem sie ihm soviel Schwierigkeiten bereitet hatte.

Sie würde ihn nicht noch einmal enttäuschen, sondern ihm gehorchen und eine wahre Modellehefrau spielen.

Ehefrau ... Samara mußte an Kapitän Hampton denken. Ob er im Schlaf auch so jungenhaft wirkte?

Ich verabscheue ihn, redete sie sich ein. Er ist grausam und abscheulich. Dieser Mann besitzt keine Ehre. Wie kann Bren nach dem Vorfall heute morgen so etwas behaupten?

Um sich abzulenken, ging Samara zu der Schiffstruhe des ersten Offiziers. Vielleicht befand sich unten am Boden ein Buch. Beim Einräumen der Sachen, die Kapitän Hampton gestern durchwühlt hatte, hatte sie allerdings keines gesehen. Nein, da war nichts.

In Raymonds Kabine befanden sich eine Menge Bücher. Wahrscheinlich war der Kapitän oben an Deck. Sie hatte ihn vorhin vorbeigehen hören. Er würde bestimmt nicht merken, wenn ein Band fehlte.

Vorsichtig schlich Samara zur Tür, öffnete sie leise und spähte hinaus. Auf dem Gang war niemand. Sie zögerte nur einen Moment. Dann holte sie tief Luft, eilte hinüber und zog die Tür hinter sich zu. Rasch lief sie zu dem Bücherregal, ließ den Blick über die Titel gleiten und entschied sich für Shakespeares »Macbeth«.

Sie war so versunken in ihrer Beschäftigung, daß sie nicht hörte, wie der Kapitän beinahe lautlos hereinkam.

»Sie sind also tatsächlich ein kleines blutrünstiges Wesen! Ich dachte, es hätte an mir gelegen, daß Sie so gewalttätig wurden ... Gefällt Ihnen dieses Gemetzel etwa? Oder ...« Er machte eine kleine Pause. »Oder suchen Sie nach einer neuen Möglichkeit, mich aus dem Weg zu räumen? Ich wäre Ihnen sehr verbunden, wenn Sie dafür keine weitere Weinflasche verwendeten. Mein Vorrat ist gestern abend ziemlich geschrumpft«, schloß er mit leiser, spöttischer Stimme.

Samara fuhr herum und ließ vor Schreck das Buch fallen.

Raymond Hampton lehnte an der Tür und machte ihr jede Flucht unmöglich. Er wirkte unglaublich männlich. Sein Haar war vom Wind zerzaust, seine Hosen lagen eng an seinen festen Schenkeln, und er lief erneut barfuß. Samara starrte auf seine nackten Füße. Nie hätte sie sich vorstellen können, daß Füße hübsch waren. Aber seine waren es, wie alles an ihm.

Raymond bemerkte ihren Blick. »Vergeben Sie mir meinen Aufzug, kleine Wildkatze. Leider wurden meine Stiefel heute nacht mit Wein gefüllt. Und da ich nicht an Wunder glaube, nehme ich an, daß ein Mensch seine Hand im Spiel hatte. Ich weiß nicht, welchen Verlust ich stärker bedauere: den meines Weins oder meiner Stiefel ...«

Mit seiner seidenweichen Stimme neckte er Samara und reizte sie gleichzeitig. Doch sein Blick blieb eiskalt.

»Tut – tut mir leid«, sagte sie, obwohl sie keinerlei Reue verspürte.

»Was tut Ihnen leid?« fragte er und klang noch spöttischer als zuvor. »Daß Sie meinen Wein verschüttet und meine Stiefel verdorben haben oder daß Sie mich nicht umbringen konnten?«

Samara sah ihn hilflos an. »Ich wollte Sie nicht ernsthaft verletzen«, erklärte sie langsam. »Ich wollte nur Zeit gewinnen, um ...

»Ihre Liebe zu retten«, fuhr er sie an und wunderte sich selbst, wie verärgert er war. »Und weshalb sind Sie jetzt hier? Wo ist O'Neill? Sie haben doch alles, was Sie wollen.«

»Nicht die ›Samara‹«, stieß sie unbedacht hervor.

»Nicht nur blutrünstig, sondern auch unersättlich«, stellte Raymond fest. »Hat Ihr Mann Sie hergeschickt, damit Sie Ihre List ausspielen? Falls ja, war es vergeblich. So hübsch Sie auch sind, einen derart hohen Preis zahle ich nicht für Sie.«

Zutiefst gekränkt und verletzt stürzte sich Samara auf den Kapitän. Er fing ihre Hand ab, war jedoch nicht darauf gefaßt, daß sie ihm heftig mit dem Fuß vor das Schienbein stoßen würde. Vor Schmerz zuckte er zusammen. Der Schlag kam so unerwartet, daß er Samara losließ. Im nächsten Augenblick schlug sie ihm ins Gesicht und hörte befriedigt, wie ihre Hand auf seine Wange klatschte.

Raymond fluchte ausgiebig und fing Samara wieder ein. Mit seinen großen Händen umschloß er ihre Taille, hob Samara auf und legte sie über seine muskulösen Schenkel.

»Sie müssen endlich lernen, daß man andere Leute nicht ungestraft schlagen darf«, schimpfte er durch die zusammengebissenen Zähne.

Er strich ihren Rock glatt, und Samara spürte seinen Schlag noch durch die Kleidung. Verzweifelt versuchte sie, sich loszumachen, doch seine Hand fuhr noch einmal unbarmherzig auf sie hinab. Insgesamt dreimal.

Nie hatte sie jemand aus reiner Verärgerung geschlagen, das war entsetzlich demütigend. Trotzdem spürte Samara, daß Raymond seine Wut noch zügelte. Seine Schläge taten zwar weh, aber der Stoff milderte sie. Viel schlimmer war die Schändlichkeit ihrer Lage, und Raymond wußte es genau.

Endlich glättete er ihr Kleid und stellte Samara beinahe sanft auf die Füße. Mit einem Finger wischte er die Träne fort, die ihre Wange hinunterlief. Als sie ihn ansah, bemerkte sie eine leichte Wehmut in seinem Blick. Doch die ging so rasch vorüber, daß sie sich alles vielleicht nur eingebildet hatte.

»Ich habe noch nie eine Hand gegen eine Frau gehoben«, erklärte Raymond. »Aber Sie könnten einen Heiligen in Versuchung führen.«

Als Samara ihn ungläubig ansah, lächelte er geradezu unwiderstehlich. »Nicht, daß ich mich für einen Heiligen hielte – obwohl Sie mich dahin bringen könnten.«

Sein Blick wurde wärmer. Samara sah entzückend aus, wie sie mit weit aufgerissenen Augen dastand und verzweifelt die Tränen zurückzuhalten versuchte. Am liebsten hätte er sie geküßt und ihr versichert, daß alles gut wäre. Aber sie gehörte einem anderen, deshalb wollte er sie nicht anrühren. Seltsamerweise war ihm dies seit heute morgen Ehrensache.

Er wurde wieder ernst. »Nehmen Sie das Buch mit«, sagte er. »Das nächstemal fragen Sie aber bitte vorher. Davey wird Ihnen bringen, was Sie möchten.«

6. KAPITEL

Die Zeit verging unendlich langsam. Die »Samara« war inzwischen soweit repariert worden, daß sie mit eigener Kraft nach Bermuda segeln konnte, und die Mannschaften machten sich auf beiden Schiffen zur Weiterfahrt bereit. Nachdem Brendan ein paar Stunden geschlafen hatte, unterrichtete er seine Offiziere von der Übereinkunft mit Raymond Hampton.

Eine Stunde später stand er an der Reling der »Unicorn« und sah zu, wie sein Schiff unter dem Kommando eines anderen seine geflickten Segel entfaltete.

Raymond stellte sich schweigend neben ihn. Sein Respekt vor dem Amerikaner war während der beiden letzten Tage erheblich gewachsen. Er begriff, daß O'Neill heute morgen getan hatte, was er tun mußte. Dabei hatte er nie die Haltung verloren, weder schwere Vorwürfe erhoben noch sinnlose Drohungen ausgestoßen. Das war sehr mutig gewesen, und Mut bewunderte Hampton bei anderen am meisten.

»Die ›Samara‹ ist hübsch«, sagte er endlich.

»Ja, ich habe sie selbst entworfen. Sie wird mir fehlen«, antwortete O'Neill nüchtern. »Das nächste Mal werde ich noch mehr Segel nehmen.«

»Dann bekommen Sie größeren Tiefgang und können sich nicht mehr ohne weiteres in Flußmündungen oder flacheren Gewässern verbergen.«

Brendan sah Hampton abschätzend an. »Und Sie würden unmittelbar davor auf uns lauern.«

»Wahrscheinlich«, meinte Hampton unbekümmert. »Ich bewundere Ihre Schiffe.«

»Das sieht man«, antwortete Brendan, dem die Ähnlichkeit zwischen seinem Schiff und der »Unicorn« längst aufgefallen war. »Ich nehme an, Sie haben Ihres ebenfalls selbst entworfen.«

Die beiden Männer sahen sich an und erkannten plötzlich, daß sie sich unter anderen Umständen sehr gut verstanden hätten.

Hampton zuckte die Schultern. »Ich sagte ja schon, mir gefallen Ihre Schiffe. Deshalb habe ich Ihren Landsleuten eine Menge Ideen gestohlen. Sie haben ein einmaliges Gespür für den Schiffbau.«

Samara war inzwischen an Deck gekommen und hatte den letzten Teil der Unterhaltung mit angehört. Plötzlich kam Raymond ein Gedanke. »Wollen Sie und Mrs. O'Neill mir nicht die Ehre geben, mit mir zu Abend zu essen?« fragte er Brendan. »Mr. Simmons und mein Schiffsarzt Yancy werden ebenfalls anwesend sein.«

Samara stieß ihren Bruder mit dem Fuß an, aber der begriff nicht oder wollte nicht begreifen. Er verbeugte sich leicht. »Wir nehmen gern an«, erklärte er und kümmerte sich nicht um Samara, die ihn in den Arm kniff. Er hatte keine Lust, den Abend mit seiner schlechtgelaunten Schwester zu verbringen.

»Mrs. O'Neill?« Raymond sah sie spöttisch an, denn ihr Widerstreben war unübersehbar.

»Ich bin leider zu müde«, antwortete Samara. »Kein Wunder nach dem Vorfall heute morgen.«

»Das tut mir leid, Mrs. O'Neill«, sagte er. »Ich werde Ihnen die Mahlzeit in die Kabine schicken lassen.« Er wandte sich wieder an Bren. »Ich hoffe, Sie leisten uns trotzdem Gesellschaft.«

Bren blickte von der wütenden Samara in Hamptons fröhliches Gesicht. Irgend etwas ging hier vor. Die Spannung zwischen den beiden war unübersehbar.

Plötzlich bekam Bren Angst um seine Schwester. Er würde das Abendessen nutzen, um herauszubekommen, ob Hampton irgendwelche Absichten auf Samara hatte. Kühl nahm er die Einladung an.

»In Ordnung«, sagte Hampton. »Mein Kammersteward wird Sie holen.« Er verbeugte sich leicht vor Samara. »Ich hoffe, Sie erholen sich bald.« Er war verschwunden, bevor ihr eine geeignete Antwort einfiel.

Statt dessen fuhr sie ihren Bruder an: »Wie kannst du mit diesem Halunken zu Abend essen?«

»Entschuldige, hast du gestern abend nicht genau dasselbe getan?« fragte Bren freundlich.

Samara wurde dunkelrot. Mußte er sie daran erinnern? »Ich wollte dir nur helfen.«

»Vielleicht will ich das auch«, antwortete Bren noch freundlicher.

Samara blickte ihm in die blauen Augen. Ihr Bruder war besorgt. Neue Falten hatten sich in seinem Gesicht gebildet, und seine Lippen waren ungewöhnlich schmal.

»Es tut mir wirklich leid, daß ich dir soviel Kummer bereite – und daß ich immer gleich auffahre.«

Brendan betrachtete seine Schwester eindringlich. Samara war kein Kind mehr. Er hatte die Wehmut in ihren Augen bemerkt, während sie Hampton ansah, und sie war dunkelrot geworden, als der Kapitän an sie herantrat.

»Paß auf dich auf, kleine Schwester«, sagte er. »Ich glaube, der Mann verspeist kleine Mädchen wie dich zum Frühstück.«

Samara bekam keinen Ton heraus, und Bren merkte, daß es schlimmer um sie stand, als er vermutet hatte. Zum Glück waren sie »verheiratet«. Darauf würde er heute abend noch einmal deutlich hinweisen.

Glücklicherweise hatte Samara ihrem Bruder die Familiengeschichte erzählt, die sie dem Kapitän aufgetischt hatte. Deshalb konnte Brendan Raymonds Fragen einigermaßen sicher beantworten. Trotzdem merkte er, daß der Kapitän kein Dummkopf war und jede Nuance aus seinen Worten heraushörte. Das beunruhigte ihn, denn er log nicht gern – erst recht nicht gegenüber einem Mann, den er wenn auch widerstrebend durchaus achtete.

»Und wohin wollten Sie Ihre Fracht bringen?« fragte Raymond jetzt. »In Frankreich sind Sie meines Wissens ebensowenig willkommen wie in meiner Heimat.«

Das traf zu. Beide Länder wehrten sich gegen einen freien Handel. »Nicht alle Franzosen halten sich an die offizielle Wirtschaftspolitik«, antwortete er nur.

Raymond lächelte ein wenig. »Also Schmuggel?«

Brendan zuckte die Schultern. »Manche mögen es so nennen.

Wir brauchen Absatzmärkte für unsere Baumwolle und den Indigo. Seit sich England und Frankreich im Krieg befinden, ist der Handel stark zurückgegangen.«

»Und was wollten Sie zurückbringen?«

»Natürlich Gewehre«, antwortete O'Neill und sah Raymond herausfordernd an. »Gewehre, Munition und Kanonen.«

Die beiden Männer lächelten sich verständnisvoll an, während die übrigen Gäste am Tisch nur die Köpfe schüttelten.

Nach der ausgezeichneten Mahlzeit aus frisch gefangenem Fisch, Butterkartoffeln und Apfelpastete tranken sie noch eine Flasche Brandy.

»Ich möchte Ihnen danken, daß Sie meiner Frau gegenüber so nachsichtig waren«, sagte Bren plötzlich vorsichtig, und die kurze Kameradschaft verflog. Yancy und Simmons sahen sich an. Sie erinnerten sich an die Szene an Deck und fanden durchaus nicht, daß der Kapitän besonders nachsichtig gewesen wäre.

»Sie haben mich selbst darauf hingewiesen, wie jung sie noch ist«, erklärte Raymond ungerührt. Außerdem ist sie sehr hübsch, fügte er stumm hinzu. »Sind Sie schon lange verheiratet?«

»Einige Monate. Ich fürchte, sie hat noch keinen Gehorsam gelernt.«

Und wird es auch nie, dachten beide Männer beinahe gleichzeitig.

Bren entging Hamptons Interesse nicht, obwohl der Kapitän es vor ihm verbergen wollte. Raymond und seine Schwester: das ergäbe ein schönes Paar! Ein Mann, der nach Samaras Worten beinahe ein englischer Lord war und sich bei Hof vermutlich ebenso wohl fühlte wie am Ruder seines Schiffes, und seine kleine hitzköpfige Schwester. Unwillkürlich lächelte er.

Dann verscheuchte er den Gedanken wieder. Samara war viel zu jung, zu unschuldig und zu weltfremd, um mehr als ein Zeitvertreib für Hampton zu sein. Sie gehörten völlig unterschiedlichen Welten an. Samara hatte zu recht Angst, und er würde alles tun, um sie zu beschützen. Trotzdem hätte es interessant werden können ...

Mit aller Kraft schleuderte Samara die Schüssel mit dem Maisbrei an die Wand. Kapitän Hampton hatte ihr das Essen zusammen mit einer Nachricht geschickt, und sie sah sein grinsendes Gesicht direkt vor sich, während sie die Worte las:

»Es tut mit unendlich leid, daß Sie heute abend unwohl sind und nicht gemeinsam mit uns essen können. Es hatte ein besonders schöner Abend werden sollen. Ich hoffe, dies ist das Richtige für Ihren geringen Appetit. Ich wünsche Ihnen baldige Genesung. Hampton.«

Gleich nachdem Samara die Einladung des Kapitäns abgelehnt hatte, bedauerte sie ihr Verhalten. Doch sie war zu stolz, um ihre Entscheidung rückgängig zu machen. Seitdem saß sie in ihrer Kabine und erinnerte sich an die herrliche Mahlzeit am Vorabend und noch mehr an Raymond Hamptons bezwingende Persönlichkeit. Der Mann konnte geradezu unwahrscheinlich anziehend und richtig jungenhaft charmant sein. Sie erschauerte bei dem Gedanken an den wütenden Kuß, mit dem der gestrige Abend geendet hatte, an dem sie ständig zwischen Schmerz und Lust hin und her gerissen worden war.

Jetzt hatte Davey ihr das Essen – falls man diesen unappetitlichen Brei überhaupt so nennen konnte – mit Raymonds spöttischer Nachricht gebracht, und ihre Sehnsucht wurde für eine Weile von ihrem Zorn verdrängt.

Raymond war der ärgerlichste, verabscheuungswürdigste, überheblichste, egoistischste Kerl, den sie je kennengelernt hatte. Wie konnte ihr Bruder mit ihm zu Abend essen? Wie brachte er es fertig, höflich Konversation mit ihm zu machen? Verdammte Männer. Offensichtlich besaßen sie einen ganz besonderen Sinn für Humor. Sie, Samara, entdeckte jedenfalls keinerlei Ehrgefühl in dem, was die letzten Tage geschehen war.

Plötzlich hielt Samara es in der engen Kabine nicht mehr aus. Sie öffnete die Tür und stieg an Deck. Dort fand sie ein verborgenes Plätzchen, setzte sich und ließ sich das Haar vom Wind zerzausen. In der Ferne erkannte sie die Lichter der »Samara«, und eine tiefe Trauer erfaßte sie auf einmal. Bren hatte dieses Schiff mehr als alles andere geliebt. Es war sein ganzer Stolz gewesen.

Raymond Hampton hatte es ihm beinahe mühelos genommen. Und er hatte ihr auch etwas angetan. Er hatte Gefühle in ihr geweckt, von denen sie bisher nichts ahnte. Nie hatte sie sich für eine schwache Frau gehalten, aber Kapitän Hampton hatte ihr diesen Eindruck vermittelt. Sie wußte, daß sie sich von ihm fernhalten mußte, spürte jedoch, daß sie nicht die Kraft dazu besitzen würde.

Hilflos blickte Samara hinauf zu den Sternen und fühlte sich plötzlich sehr allein mit ihren Wünschen und ihrer Sehnsucht. Sie wünschte ja das Unmögliche und sehnte sich nach etwas Unerreichbarem. Denn Raymond Hampton war ihr Feind, ein englischer Adeliger und herzloser Räuber, der offensichtlich seine Freiheit liebte.

Endlich fand Samara ihren Stern. Laß mich diesen Mann vergessen, bat sie stumm. Nimm diese Gefühle fort ...

Ihr Stern schien ihr Flehen nicht zu erhören, denn Samara spürte Raymond lange, bevor sie ihn hörte. Es war wie die sprichwörtliche Ruhe vor einem Sturm, wenn der Wind stillsteht und das bevorstehende Toben der Elemente geradezu fühlbar zu werden scheint. Sie war angesichts dieser entfesselten Elemente immer ganz wehrlos, und so kam sie sich auch jetzt vor, als Kapitän Hampton auf sie zuging.

Samara preßte die Hände zusammen, wartete auf eine weitere Neckerei und machte sich auf einen neuen Kampf gefaßt.

Aber Raymond stellte sich nur neben sie, und sie bekam eine Gänsehaut.

Nach einer wahren Ewigkeit begann er zu sprechen, und diesmal klang seine Stimme warm und herzlich.

»Eine wunderschöne Nacht ist das«, sagte er schlicht. »Die Götter müssen mit ihrem Werk zufrieden sein, wenn sie es betrachten.«

Samara, die Raymond absichtlich nicht angesehen hatte, drehte sich erstaunt zu ihm. Der Kapitän hatte beinahe ehrfürchtig gesprochen. Plötzlich wurde sie mißtrauisch. Wollte er sie etwa aus dem Gleichgewicht bringen? Bestimmt war dies nur eine weitere Taktik, um sie zu entwaffnen.

Er gab ihr keine Gelegenheit zu einer Antwort, denn er bemerkte ihr ungläubiges Gesicht.

»Sie sehen sehr nachdenklich aus«, stellte er fest.

»Ich habe einen Wunsch zu meinem Stern geschickt«, antwortete Samara trotzig und wußte nicht recht, wie sie sich verhalten sollte. Einerseits hätte sie diesen Engländer gern geneckt, das wäre zumindest ein kleiner Schutz gewesen. Sie konnte sich ja fast nicht gegen diesen Mann wehren – eigentlich jede Minute weniger. Viel lieber hätte sie sich jedoch zu ihm hinaufgereckt und ihre Lippen auf seinen Mund gedrückt.

Raymond hatte das Gefühl, noch nie einem so bezaubernden Geschöpf begegnet zu sein. Das Mondlicht spielte in Samaras langen schwarzen Locken. Ihre grauen Augen mit den winzigen Silberfunken, die eben noch trotzig und nun erstaunt dreinblickten, spiegelten in ihrer Tiefe die Unendlichkeit der Nacht. Ihre Lippen waren leicht geöffnet, und Samara befeuchtete sie unbewußt, während sie den Kapitän wehmütig ansah.

Raymonds Herz klopfte ungewöhnlich, und er ballte die Fäuste vor Begehren und Zorn. Instinktiv hob er die Hand, strich über die dunklen Locken und freute sich, wie weich sie waren. Ihr verlokkender Duft machte ihn geradezu trunken. Es war, als verzaubere ihn diese Kinderfrau, diese liebliche Sirene der Nacht, die jemand anders gehörte. Wer war sie ? Die Unschuld oder die Versuchung? Raymond war es egal. Beinahe wider Willen beugte er den Kopf zu ihren Lippen und konnte den Zauber nicht brechen, der ihn unwiderstehlich zu ihr hinzog.

Samara war von derselben Magie gefangen. Der Mond hüllte Raymond in ein geradezu strahlendes Licht. Mehr denn je schien er aus einer fernen Welt und jenem geheimnisvollen Königreich zu stammen, nach dem sie sich so sehnte. Aller Widerstand in ihr brach zusammen und schmolz unter seinem glühenden Blick. Sie vergaß ihre Umwelt und blickte nur noch auf seine Lippen, die sich ihrem Mund näherten.

Sie küßten sich verzehrend, als wären sie füreinander bestimmt, und Samara fühlte sich in eine Welt versetzt, von der sie noch nicht einmal geträumt hatte. Alle ihre Sinne waren aufs höchste geschärft, jubelten vor Freude und sehnten sich nach mehr. Sie hob die Arme, legte sie um Raymonds Hals und spielte mit den Locken in seinem Nacken. Gleichzeitig öffnete sie die Lippen, damit seine

Zunge eindringen konnte und auch die tieferen Winkel erforschte. Er reizte und lockte sie, bis sie das Gefühl hatte, die süße Qual keine Sekunde länger ertragen zu können. Ihr ganzer Leib zog sich schmerzlich zusammen.

Erschrocken machte Samara sich los und starrte Raymond an. Ihr wurde klar, daß sie ihr Herz an diesen Mann verloren hatte, aber sie würde nie die Seine werden. Ihre Welten waren zu fern und würden es immer bleiben. Mit großen, traurigen Augen trat sie zurück, drehte sich herum und lief davon.

Raymond blieb an der Reling stehen und blickte hinaus auf die See. Er wußte selbst nicht recht, was eben geschehen war. Gerade hatte er noch eine ungeheuere Freude verspürt, jetzt war alles in ihm leer. Himmel und Hölle – er hatte nie gewußt, daß sie so nahe beieinanderlagen.

Als Brendan in seine Kabine zurückkehrte, fand er nur eine zerbrochene Schüssel und Spritzer eines unappetitlichen Breis an der Wand. Ein Blatt Papier knisterte unter seinen Stiefeln. Er hob es auf, las die Worte und lächelte vor sich hin. Deshalb war seine kleine Schwester so wütend gewesen.

Schon wollte er an Deck gehen und Samara suchen, dann zögerte er. Es war wohl besser, sie beruhigte sich erst einmal. Hampton würde sie nicht begegnen, denn der war mit seinem ersten Offizier und dem Schiffsarzt in der Kabine zurückgeblieben.

Natürlich war Samara schrecklich verwöhnt. Nicht nur die Eltern, auch seine Brüder waren daran schuld. Hier auf dem Schiff war sie einem Mann begegnet, der einen ebenso starken Willen besaß wie sie. Und sie war ihm nicht gewachsen. Die nächsten Tage konnten interessant werden!

Gerade wollte Bren sich doch auf die Suche nach seiner Schwester machen, da flog die Tür auf, und Samara stürzte mit zerzaustem Haar und bleichem Gesicht herein. Sofort regte sich sein Beschützerinstinkt.

»Was ist passiert?« fragte er gepreßt. »Hampton hat versprochen . . .«

»Nichts«, antwortete sie mit bebender Stimme. Trotzdem ging sie zu ihm, und er zog sie in seine Arme.

»Nichts?« fragte er leise und merkte, daß sie zitterte.

»Wie ist das, wenn man sich verliebt hat?« fragte Samara ängstlich.

Bren machte sich los und starrte seine Schwester an. Er konnte die Frage aus eigener Erfahrung nicht beantworten. Bisher war er immer nur kurz für eine Frau entflammt gewesen. Die verzehrende Leidenschaft hatte sich nie eingestellt.

»Glaubst du, daß du Hampton liebst?« Er fürchtete ihre Antwort beinahe. Obwohl die beiden ein interessantes Paar wären, bezweifelte er, daß irgendeine Frau Hampton auf Dauer würde halten können.

Tränen traten Samara in die Augen, und sie sah ihren Bruder ratlos an. »Ich . . . Ich – weiß es nicht. Ich kann nicht . . . Kann nicht . . .«

»Hat er dich angerührt?« Brens Stimme klang verärgert.

»Er – er – hat mich geküßt . . . Ich wollte es selbst – und er hat es gemerkt.«

Bren fluchte leise. Samara war entsetzlich unerfahren.

»Soll ich ihm sagen, daß wir nicht verheiratet sind?« fragte er schließlich.

»Nein!« rief Samara entschlossen. »Ich weiß doch, daß nie etwas daraus werden kann.« Die Gründe brauchte sie ihm nicht zu erklären.

Brendans Verärgerung wuchs. Hampton hatte mit seiner Schwester ein böses Spiel getrieben, obwohl er sie für die Ehefrau des Mannes hielt, mit dem er gerade zu Abend gegessen hatte. Er hatte sein Wort gebrochen.

»Geh schlafen, kleine Schwester«, sagte er. »Ich mache einen Spaziergang, während du dich ausziehst.«

Samara nickte nur. Bren öffnete die Tür, warf noch einen Blick zurück auf ihre hinabgesunkenen Schultern und ging rasch zur Treppe.

Raymond war an Deck geblieben und hatte gehofft, der aufkommende Wind würde seine Sorgen vertreiben. Zum erstenmal wünschte er sich etwas, was er nicht bekommen konnte. Und er wünschte es sich verzweifelt.

Samara O'Neill hatte ihn verhext, das war die einzige Erklärung. Er hatte geschworen, sie in Ruhe zu lassen, und diesen Schwur Stunden später bereits gebrochen. Für diese Schwäche verabscheute er sich, aber er hatte sich nicht zurückhalten können.

Ihre Reaktion hatte ihn verwirrt. War sie eine treue Ehefrau? Oder hatte dasselbe Feuer sie erfaßt, das ihn verzehren wollte, und war sie zu unerfahren, um mit ihren Gefühlen fertigzuwerden?

Raymond wußte es nicht. Ihm war die Ehe immer wie eine Falle vorgekommen. In seiner Gesellschaftsschicht heiratete man normalerweise aus Vernunftsgründen: um zwei Familien aneinander zu binden, Güter zusammenzulegen oder ein Vermögen zu bilden. Bei seinem Bruder war das nicht anders gewesen. Er und Lady Leigh Albarry schienen sogar glücklich geworden zu sein, und sie liebten ihre beiden Kinder.

Ihm, Raymond, würde niemand vorschreiben, wen er zu heiraten hätte. Er bezweifelte sogar, daß er je eine Ehe einging. An Eigentum, einem Heim und einer Frau, die ständig Ansprüche stellte, lag ihm nichts.

Wieder mußte er an Samara denken. Wie hübsch und herausfordernd sie war. Sie brachte ihn zum Lachen und würde ihn bestimmt niemals langweilen.

Plötzlich hörte Raymond Schritte hinter sich, drehte sich herum und sah eine Faust auf sich zukommen. Instinktiv duckte er sich, aber es war zu spät. Sekunden später lag er am Boden.

Der Schlag war nicht stark gewesen. Nicht die Kraft, sondern die Überraschung hatte ihn niedergestreckt. Raymond rieb sein Kinn und lächelte gequält zu dem Amerikaner hinauf. Schon eilten einige Männer herbei, um Brendan zu packen, doch der Kapitän schüttelte den Kopf.

Langsam stand er auf und lächelte immer noch. »Wenn Sie zwei gesunde Arme haben, möchte ich Ihnen lieber nicht begegnen«, sagte er.

Brendan starrte ihn verärgert an. »Sie gaben mir Ihr Wort . . .«

»Richtig«, stimmte Raymond ihm zu und verzog das Gesicht. Hilflos wandte er sich ab, legte die Hände auf die Reling und hielt sich daran fest. »Ihre Frau hat nichts zu befürchten«, versicherte er schließlich. »Ich schlage allerdings vor, daß sie nicht ohne Ihre Begleitung an Deck geht. Meine Männer sind – wie wir alle – schon zu lange auf See.«

Brendan betrachtete diese Worte als Entschuldigung und entspannte sich. Samara war sich ihrer eigenen Schönheit noch gar nicht bewußt und hatte den Kuß vermutlich unwissentlich herausgefordert. Deshalb nickte er nur, ging wieder in seine Kabine und ließ Hampton allein an Deck zurück.

7. KAPITEL

Die nächsten Tage wurden für Samara ausgesprochen unerfreulich. Brendan hatte eindeutige Regeln für sie festgelegt, und zum erstenmal in ihrem Leben gehorchte sie klaglos. Sie wußte, daß sie allen, sich selbst eingeschlossen, viel Kummer bereitet hatte.

Eine der Regeln besagte, daß sie die Kabine nur in Begleitung ihres Bruders oder eines amerikanischen Offiziers verlassen dürfte. Eine Ausnahme bildete nur Yancy.

Der Schiffsarzt Yancy war einer ihrer zahlreichen Freunde innerhalb der englischen Mannschaft geworden. Häufig ging sie in sein kleines Lazarett und half ihm bei der Arbeit. Sie mochte den schweigsamen, stets freundlichen Mann. Er schien eine ganz besondere Beziehung zu dem Kapitän zu haben und beobachtete sie und Brendan aufmerksam. Außerdem lenkte die Arbeit bei den Verwundeten von den Gedanken an Raymond Hampton ab.

Trotzdem konnte Samara dem Kapitän nicht restlos ausweichen. Mehrmals lud er Brendan und sie gemeinsam mit Yancy und Simmons – manchmal auch weiteren Offizieren – zum Abendessen ein. Dabei erwies er sich stets als charmanter Gesellschafter und unterhielt die Gäste mit Geschichten aus fernen Häfen.

Brendan blieb entgegen einer sonstigen überschwenglichen Art wachsam und zurückhaltend. Yancy und Simmons sagten wenig. Yancy zog höchstens gelegentlich eine Augenbraue in die Höhe. Samara stocherte in ihrem Essen und bekam nichts hinunter, weil Hampton ihr gegenübersaß, spöttisch lächelte und sie abschätzend betrachtete.

Raymond behandelte sie gleichbleibend höflich und zuvorkommend. Zu höflich sogar. Das war schlimmer als sein schneidender Spott. Wenn sie es nicht mehr aushielt und zu ihm hinübersehen mußte, war sein Blick stets kühl, und das schmerzte entsetzlich. Zu allem Überfluß bemerkte Yancy ihre widerstrebenden Gefühle und bemitleidete sie sogar. Mit seinen dunklen Augen beobachtete er sie eindringlich und verzog besorgt den Mund.

Nach dem Abendessen machten sie und Brendan gewöhnlich einen Spaziergang an Deck. Bren war dann meistens sehr schweigsam, und Samara ahnte, daß die Untätigkeit ihm zu schaffen machte.

Am sechsten Tag änderte sich dieser Tagesablauf schlagartig. Samara half Yancy gerade im Lazarett, da schrie der Ausguck plötzlich: »Segel am Horizont!« Kurz darauf kam Raymond herein und forderte sie auf, ihm in seine Kabine zu folgen. Nach einem Blick in sein angespanntes Gesicht gehorchte Samara schweigend. Simmons und Brendan waren bereits da.

»Es handelt sich um eine britische Fregatte«, erklärte Raymond ohne jede Vorrede. »Der Kapitän will uns eine Abordnung herüberschicken.«

Brendan straffte sich. Wenn er und seine Männer den Engländern in die Hände fielen, erwartete die meisten Gefangenschaft oder Schlimmeres. Er sah Raymond an.

Der Engländer bemerkte seinen Blick, und sein Kiefer verhärtete sich. »Ich sagte Ihnen bereits, daß Ihren Leuten nichts geschehen wird. Im Gegensatz zu dem, was Sie vielleicht glauben, halte ich mein Wort.« Er wandte sich an Simmons. »Fordern Sie die Mannschaft auf, die Kleider mit den Amerikanern zu teilen.« An Bren gewandt, fuhr er fort: »Sie sind ab sofort ein Matrose. Niemand soll Sie ansprechen. Ihre Sprache würde Sie verraten.«

Er drehte sich zu Samara. »Und Sie, Mrs. O'Neill, spielen Mrs. Hampton. Niemand außer dem Kapitän darf seine Frau mit an Bord bringen. Ich nehme sogar an, unsere Besucher werden überrascht sein, daß ich Ihnen den Aufenthalt an Bord eines Kaperschiffes gestattet habe.«

»Wie wollen Sie den Engländern solch eine große Mannschaft erklären?« fragte Bren neugierig.

»Das wird schwierig sein«, antwortete Raymond mit entwaffnendem Charme. »In aller Unbescheidenheit werde ich behaupten, ich wolle einige amerikanische Schiffe kapern. Dafür brauchte ich die Extraleute.« Er sah, wie Brendan bei seinen Worten zusammenzuckte.

Hampton erteilte weitere Anweisungen und forderte Samara auf, ihre wenigen Sachen in seine Kabine zu bringen und gut sichtbar zu verteilen.

»Außerdem wünsche ich, daß Sie so hübsch wie möglich aussehen«, fügte er hinzu. »Wir werden die Leute gemeinsam an Deck begrüßen, Mrs. Hampton.« Er lächelte spöttisch über ihr Unbehagen und wandte sich noch einmal an Brendan. »Ich bin sicher, Sie borgen mir Ihre Frau gern – angesichts der anderen Möglichkeit, die nur übrigbleibt.«

Samara sah ihren Bruder rasch an. Der nickte stumm.

Als Samara gegangen war, fragte Brendan: »Weshalb tun Sie das, Kapitän?«

»Verdammt, O'Neill, wir haben jetzt keine Zeit, über meine Motive zu diskutieren.«

»In Ordnung, Sir«, antwortete Brendan lächelnd und folgte seiner Schwester.

Ungewöhnlich langsam beantwortete die Mannschaft der »Unicorn« die Signale der englischen Fregatte. Gemächlich reffte sie die Segel und bereitete alles für die Besucher vor. Brendan und seine Mannschaft waren noch immer beschäftigt, als die Gruppe aus acht Seeleuten unter der Führung eines Leutnants an Bord von Raymonds Schiff kletterte. Mißtrauisch glitt der Blick der Männer über das Deck und blieb schließlich an der großen, eindrucksvollen Gestalt des Kapitäns und der außergewöhnlich hübschen jungen Frau an seiner Seite haften.

Der Leutnant grüßte formvollendet. »Kapitän Smythe entbietet Ihnen seine Grüße, Kapitän«, erklärte er schneidig. »Wir haben schon von der ›Unicorn‹ gehört.«

Raymond spürte, daß Samara sich innerlich straffte, und legte ihr beruhigend die Hand auf den Arm. »Richten Sie Kapitän Smythe ebenfalls meine Grüße aus«, antwortete er gelassen. »Was kann ich für Sie tun?«

»Ich muß Ihre Papiere überprüfen«, sagte der Leutnant beinahe entschuldigend. »Außerdem hat Kapitän Smythe festgestellt, daß Sie Beute gemacht haben.« Er deutete auf die »Samara«, die nicht weit entfernt von Raymonds Schiff lag. »Er schlägt vor, Ihre Gefangenen zu übernehmen.«

Raymond verbeugte sich unmerklich. »Dafür bin ich ihm sehr verbunden, aber ich habe keine Gefangenen mehr. Ich erbeutete das amerikanische Schiff nahe der Küste von Carolina und setzte die Mannschaft an Land. Ich hatte weder genügend Platz für die Männer, noch wollte ich mir ihretwegen Umstände machen. Es war eine streitsüchtige Bande. Wie Sie sehen, habe ich bereits Extraleute für künftige Beute an Bord.«

»Sie sind sehr zuversichtlich«, antwortete der junge Offizier.

Raymond lächelte. Er merkte, daß Samara erneut unruhig wurde – vor Wut, wie er zu Recht annahm. Deshalb konnte er nicht an sich halten und wollte noch ein bißchen weiterstricheln. »Diese Amerikaner sind solch eine leichte Beute«, erklärte er verächtlich, und nur sein harter Griff hielt Samara an seiner Seite.

Der Leutnant nickte eifrig. Hampton vermutete, daß ihm bisher noch kein bewaffnetes amerikanisches Schiff begegnet war. Nun, der junge Mann würde noch dazulernen . . .

»Kapitän Smythe wird enttäuscht sein . . .« meinte der Leutnant. »Wir könnten ein paar zusätzliche Leute gebrauchen. Er hoffte, einige Ihrer Gefangenen zur Zwangsarbeit verpflichten zu können. Normalerweise befinden sich zahlreiche Iren und Schotten auf einem amerikanischen Schiff.«

»Tut mir leid«, antwortete Raymond mit so feinem Spott, daß nur Samara ihn erkannte. »Ich werde es mir für die Zukunft merken. Vielleicht kann ich die Enttäuschung des Kapitäns mit einigen Flaschen ausgezeichneten Weins mildern. Er wurde schon für geringere Zwecke verwendet.« Diesmal hatte Samara Mühe, nicht loszukichern. Raymond war einfach unverbesserlich.

»Meine Frau«, fuhr er gelassen fort, »wird Ihnen gern ein paar Flaschen holen. Sie hat ein ausgezeichnetes Händchen für Wein.«

Samara biß sich auf die Lippe, um nicht über diese Unverschämtheit zu lachen. Sie lächelte Raymond reizend an und vergab ihm bereitwillig alle früheren Bemerkungen. »Nun, mein lieber

Mann – du bist die Quelle meiner Inspiration. Du regst mich zu immer neuen, noch höheren Leistungen an.«

Raymond entging die Herausforderung in ihren Worten nicht, und er lächelte unwillkürlich, obwohl er wußte, wie gefährlich dieses Spiel war. Am liebsten hätte er Samara auf der Stelle an sich gezogen und seine Lippen auf ihren Mund gepreßt. »Dann geh«, sagte er schließlich. »Davey wird dir helfen.«

Samara wußte, weshalb er dies hinzufügte. Sie hatte nicht die geringste Ahnung, wo Raymond seinen Wein aufbewahrte und kannte sich erst recht nicht bei den einzelnen Sorten aus. Deshalb nickte sie nur und machte sich auf die Suche nach dem Kammersteward.

»Ihre Frau ist ganz entzückend«, sagte der junge Leutnant mit belegter Stimme. »Mich wundert nur, daß Sie sie auf solch eine Reise mitnehmen.«

»Meine Frau hat ihren eigenen Kopf«, erklärte Raymond spöttisch. »Und wir sind erst kurze Zeit verheiratet. Begreifen Sie, wie schwer es ist, ihr einen Wunsch abzuschlagen?«

Der Leutnant schluckte und nickte.

»Wenn Sie mir bitte folgen wollen«, bat Raymond. »Ich zeige Ihnen meine Papiere. Ich möchte so bald wie möglich weitersegeln, während der Wind noch so günstig weht.«

Erneut nickte der Leutnant, und ihm entging nicht, daß in der Kapitänskabine lauter weibliche Dinge verstreut lagen – vor allem Unterwäsche. Er schluckte, nahm rasch das Glas Wein, das Raymond ihm reichte, und trank es in einem Zug aus. Die Schiffspapiere beachtete er kaum. Dann kam Davey mit fünf Flaschen und zeigte sie dem Kapitän.

»Meine Frau trifft normalerweise eine gute Wahl«, erklärte Raymond dem Leutnant. »Ich bin sicher, der Wein wird Ihrem Kapitän schmecken.« Unmerklich schob er den jungen Mann wieder hinaus. »Ich bin Ihnen dankbar, daß alles so schnell gegangen ist. Meinen Bruder, den Earl of Beddingfield, wird es ebenfalls freuen. Er ist mit zahlreichen Mitgliedern der Admiralität befreundet, wie Sie sicher wissen.«

»Nein . . . Nein, das wußte ich nicht«, stotterte der Mann und vergaß, daß er das Schiff eingehend inspizieren sollte.

»Bestellen Sie Ihrem Kapitän meine besten Grüße. Er kann froh sein, daß er mit Ihnen einen so ausgezeichneten Offizier hat«, fuhr Raymond fort und lenkte den Mann zur Schiffsleiter. Vorsichtig wurde der Wein in das kleine Boot hinabgelassen, dann kehrte der Ruderer zur britischen Fregatte zurück.

»Machen wir, daß wir schleunigst fortkommen«, sagte Raymond zu Simmons, der sich neben ihn gestellt hatte. »Ich möchte verhindern, daß sein Kapitän auf dumme Gedanken kommt.«

Beide Mannschaften waren darüber nur allzu glücklich. Minuten später fuhr das Schiff unter vollen Segeln.

Ein neues Einvernehmen entstand an Bord der »Unicorn«. Brendans Mannschaft, die bisher schweigsam und verbittert gewesen war, war dankbar, daß man sie nicht ausgeliefert hatte. Die Männer begriffen nicht recht, weshalb Kapitän Hampton ihretwegen soviel riskiert hatte. Doch sie beschlossen, lieber keine Fragen zu stellen, sondern gesellten sich nun zu den Engländern in die Schiffsmesse, beteiligten sich an deren Spielen und fielen in deren Gesänge ein.

Für Brendan war der englische Kapitän ebenfalls ein Rätsel. Ständig deckte Hampton neue Seiten von sich auf, doch keine blieb lange genug sichtbar, um ihn zu kennzeichnen. Offensichtlich handelte er spontan und hielt sich weder an Regeln noch traditionelle Bräuche. Nicht zum erstenmal wünschte Brendan, sie stünden sich nicht als Feinde gegenüber.

Samara wußte ebenfalls nicht recht, was mit ihr los war. Trotz der Gefahr hatte sie die wenigen Minuten der Neckerei mit Raymond Hampton richtig genossen. Ihr Arm prickelte immer noch, wo er sie berührt hatte. Es war richtig schön gewesen, Mrs. Hampton genannt zu werden. Jetzt bin ich gleich zweimal Ehefrau, dachte sie, und immer noch Jungfrau. Das war ungerecht, denn all die herrlichen neuen Triebe tief in ihrem Innern wollten endlich befriedigt werden. Ihr ganzer Körper bebte vor Erwartung, und Hunderte von kleinen Nadeln schienen ihre Nerven zu reizen.

Die Tür öffnete sich, und Brendan betrat, ein leichtes Lächeln auf den Lippen, die Kabine.

»Dein Kapitän ist ein ausgesprochen ungewöhnlicher Mann, meine liebe Schwester.«

»Er ist nicht mein Kapitän«, sagte Samara und wünschte, es wäre anders.

»Du hast an Deck sehr überzeugend gewirkt«, meinte ihr Bruder. »Was hat Hampton zu dir gesagt? Ich habe bemerkt, daß du dir Mühe geben mußtest, nicht loszulachen.«

Samara erzählte es ihm, und Brendan warf lachend den Kopf zurück. Plötzlich bemerkte er den Schmerz in ihren Augen und hielt inne.

»Soll ich ihm wirklich nicht die Wahrheit sagen, Samara?« fragte er und wußte im voraus, daß es sinnlos war. Wenn seine Schwester einen Entschluß gefaßt hatte, konnte nichts sie davon abbringen. Deshalb erschrak er, als sie zögerte.

»Es ändert doch nichts«, antwortete sie schließlich. »Raymond Hampton gleicht einem Zugvogel und wird nie so leben wie du oder ich. Es ist besser, wenn er glaubt, ich wäre verheiratet.«

Ihre Stimme klang traurig, ja wehmütig und viel reifer, als Brendan es für möglich gehalten hätte. Doch selbst er erriet nicht den Schmerz, der dahintersteckte.

»Vielleicht hast du recht«, sagte er langsam. Vielleicht auch nicht, flüsterte die innere Stimme ihm zu. Aber es war Samaras Leben, ihre Entscheidung. Er würde sich nie vergeben, wenn er sich einmischte und es schlimm ausging. Trotzdem mußte er immer daran denken, wie natürlich die beiden vorhin zusammengearbeitet und wie spitzbübisch ihre Gesichter dabei gestrahlt hatten.

»Denk in Ruhe darüber nach«, schlug er vor. Doch ihr verschlossenes Gesicht sagte ihm, daß sie ihre Meinung nicht ändern würde. Verflixter Eigensinn, dachte er und schüttelte verärgert den Kopf.

Das Abendessen verlief noch schwieriger als an den vergangenen Tagen. Samara litt Höllenqualen, während sie in ihrem gewürzten Hähnchen stocherte. Es war alles viel leichter gewesen, als sie sich noch einreden konnte, sie verabscheue Raymond und er sei ein grausamer, gewissenloser Kerl.

Das ist er ja immer noch, versuchte sie sich zu überzeugen. Hinter seinem unerklärlichen Verhalten mußte irgendeine schändliche Absicht stecken.

Brendan schien das nicht zu glauben, denn er unterhielt sich unbeschwert mit seinem Gegenüber. Die beiden Männer plauderten, als wären sie schon immer Freunde gewesen. Sie verglichen ihre Aufzeichnungen über die Segel, wiesen sich gegenseitig auf die trügerischsten Gewässer hin und stellten sogar fest, daß sie dieselben Kneipen kannten. Es war abscheulich! Ihr gegenüber blieb Raymond freundlich und zuvorkommend. Höflich erkundigte er sich, wie ihr das Essen geschmeckt habe. Als wüßte er nicht, daß ihr Magen rebellierte und ihr der Kopf nur so schwirrte. Ihre Knie würden sie vermutlich nicht einmal tragen, wenn sie jetzt aufstand. Sie sah zu dem Kapitän hinüber und kochte innerlich, weil er schon wieder belustigt die Lippen verzog. Bestimmt wurde sie erst wieder froh, nachdem sie sich endgültig von ihm verabschiedet hatte.

Seltsamerweise tat dieser Gedanke furchtbar weh. Innerlich hin und her gerissen, sah Samara Raymond an und merkte, daß er ernst wurde. Niemand am Tisch entging die Spannung, die plötzlich zwischen den beiden entstand und sie weit fort zu führen schien. Einen Moment war es, als wären sie ganz allein auf der Welt. Während sie sich tief in die Augen blickten, winzige Funken zwischen ihnen sprühten und friedlich wieder verglommen, regten sich Gefühle in beiden, die niemand ergründen konnte. Die Luft war beinahe spürbar erfüllt von den wogenden Empfindungen, die immer noch zuzunehmen schienen.

Yancy blickte zu Brendan hinüber und war darauf gefaßt, daß der Amerikaner innerlich kochte. Doch er lächelte rätselhaft. Sobald er merkte, daß der Arzt ihn beobachtete, wurde er ernst und sah Yancy ausdruckslos an.

Michael Simmons war geradezu hypnotisiert von dem Bild, das sich ihm bot. Sein Blick ging von Raymond zu Mrs. O'Neill, und er war verblüfft über die Intensität dessen, was sich zwischen den beiden abspielte.

»Hm, hm«, machte Yancy, um den Zauber zu brechen. Doch er hatte keinen Erfolg. »Kapitän . . .«

Diesmal hörte Raymond ihn, aber es dauerte eine Weile, bis er erkannte, daß der Freund ihn angerufen hatte. Er schüttelte den

Kopf, um wieder klar denken zu können, und fragte sich, was passiert war. Samara hatte den Blick gesenkt, aber der Zauber war immer noch da. Das unsichtbare Band hielt ihn besser, als die dicksten Seile es vermocht hätten.

Endlich wurde Hampton klar, wo er sich befand, und er sah seine Tischgäste langsam an. Simmons wirkte gleichzeitig verlegen und verblüfft; der unerschütterliche Yancy blickte interessiert drein, und O'Neill ...

Brendan hielt Raymonds Blick stand, und der Kapitän wußte nicht recht, wie er die undurchdringliche Miene des Amerikaners deuten sollte. Erneut sah er zu Samara, und ein heftiger Schmerz durchfuhr ihn, als er ihren wehmütigen Blick und die Tränen in ihren hübschen Augen bemerkte. Heftig schob er seinen Stuhl zurück.

»Ich habe noch etwas zu tun«, erklärte er barsch und schwankte beinahe aus der Kabine.

Brendan wußte jetzt, wie stark die Anziehungskraft und die Faszination zwischen seiner Schwester und Hampton waren. Sobald die beiden zusammen waren, lag eine Spannung in der Luft, als könne jeden Augenblick ein Sommersturm losbrechen. Er fühlte den Zauber zwischen den beiden und begriff, weshalb es so war. Samara war eine sehr hübsche Frau, vor allem, weil sie es selbst nicht ahnte. Sie besaß Humor, war intelligent und wirkte so unschuldig, daß Hampton zutiefst davon erschüttert wurde.

Und Hampton? Brendan wurde das Gefühl nicht los, daß der Kapitän und seine Schwester füreinander bestimmt waren. Ursprünglich hatte er Raymond verabscheut, doch während der letzten Tage war seine Achtung für ihn erheblich gestiegen. Raymond war ein Mann, wie Samara ihn brauchte. Er würde sich nicht von ihr herumkommandieren lassen, aber ihre eigenen Ansichten achten und unterstützen.

Wenn er, Brendan, nur mehr über Raymond Hampton wüßte! Wie würde der Kapitän sich verhalten, wenn er erfuhr, daß Samara noch frei war? Würde ein englischer Aristokrat eine ganz normale Amerikanerin heiraten? Er blieb ein Feind seines Landes, auch wenn er die Fesseln seines Standes abgeschüttelt hatte. Oder würde er Samara nur ausnutzen?

Plötzlich kam Brendan ein Gedanke. Er mußte mit Yancy reden und versuchen, mehr über den vielschichtigen Kapitän herauszufinden. Entschlossen verließ er die Kabine.

Samara hatte nur auf diesen Augenblick gewartet. Seit dem Abendessen war ihr Kapitän Hampton nicht mehr aus dem Kopf gegangen, und sie war zu einem Entschluß gekommen. Sie wollte sich nicht ihr restliches Leben fragen müssen, ob sie einen schwerwiegenden Fehler gemacht hatte, sondern Raymond heute nacht die Wahrheit gestehen.

Hunderte von Gedanken gingen ihr durch den Kopf. Wenn Raymond erfuhr, daß sie frei war, würde er sie bestimmt an sich ziehen und ihr versichern, daß er sie liebte. Sie würde seine herrlich starken Arme um sich spüren und seinen harten Körper, der sich erwartungsvoll an sie drängte. Sein Blick würde weich werden und ...

Samara hielt es nicht mehr aus. Rasch blickte sie an sich hinab. Sie besaß nur das Kleid, das sie schon an Bord der »Samara« getragen hatte und seitdem fast immer trug. Das andere Kleid war im Laderaum so verschmutzt und zerrissen worden, daß es sich nicht mehr säubern und flicken ließ.

Zum Glück war ihr Haar makellos. Sie hatte es vorhin gewaschen und gebürstet, bis es kräftig glänzte. Zum Abendessen hatte sie es aufgesteckt, jetzt löste sie es wieder und ließ es in Wellen auf ihre Schultern fallen. Anschließend kniff sie sich in die Wangen und biß sich auf die Lippen, damit sie mehr Farbe bekamen und eilte hinaus.

Wie erwartet, stand Raymond am Ruder. Er spürte ihre Anwesenheit, drehte sich zu ihr, und seine Lippen wurden schmal.

»Wo ist Ihr Mann, Madam?« fragte er kühl, und Samara ahnte nicht, wieviel Kraft es ihn kostete. Sein ganzer Körper war steif vor Anstrengung.

»Er ist ins Lazarett hinübergegangen, aber er ist nicht ...« Sie konnte den Satz nicht beenden.

»Und weshalb sind Sie nicht bei ihm?«

»Er ist nicht ...«

Wieder unterbrach Hampton sie. »Die Ehe bedeutet Ihnen wohl nicht viel.«

Das war eine Feststellung, keine Frage. Bevor Samara etwas erwidern konnte, sprach er weiter. »Das scheint bei vielen Frauen so zu sein. Sobald sie sich einen Mann geangelt haben, besitzen sie keinerlei Skrupel, ihm Hörner aufzusetzen ...« Meine Güte, ist diese Frau hübsch, dachte er. »Deshalb habe ich mir geschworen, niemals zu heiraten«, fuhr er fort und merkte, daß jedes Wort von ihm wie ein Schlag in Samaras Gesicht wirkte. Aber sie mußte begreifen, wie unmöglich sie sich verhielt, und er wollte sich selbst ebenfalls zur Ordnung rufen. Um ihrer beider willen mußte er einen Abstand zwischen Samara und sich schaffen. »Weshalb sollte ich, wenn ich alles auch ohne die Ehe haben kann?« Seine Stimme klang plötzlich überheblich, und die Bedeutung seiner Worte war nur allzu klar.

Samara nagte an ihrer Unterlippe, bis sie blutete. Offensichtlich empfand Raymond nur Verachtung für sie, weil er sie für eine verheiratete Frau hielt. Sie hatte keine Veranlassung mehr, diesen Irrtum aufzuklären, denn der Kapitän hatte ihr eben klargemacht, wie wenig er von der Ehe und von den Frauen hielt und daß er deshalb niemals heiraten würde. Das Herz wurde ihr schwer, und ihre Hoffnung schwand dahin. Ihr Traum war zu Ende.

»Die Ehe ist etwas für Narren«, schloß Raymond, doch Samara war schon kreidebleich hinausgeeilt.

Yancy stand mit nacktem Oberkörper in seiner Kabine und wollte sich umziehen, als es an seiner Tür klopfte. Da er annahm, es wäre Raymond, bedeckte er die Narben nicht, die sich als häßliches Muster auf seinem Rücken kreuzten. Sie erinnerten ihn an so ungeheure Qualen, daß er sie vor jedermann verbarg. Nur Raymond durfte sie sehen, denn er war dabei gewesen, als der Alptraum geschah. Raymond hatte ihn gerettet und trotz seiner Flüche, Schwüre und Drohungen geduldig Salbe auf die knochentiefen Wunden gerieben.

Yancy öffnete die Tür und sah O'Neill. Da er ihm halb den Rükken zudrehte, bemerkte der Amerikaner zumindest einen Teil der Narben. Yancy erkannte es an dessen Blick. Erstaunen, Mitleid und Teilnahme mischten sich darin. Beinahe hätte der Arzt die Tür wieder zugeschlagen, doch der Amerikaner hatte offensichtlich etwas auf dem Herzen. Und er, Yancy, wollte ihm ebenfalls ein paar Fragen stellen. Deshalb ließ er O'Neill wortlos eintreten und zog fragend eine Augenbraue in die Höhe.

»Hampton«, sagte der Amerikaner. »Ich möchte mehr über ihn erfahren.«

»Fragen Sie ihn selbst«, antwortete Yancy ziemlich scharf. Dann siegte seine Neugier. »Weshalb Sie Samara gegenüber so gleichgültig sind, wollen Sie mir wohl nicht verraten?«

»Ich gleichgültig?« fragte Brendan erstaunt. »Keineswegs!«

»Mir scheint, Ihnen mangelt es ein wenig an – sagen wir – Besitzanspruch.«

»Samara ist keine Frau, die man besitzt«, antwortete Brendan schlicht. »Sie tut am Ende genau das Richtige. Es lohnt sich nicht, sich wegen eines einzigen Blicks aufzuregen.«

Yancy sah ihn ungläubig an.

»Um auf Hampton zurückzukommen – wie lange fahren Sie schon mit ihm?«

»Beinahe drei Jahre«, antwortete Yancy und hoffte, er bekäme ebenfalls einiges heraus, wenn er Auskunft gab. Niemand durfte seinem Freund unnötig weh tun. »Allerdings kenne ich ihn wesentlich länger.«

»War er damals schon so launisch wie jetzt?«

»Ich habe ihn immer für sehr ausgeglichen gehalten ...« erwiderte Yancy. Bis jetzt, fügte er stumm hinzu.

Brendan blickte erstaunt auf.

»Raymond hat seinen eigenen Ehrenkodex«, erklärte Yancy plötzlich. »Der mag nicht mit Ihrem übereinstimmen, trotzdem besitzt der Kapitän ein starkes Gefühl für Gerechtigkeit – und Ehre.« Er zögerte einen Moment und fuhr fort: »Vor etwa fünf Jahren besaß ich eine Arztpraxis in der Nähe der Docks. Seine Mannschaft brachte ihn halbtot und voller eiternder Wunden zu mir. Er überlebte, und ich sah ihn die nächsten beiden Jahre nicht wieder.

Eines Nachts trank ich zuviel Brandy und wurde von einer Preßpatrouille auf ein Schiff verschleppt. Die nächsten Jahre waren die reinste Hölle. Ich beschwerte mich einmal zu oft über die Ernährung und die Behandlung der Verwundeten, und der Kapitän nahm die Klagen persönlich. Er ordnete hundert Peitschenhiebe für mich an, mehr als genug, um einen Mann zu töten. Wir waren gerade in Bermuda, als es geschah. Die erste Hälfte der Schläge hatte ich schon hinter mir, da kam Raymond an Bord, um Post für England abzuliefern.

Später erfuhr ich, daß er mich buchstäblich gekauft hat, und zwar für eine beträchtliche Summe. Der Kapitän hatte schon lange einen Zorn auf mich und wollte mich gerne gehen lassen.

Ich selbst hatte nur noch den Wunsch, zu sterben. Aber Raymond ließ es nicht zu. Er machte mich so wütend, daß ich schließlich wieder gesund werden wollte, um ihm den Hals umzudrehen.«

Yancy lachte wehmütig. »Als es mir besser ging, schlug ich tatsächlich zu. Er duckte sich, und seitdem sind wir die besten Freunde.« Er zuckte die Schultern über diesen scheinbaren Widersinn.

Brendan schwieg und dachte über die Worte des Arztes nach.

»Sie sind der erste, dem ich dies erzählt habe«, fuhr Yancy fort. »Und ich werde es auch künftig für mich behalten. Aber Sie sollen wissen, daß niemand Raymond weh tun darf – wenn ich es verhindern kann.« Das war eine deutliche Warnung.

Brendan nickte.

»Ich habe Ihnen vorhin eine Frage gestellt«, sagte Yancy. »Sie haben sie nicht richtig beantwortet.«

»Ich habe sie beantwortet, so gut ich konnte«, erwiderte Brendan. »Besser geht es im Augenblick nicht.«

Yancy sah den Amerikaner nachdenklich an, der Mann gefiel ihm. Weshalb in aller Welt war Raymond ausgerechnet von Samara O'Neill so angetan? Das Ganze war ihm ein Rätsel. Er wußte jetzt nicht mehr als vorher, aber seltsamerweise fühlte er sich erheblich besser.

8. KAPITEL

Aus der Ferne sah die Insel Bermuda wie ein bunter Edelstein in der türkisfarbenen See aus. Im rosa Licht der untergehenden Sonne ähnelt sie einem Märchenland, dachte Samara traurig und wünschte, sie könnte diese Schönheit genießen. Aber seit Tagen quälte sie sich mit Selbstvorwürfen. Sie kam sich wie eine Fremde vor, wie eine Zuschauerin, die nicht mehr am Leben teilnahm, weil es zu sehr schmerzte.

Während der Mahlzeiten blieb sie in der Kabine und aß wenig, und Brendan hatte sie beinahe mit Gewalt an Deck bringen müssen, damit ihr der hübsche Anblick der Insel nicht entging.

Samara nahm an, daß Raymond am Ruder stand, und sie mied sorgfältig jeden Blick in seine Richtung. Vergeblich versuchte sie, ein bißchen Begeisterung zu zeigen, aber sie war innerlich völlig leer.

Liebevoll legte Brendan seiner Schwester den Arm um die Schultern. »Du mußt dich damit abfinden«, flüsterte er.

Sie lehnte sich an ihn, damit etwas von seiner Kraft auf sie überging. Schließlich hatte ihr Bruder mehr verloren als sie. Für sie war nur ein Traum zerronnen. Sie hatte Kapitän Hampton Eigenschaften zugeschrieben, die er nicht besaß, und durfte eigentlich nicht so leiden. Doch ihr Schmerz nahm noch zu, als die Sonne zum letztenmal golden und rosa aufleuchtete und gleich darauf blutrot unterging.

Brendans Ärmel wurden ganz naß. Mitfühlend legte er das Kinn auf Samaras Kopf und zog sie fort. Er hatte gehofft, der Anblick der Insel Bermuda würde seine Schwester aufheitern, aber er hatte ihre Verzweiflung nur verstärkt.

Raymond konnte den Blick nicht von dem Paar wenden. Sein Herz zog sich zusammen, als Brendan den Arm um Samara legte und sein Kinn liebevoll auf ihr Haar drückte. Seine Sehnsucht wuchs derart, daß alles im Vergleich dazu verblaßte. Das Meer verlor seine Faszination, der Himmel seine Schönheit, das Schiff seinen Reiz. Alles hätte er in diesem Augenblick dafür gegeben, damit Samara O'Neill sich so vertrauensvoll an ihn schmiegte.

Was in aller Welt ist mit mir los? fragte Raymond sich. Die beiden müssen schleunigst vom Schiff!

Aber wie? Auf den Bermudas war es für O'Neill und seine Mannschaft zu gefährlich. Der Verkauf der »Samara« und die Reparatur seines eigenen Schiffes würde mehrere Tage in Anspruch nehmen. Eine weitere Woche oder mehr würde vergehen, bis er die Amerikaner in Florida absetzen konnte.

Die »Samara« ... Erneut bekam Raymond ein schlechtes Gewissen. Er hatte gesehen, wie O'Neill den Segler betrachtete. In diesem Blick lag viel mehr als die normale Bindung eines Kapitäns an sein Schiff. Doch zahlreiche Leute seiner Mannschaft waren bei der Eroberung der »Samara« getötet oder verwundet worden. Er durfte nicht etwas zurückgeben, was ihm nicht allein gehörte. Aber nachdem der Segler verkauft war ...

Plötzlich hatte Raymond eine Idee. Ja, so ließen sich mehrere Probleme gleichzeitig lösen. Er hob den Kopf und sah, wie die letzten Sonnenstrahlen versanken. Zum erstenmal seit Tagen lächelte er wieder.

Zufrieden verließ Raymond Hampton die Reederei Faulk und Henner. Alles war so verlaufen, wie er es geplant hatte. Upton Faulk hatte bar bezahlt und glaubte, ein ausgezeichnetes Geschäft gemacht zu haben. Als größter Reeder auf den Bermudas übervorteilte er nicht nur seine Kunden, er verzögerte auch die Reparaturen und war in den Sklavenhandel verwickelt – ein Unternehmen, das Raymond zutiefst verabscheute. Faulk und sein Partner waren ihm seit langem ein Dorn im Auge. Er würde sie mit größtem Vergnügen an der Nase herumführen.

Yancy, der Raymonds Plan kannte, erwartete ihn an der Reling der »Unicorn«. Am fröhlichen Gesicht des Kapitäns erkannte er, daß alles gutgegangen war. Vielleicht würde sich dessen unberechenbare Laune jetzt bessern.

Raymond schlenderte die Gangway hinauf. »Drei Tage«, sagte er. »Ich hörte, wie Faulk anordnete, die ›Samara‹ solle in drei Tagen wieder segelfertig sein. Er will seine ganzen finanziellen Reserven hineinstecken. Ich habe ihm erzählt, wieviel ein Freibeuter einbringen kann, und ihm sogar den Namen eines guten Kapitäns genannt.« Er lachte leise. In Wirklichkeit war dieser Kapitän der unfähigste Mann, der je gesegelt war. Bisher war es ihm gelungen, die meisten Fehler vor den Besitzern zu verbergen, aber seine Mannschaft hatte kein Blatt vor den Mund genommen.

Die nächsten zweieinhalb Tage beobachtete Raymond, wie die Reparaturen des amerikanischen Schiffes vorankamen. Er hatte dafür gesorgt, daß beide Segler nebeneinander lagen. Zahlreiche Segel der »Samara« wurden erneuert und Teile des Hecks verstärkt. Der Name wurde übermalt und durch »Swift Lady« ersetzt. Brendan, der immer noch die grobe Kleidung eines Seemanns trug, zuckte richtig zusammen, als er es sah. Raymond war neben ihn getreten und merkte, daß die Augenwinkel des Amerikaners verdächtig feucht wurden. Beruhigend legte er ihm die Hand auf die Schulter.

Erschrocken drehte sich Brendan zu ihm und verdrängte alle Gefühle. Raymond war während der letzten Tage sehr schweigsam, ja beinahe unfreundlich zu ihm gewesen. Er hatte angeordnet, der Amerikaner solle in seiner Kabine bleiben, und mehrere Männer zu seiner Bewachung abgestellt. An Deck durfte er nur in Begleitung gehen. Diesmal war Yancy mitgekommen.

»Sie werden heute mit mir zu Abend essen«, erklärte Raymond unerwartet. Es klang wie ein Befehl und duldete keinen Widerspruch.

»Und Samara?«

»Nein«, erklärte Raymond. »Ihre Gesellschaft genügt mir.«

Brendan sah dem Engländer ins Gesicht. Er war anders als sonst und wirkte rätselhaft, ja geradezu erwartungsvoll. Was zum Teufel hatte der Kapitän nun schon wieder vor?

»Habe ich eine Wahl?«

»Nein«, erwiderte Raymond freundlich, aber bestimmt. »Bis acht Uhr dann.«

Brendan glaubte, seinen Ohren nicht zu trauen.

Das Abendessen war von Anfang an ziemlich seltsam verlaufen. Nur Yancy, Raymond und er nahmen daran teil, und er hatte sich schon gewundert, weshalb er überhaupt dazugebeten worden war. Yancy und Hampton unterhielten sich die ganze Zeit, beachteten ihn kaum und fragten nur, ob ihm das Essen schmecke.

»Die ›Samara‹ ist segelfertig«, erzählte Raymond dem Arzt. »Faulk hat die Ladung und Proviant für mehrere Monate schon an Bord gebracht.«

Yancy schüttelte den Kopf. »Ich begreife nicht, weshalb Kapitän Hendricks keine weiteren Wachen aufgestellt hat. Beinahe jeder könnte ihm das Schiff stehlen ... Er ist ganz schön leichtsinnig. Eigentlich hätte er es verdient, das Schiff zu verlieren.«

»Er ist ein ziemlich unfähiger Mann«, antwortete Raymond. »Wie ich hörte, geht er heute – am Vorabend seiner Abreise – noch zu einem Fest der Marine.« Daß er dieses Fest selbst arrangiert hatte, erwähnte Hampton nicht. »Ich werde auch dort sein – die meisten Männer meiner Mannschaft ebenfalls. Wie ist es mit Ihnen, Yancy?«

»Sie wissen doch, was ich von der verflixten Marine halte. Ich bleibe hier und übernehme die Wache. Dann können Sie die anderen gehen lassen.«

Raymond schien sich das Angebot zu überlegen. »Ein guter Gedanke. Beinahe jeder hat mich gefragt, ob er heute freibekommen kann. Bald sind wir wieder auf See. Glauben Sie, daß Sie allein zurechtkommen? Mit all den Amerikanern an Bord ... Andererseits können sie nirgends hingehen.« Er wandte sich an Brendan. »Habe ich recht?«

Brendan hatte den Blick fest auf seinen Teller gerichtet. Jetzt sah er auf, und zum erstenmal wirkten seine Augen lebhaft: »Ich wüßte keine sichere Stelle auf den Bermudas.«

Sie erwähnten die Schiffe nicht mehr. Mühelos brachte Raymond die Unterhaltung auf Bücher und Musik, und Brendan staunte über die Bildung des Mannes. Er schien sich beinahe überall auszukennen – von den alten Philosophen bis zu den zeitgenössischen amerikanischen Schriftstellern.

Langsam wurde er unruhig, denn er hatte heute nacht noch viel zu tun. Andererseits wußte er, daß Hampton nichts grundlos tat und den Abend offensichtlich ausdehnen wollte. Endlich ging Yancy, und Raymond bot Brendan noch einen Brandy an.

Lange schwiegen sie beide. Raymond hatte es sich bequem gemacht und seine Füße auf Yancys Stuhl gelegt. Nachdenklich nippte er an seinem Glas.

Als er endlich sprach, klangen seine Worte ruhig, aber außerordentlich entschieden. »Niemand darf etwas von diesem Abendessen – oder unserer Unterhaltung – erfahren. Es war ein rein privates Gespräch – zwischen Freunden.«

Brendan nickte nur. Er wünschte, ihm fiele eine Erwiderung ein. Doch jedes Wort der Dankbarkeit wäre einem Verrat gleichgekommen.

»Niemand!« wiederholte Raymond eindringlich, und Brendan erkannte, daß der Kapitän insbesondere an Samara dachte. Er nickte.

»Dann wünsche ich Ihnen eine gute Nacht, Sir«, sagte Raymond und stand langsam auf.

Die beiden Männer blickten sich eindringlich an, und Brendan verbeugte sich leicht. »Es war mir eine Ehre, Kapitän«, erklärte er. Das klägliche, beinahe traurige Lächeln, das einen Moment Raymonds Gesicht überzog, würde er nie vergessen.

Brendan kehrte nicht sofort in seine Kabine zurück. Seine Wache war abgezogen worden, und Hamptons Leute verließen zu zweit oder dritt das Schiff. Auch Michael Simmons und der englische Kapitän gingen fort.

Brendan gab seiner Mannschaft genaue Anweisungen, anschließend betrat er das Lazarett, um mit Yancy zu sprechen.

»Können Billy und Adams einen kleinen Spaziergang machen?« fragte er. »Zur Übung?«

»Mit ein wenig Hilfe durchaus«, antwortete der Arzt. »Geben Sie aber acht, daß die beiden sich nicht überanstrengen.«

Brendan wollte ihm die Hand reichen. »Ich danke Ihnen, auch

im Namen meiner Mannschaft. Falls ich jemals etwas für Sie . . .«

Doch Yancy wandte sich ab. Ebenso wie Hampton wünschte er keine Anerkennung für seine Hilfe, und Brendan begriff, weshalb die beiden so enge Freunde geworden waren.

Yancy machte eine letzte Bemerkung. »Ich habe erfahren, daß Davey Samara ein paar Kleider gebracht hat, um sie von ihr flicken zu lassen. Das ist nicht nötig. Raymond wird ihm neue Sachen besorgen.«

Einen Augenblick wünschte Brendan, der Arzt würde nicht immer in Rätseln sprechen. Dann begriff er. Die Sachen waren für Samara bestimmt. Die Amerikaner konnten die »Unicorn« nicht offen verlassen und an Bord der »Swift Lady« klettern. Sie mußten zu dem Schiff schwimmen, und das war schwierig in Frauenkleidern.

»Ich werde dafür sorgen, daß Samara trotzdem Verwendung dafür findet«, erklärte er schließlich.

Yancy lachte leise, drehte sich aber nicht zu ihm, und Brendan bemerkte, daß er entlassen war.

»Ich schicke ein paar Männer, damit sie Billy und Adams helfen«, sagte er und ging.

Als er in seine Kabine zurückkehrte, lief Samara nervös auf und ab. Ein Bündel zerrissener Kleider lag auf dem Bett. »Irgend etwas stimmt hier nicht«, erklärte sie.

Brendan sah sie fragend an.

»Die Wache ist fort.«

»Wahrscheinlich geht Hampton davon aus, daß wir das Schiff sowieso nicht verlassen können.«

Zögernd schüttelte Samara den Kopf. »Ich glaube, er möchte, daß wir von Bord gehen. Das ist eine Falle. Wahrscheinlich erwarten uns seine Soldaten in der Stadt.«

»Was würde er dadurch gewinnen?« fragte ihr Bruder freundlich.

»Deine Männer haben für ihn gearbeitet. Wären sie der Marine übergeben worden, hätten sie ihm auf See gefehlt. Aber jetzt will er uns wahrscheinlich loswerden«, schloß sie ganz elend.

»Dann werden wir ihn überlisten«, erwiderte Brendan und verabscheute sich selbst. Er hatte Hampton versprochen, nichts von dem Gespräch mit ihm zu verraten, und wollte sich daran halten. »Wir holen uns die ›Samara‹ zurück.«

Samaras Augen funkelten schon wieder. »Und wie?«

»Ich habe festgestellt, daß nur ein paar Männer an Bord sind. Zwei von uns werden hinüberschwimmen und sie gefangennehmen. Der Rest kommt anschließend nach.« Sein Blick fiel auf die Kleider auf dem Bett. »Was ist das?«

»Davey hat mich gebeten, sie zu flicken«, antwortete Samara. Der Gedanke, daß sie den überheblichen Raymond überlisten könnten, hatte sie richtig aufgeheitert.

»Probier sie mal an«, schlug Bren vor. »Du wirst ebenfalls schwimmen müssen.« Seine Schwester schwamm ausgezeichnet, er hatte es ihr selbst beigebracht und brauchte sich deswegen nicht zu sorgen.

Samara nickte eifrig und lachte bei dem Gedanken, daß ihr Bruder dem Engländer das Schiff wieder fortnehmen wollte. Allerdings lachte sie auch, um sich das unerklärliche Verlustgefühl nicht anmerken zu lassen, das sie plötzlich erfaßte. Denk lieber an zu Hause, befahl sie sich. Denk an deine eigene Sicherheit!

Brendan ging hinaus, und Samara zog sich rasch um. Kurz darauf eilte sie an Deck und traf mit Hugh Butter zusammen, dem dritten Offizier ihres Bruders. Butters Miene war so lebhaft wie noch nie. Normalerweise war er ausgesprochen ruhig, beinahe finster. Jetzt ergriff er Samaras Arm und schob sie zur Reling. Stumm zeigte er auf das Wasser zwischen den beiden Schiffen, und sie entdeckte ihren Bruder, dessen lange Züge kaum die Wasserfläche bewegten. Neben ihm schwamm ein weiterer Mann. Fragend sah Samara Hugh an.

»Mick«, sagte er, und Samara erinnerte sich an den großen, lärmenden Iren. Die beiden erreichten die Ankerkette am Heck. Gewand kletterten sie nach oben und verschwanden an Deck. Einige Minuten später tauchte Bren wieder auf und gab ihnen ein Zeichen, daß alles geklappt hatte.

Sofort wurden die Leinen auf der Seeseite der »Unicorn« hinabgelassen. Die Nacht war ein guter Komplize. Es war bewölkt und das dunkle Wasser kaum zu sehen. Ein Mann nach dem anderen kletterte das Seil hinab und schwamm zu der »Swift Lady« hinüber. Die beiden verwundeten Männer wurden an behelfsmäßigen Schlingen hinabgelassen und von je zwei Schwimmern gestützt. Samara sollte als eine der letzten von Bord gehen. Falls es Alarm gab, wollte Brendan sie sicher auf Hamptons Schiff wissen.

Samara warf noch einen letzten Blick auf die »Unicorn«, die während der letzten vierzehn Tage ihr Heim – und noch etwas mehr gewesen war. Hier hatte sie ihr Herz verloren, und sie dachte an den großen lachenden Engländer, der die Frau in ihr geweckt hatte. »Raymond Hampton . . .« Unbewußt flüsterte sie seinen Namen und verabscheute sich selbst dafür. Er empfand nichts für sie und kümmerte sich nicht um die Gefühle, die er in ihr erregt hatte. Wahrscheinlich flirtete er jetzt schon wieder mit einer anderen Frau.

Endlich glitt Samara ins Wasser und blickte zur »Unicorn« zurück, die ruhelos an ihren Haltetauen zerrte. Verzweiflung erfaßte sie, während die Männer ihr an Bord der »Swift Lady« halfen. Beinahe gleichgültig sah sie zu, wie zwei Matrosen die Taue kappten. Kurz darauf löste sich das Schiff langsam von dem verlassenen Kai.

Geschickt steuerte Brendan seinen Schoner auf die offene See hinaus. Sobald er den Hafen verlassen hatte, würde ihn keines der Schiffe, das hier ankerte, mehr einholen – außer die »Unicorn«. Ein Lächeln überzog sein Gesicht, und er ahnte, daß er Raymond Hampton eines Tages wiedersehen würde.

9. KAPITEL

Endlich zu Hause! Die Kutsche mit Brendan und Samara bog in die von Bäumen gesäumte Einfahrt zu dem zweistöckigen Backsteingebäude mit der breiten Veranda und den Kletterrosen. Es war beinahe Weihnachten, und die Rosen waren verblüht. Aber für Samara gehörten sie zu Glen Woods.

Das Haus war noch nicht sehr alt und 1783 als Ersatz für jenes errichtet worden, das die Engländer zwei Jahre zuvor niedergebrannt hatten. Es strahlte Wärme, Ruhe und Frieden aus, und genau das brauchte Samara jetzt.

Auf der Fahrt von den Bermudas nach Charleston hatte sie keine Ruhe gefunden, denn tagsüber hatte sie ständig an Raymond Hampton gedacht, und nachts war er durch ihre Träume gegeistert. Jedesmal war sie auf ihn zugelaufen, doch sobald sie ihn fast erreichte, hatte er sich in nichts aufgelöst, und sie war mit einer derartigen Sehnsucht und einem solchen Schmerz erwacht, daß ihr angst und bange wurde.

Die Kutsche fuhr die Einfahrt hinauf. Die Türen öffneten sich, und aus dem Haupthaus, den Scheunen und auf den sauberen Wegen mit den Hütten der Feldarbeiter kamen Leute gelaufen.

»Miss Samara . . . Mr. Bren!« Von überall erklangen die Rufe. Brendan hatte einen reitenden Boten nach Glen Woods geschickt, sobald sie angelegt hatten, und Samara neue Kleider anpassen lassen, während er beim Hafenmeister war. Deshalb war sie zwar nicht elegant, aber zumindest ordentlich angezogen.

Ihre Mutter und ihr Vater eilten die Verandatreppe hinunter. Beide strahlten, und Samara bedauerte zutiefst, daß sie den Eltern soviel Sorgen und Kummer bereitet hatte. Bevor die Kutsche richtig stand, sprang sie hinaus und warf sich ihrem Vater tränenüberströmt in die Arme. Wie froh war sie, wieder zu Hause zu sein. Doch selbst jetzt merkte sie, daß ihr etwas fehlte. Die Einsamkeit, die sie die beiden letzten Wochen empfunden hatte, schien hier noch größer zu werden.

Ihre Mutter spürte, daß etwas nicht stimmte, und sie sah Brendan fragend an. Der zuckte nur die Schultern und deutete an, daß er ihnen später alles erzählen werde.

»Komm mit«, forderte Samantha ihre Tochter auf. »Jetzt bekommst du erst einmal ein schönes heißes Bad.«

Connor und Brendan lächelten. »Ein schönes heißes Bad« war Samanthas Lösung für viele Probleme. Sie gab einige Anweisungen, begleitete Samara nach oben auf ihr Zimmer und setzte sich zu ihr.

»Was ist los, Liebling«, fragte sie freundlich.

Samara sah ihre Mutter hilflos an. Was sollte sie sagen? Daß sie sich in einen Piraten verliebt hatte? Einen Halunken? Einen Engländer, der die Frauen und die Ehe verachtete?

»Brendan schrieb uns, daß sein Schiff von einem Freibeuter gekapert worden sei. Euch beiden wäre aber nichts passiert. War das falsch? Hat dir jemand etwas getan?«

Die Mutter hatte sanft, aber eindringlich gesprochen, und Samaras Widerstand schmolz.

»Niemand hat mir etwas getan«, sagte sie leise. »Höchstens ich mir selbst.«

Samantha schwieg und wartete, bis ihre Tochter weiterredete. Samara sah sie verzweifelt an.

»Wie ist es, wenn man sich verliebt hat?«

»Es kann die größte Freude für Mann und Frau sein«, antwortete Samantha vorsichtig, »oder die schlimmste aller Qualen.«

»Ihr beide, Vater und du, scheint so glücklich zu sein. Habt ihr . . . Wart ihr . . .«

Samantha seufzte leise und erinnerte sich widerstrebend an die schlimmsten Monate ihres Lebens. Damals wäre sie am liebsten tot gewesen. Und sie wäre gestorben, hätte sie nicht das Baby unter ihrem Herzen getragen. Connor hatte herausgefunden, daß sie die Tochter jenes Feindes war, den er vernichten wollte. Ihre Heirat war ein Schwindel gewesen, und ihre gemeinsamen Monate hatten aus einem Lügengewebe bestanden.

»Ja«, sagte sie leise, »auch für uns gab es eine qualvolle Zeit. Vielleicht ist unsere Liebe deshalb so stark geworden. Sie hat sich zu einem großen Teil aus tiefem Schmerz entwickelt.«

Samara sah ihre Mutter erstaunt an. Diese Seite von ihr kannte sie bisher nicht. Sie wußte, daß die Plantage ihrer Mutter ein Geheimnis barg. Sobald davon die Rede war, verschwand alle Wärme und Herzlichkeit aus den Augen ihres Vaters. Doch weder sie noch ihre Brüder kannten den Grund. Das Thema wurde im Hause O'Neill nie erwähnt.

Die Mutter unterbrach ihre Gedanken. »Möchtest du mir nicht erzählen, was geschehen ist?«

»Ich glaube, ich habe mich in einen Engländer verliebt«, sagte Samara so verächtlich, daß ihre Mutter lächelte.

»Nicht alle Engländer sind schlecht«, meinte sie. »Brendan und du seid sicher nach Hause gekommen, deshalb wird er so schlimm nicht sein.« Abgesehen davon, würdest du niemanden lieben, der nicht eine Menge guter Eigenschaften besitzt, fügte sie stumm hinzu.

»Wie kannst du das behaupten?« antwortete Samara verärgert. »Vater sagt, es sind allesamt überhebliche Bastarde, und dieser ist bestimmt einer.«

Samantha wußte nicht, ob sie lachen oder schimpfen sollte. »Hat er deine Situation ausgenutzt?«

»Ja ... Nein ... Ich ...«

Samanthas Mund wurde schmal. »Ja oder nein?« fragte sie ernst.

»Er ... Er hat mich geküßt.«

»Mehr nicht?«

»... Er dachte, ich wäre Brens Ehefrau.«

»Wie bitte?«

Plötzlich konnte Samara nicht mehr an sich halten, und sie erzählte ihrer Mutter die ganze Geschichte – bis in die letzten Einzelheiten. Mehrmals unterdrückte Samantha nur mühsam ein Lächeln. Dieser Raymond Hampton war entweder ein furchtbarer Schurke, wie Samara behauptete, oder der geduldigste Mann der Welt. Vermutlich lag die Wahrheit irgendwo dazwischen. Connor mußte unbedingt mit Brendan darüber reden. Es wäre höchst interessant, die Geschichten der beiden miteinander zu vergleichen.

Inzwischen beruhigte Samantha ihre Tochter, schob sie in den Zuber mit dem herrlich duftenden Wasser und kämmte ihr Haar, wie sie es früher oft getan hatte. Endlich sank Samara erschöpft auf ihre Kissen und schlief sofort ein.

Samantha stand noch eine ganze Weile da und überlegte, wie jung ihre Tochter noch war. War es möglich, daß sie den Mann ihres Lebens gefunden hatte? Sie war fest davon überzeugt, daß es nur einen Mann für Samara geben konnte – genauso wie für sie. Deshalb hatte sie geduldig gewartet und Samara nie gedrängt. Ihre Tochter sollte dieselbe Freude, dasselbe Glück wie sie in der Ehe finden. Oder hatte Samara es schon durch ihre Lügen zerstört?

Raymonds Laune wurde nach O'Neills Verschwinden beinahe unerträglich. Fünf Monate blieb er auf See. Dann erreichte die »Unicorn« mit zwei französischen Schiffen als Beute den Hafen von London, und seine düstere Stimmung hatte sich immer noch nicht gelegt.

In jeder Ecke seines Schiffes schien Samara O'Neills Geist zu lauern. Obwohl er wußte, daß es unmöglich war, glaubte er, immer noch ihren frischen weiblichen Duft in seiner Kabine zu riechen. Und jedes Glas Wein erinnerte ihn an das lächerliche Essen mit ihr am ersten Abend.

Raymond verstand sich selbst nicht mehr. Keine Frau hatte ihn bisher derart beschäftigt, keine hatte sich so tief in sein Herz und seine Gedanken geschlichen. Nachts schalt er sich selbst einen Narren, aber die Bilder blieben. Früher hatte er sich nie einsam gefühlt. Jetzt traf es ihn wie ein Schlag und zerriß ihn beinahe innerlich. Zurück blieb nur eine große Leere.

Es war an der Zeit, nach Beddingfield und zu seinen Wurzeln zurückzukehren. Außerdem fehlte ihm Avery. Trotz ihres unterschiedlichen Charakters hatten sein Bruder und er sich immer sehr nahegestanden. Vielleicht sehnte er sich nicht nach Samara, sondern nach seinem Zuhause.

In London gab Raymond einige Reparaturen an der »Unicorn« in Auftrag und schickte seine Mannschaft für drei Wochen auf Urlaub. In enganliegenden rehbraunen Hosen, einem feinen Leinenhemd, einer einfach geschlungenen Krawatte und einem schlichten blauen Mantel verließ er das Schiff und mischte sich in das Gedränge auf dem Kai.

Erneut faszinierten ihn die Geräusche und die Farben, die unzähligen Akzente und die bunte Kleidung mancher jungen Männer. Kleine Jungen schoben sich durch die Menge, immer auf der Suche nach einer Geldbörse, die sich entwenden ließ. Aufgeputzte Frauen zwischen zwölf und fünfzig Jahren streckten ihre schmutzigen Hände aus und boten ihre Dienste an. Bettler, darunter viele ehemalige Soldaten mit fehlenden Gliedmaßen, baten demütig um eine Gabe. Mehrmals flog eine Münze von Raymonds Tasche in eine Tasse oder eine Hand und brachte ihm ein »Gott segne Sie, Sir« ein.

Ihm wurde beinahe schlecht vom Gestank der toten Fische, in den sich der Geruch ungewaschener Körper und menschlichen Abfalls mischte, der sorglos aus den Fenstern geworfen wurde. Diesen Schmutz der Stadt, den allgegenwärtigen Geruch nach Moder und Krankheit hatte er vergessen – vielleicht weil er ihn vergessen wollte.

Um den Trubel der Londoner Docks rasch hinter sich zu lassen, winkte Raymond eine Kutsche heran, die ihn zum Stadthaus der Hamptons am Grosvenor Square bringen sollte. Zwar bezweifelte er, daß Avery anwesend sein würde, aber von dort konnte er mit einem der Pferde weiterreiten, die in einem Stall in der Nähe für Besorgungen in der Stadt untergebracht waren. Morgen früh würde er nach Beddingfield reisen.

Raymond bezahlte den Kutscher, lief zum Haus und nahm zwei Stufen auf einmal. Da rief ihn eine bekannte Stimme an.

»Hampton . . ., Hampton, nicht so schnell!«

Der Kapitän drehte sich herum, und sein Gesicht leuchtete auf. »Jeremy, alter Teufel. Wir haben uns lange nicht gesehen.«

Jeremy Clayton, der Earl of Sheffield, lächelte breit. »Zu lange nicht, Raymond. Ich habe gehört, Sie sind Pirat geworden.«

»O nein, Sie nicht auch«, stöhnte Raymond. »Ich bin Freibeuter, mein Freund, Freibeuter!«

»Was immer das ist, es scheint Ihnen zu bekommen«, meinte Jeremy und betrachtete den sonnengebräunten muskulösen Freund. Plötzlich blitzten seine Augen spitzbübisch, und er fuhr fort: »Ich hoffe, Sie bleiben nicht zu lange in London. Sonst verlören wir übrigen armen Junggesellen alle Chancen.«

Raymond sah ihn belustigt an. Jeremy hatte mit seiner trügerisch unschuldigen Miene, seinem Titel und seinem Reichtum mindestens die Hälfte aller Londoner Frauen ins Bett gelockt, verheiratete ebenso wie ledige. Erstaunlicherweise war er mit allen gut Freund geblieben. Es war schwierig, wenn nicht unmöglich, dem unkomplizierten Jeremy Clayton etwas übelzunehmen. Er mochte die Menschen viel zu sehr.

»Soll das heißen, es gibt noch eine, die Ihrem Charme nicht erlegen ist?« fragte Raymond. »Wie konnte das geschehen?«

Jeremy lächelte verschmitzt. »Es gibt eine – eine Witwe. Ich würde gerne mit Ihnen um sie wetten.«

Raymond zog die Augenbrauen in die Höhe.

»Heute nacht ist bei Tallant's ein Ball. Sie wird dort sein. Ich wette, Sie können Sie nicht mit nach Hause nehmen.«

»Und der Einsatz?« Wenn diese Frau Jeremys Charme widerstanden hatte, mußte sie tatsächlich schwierig zu bekommen sein.

Jeremy sah Raymond unsicher an. Sie waren gemeinsam in Oxford gewesen und hatten häufig um dieselbe Frau geworben. Es war nur ein Spiel gewesen. Keinem von ihnen hatte soviel an einer gelegen, als daß er ihretwegen die Freundschaft aufs Spiel gesetzt hätte.

Raymond dachte nach. Eine derartige Herausforderung war vermutlich genau das richtige für ihn. Vielleicht konnte eine andere Frau die Bilder jener dunkelhaarigen, grauäugigen kleinen Hexe aus seinen Gedanken vertreiben.

»Einhundert Pfund«, sagte Jeremy jetzt. »Wenn Sie verlieren.« Raymond zog die Augenbrauen noch höher. »Und wenn ich gewinne?«

»Eines von Sables Fohlen«, antwortete Jeremy und sah, daß

Raymonds Augen aufleuchteten. Der Freund hatte schon oft eines seiner Preispferde kaufen wollen. Aber sie waren ihm zu teuer gewesen.

»Sie müssen sich Ihrer Sache sehr sicher sein«, sagte Raymond.

»Mir fehlen einfach die Wetten mit Ihnen«, antwortete Jeremy und sah plötzlich wie ein reizender kleiner Junge aus. »Gilt die Wette?«

»Sie gilt«, erwiderte Raymond wider besseres Wissen. Es stimmte, er brauchte eine Ablenkung, und bei Jeremy lief das immer auf hübsche Frauen hinaus. Normalerweise waren sie blond und besaßen blaue Augen. Damals hatten sie denselben Geschmack geteilt. Inzwischen ...

Wütend ballte er die Fäuste. Ließ Samaras Bild ihn nie los? »Ich hoffe, ich bin dort willkommen ... Ich habe keine Einladung.«

»Sie sind überall willkommen, Raymond. Sie geben einer Gesellschaft erst die rechte Würze. Bis heute abend. Mein Kutscher wird Sie abholen.« Er drehte sich um und ging davon, bevor Hampton es sich anders überlegen konnte.

Eloise Stanton ist tatsächlich sehr hübsch, dachte Raymond, als Jeremy ihn der Witwe vorstellte. Sie trug ein Kleid aus goldgelbem Satin, das genau zur warmen Farbe ihres Haars paßte, war schlank und elegant – und erstaunlich kühl. Mit ihren grünen Augen blickte sie ihn zurückhaltend an.

»Ich habe schon von Ihnen gehört, Kapitän Hampton«, sagte sie mit leiser, melodischer Stimme. »Sie besitzen einen interessanten Ruf.«

Raymond, der ihr gerade ebenfalls ein Kompliment machen wollte, schwieg bestürzt. Eloises Bemerkung war die höflichste Form der Verurteilung, die man sich vorstellen konnte. Er hörte beinahe, wie Jeremy innerlich frohlockte, und verwünschte den unbezähmbaren jungen Lord schweigend. Dann verbeugte er sich tief, denn er ahnte, daß er mit Komplimenten bei dieser Dame nicht weiterkam. »Darüber müssen Sie mir mehr erzählen, Mylady, und mir Gelegenheit geben, mich zu verteidigen.«

»Könnten Sie das überhaupt?« erwiderte sie scharf.

»Es kommt darauf an.« Er lächelte aufrichtig, und seine Augen blitzten vergnügt. Ob das, was man sich früher über ihn erzählt hatte, in seiner Abwesenheit stark ausgeschmückt worden war? Eloises Direktheit gefiel ihm. »Ich kann Ihnen versichern, daß ich weder Frauen noch Kinder zu prügeln pflege.«

»Das beruhigt mich sehr«, antwortete sie rasch und lächelte endlich.

»Nachdem das klar ist, darf ich jetzt um die Ehre dieses Tanzes bitten?«

Lady Stanton senkte nachdenklich den Kopf, wirkte aber längst nicht mehr so kühl. Noch vor einigen Monaten hätte diese Frau ihn außerordentlich gereizt. Aber jetzt . . . Verflixt!

»Kapitän!«

Raymond blickte in Lady Stantons verblüfftes Gesicht.

»Ich glaube, Sie sind mit Ihren Gedanken ganz woanders«, sagte sie nachdenklich.

»Ich mußte nur gerade daran denken, wie hübsch Sie sind«, antwortete Raymond.

»Das dürfte nicht ganz stimmen, Kapitän. Aber ich lasse es als Entschuldigung gelten. Ja, ich gewähre Ihnen diesen Tanz.«

Raymond reichte ihr galant den Arm, führte Eloise zur Tanzfläche und warf einen kurzen Blick zu Jeremy, der ihm verblüfft nachsah.

Es wurde ein angenehmer Abend, viel netter, als Raymond es vermutet hatte. Er kümmerte sich nur um Eloise, und sie ließ es zu, obwohl andere ebenfalls ständig um ihre Aufmerksamkeit warben. Die Frau gefiel ihm von Minute zu Minute besser, und er bekam langsam ein schlechtes Gewissen wegen der Wette.

Als es im Saal wegen der vielen Menschen und der schweren Parfümdüfte zu stickig wurde, schlug Raymond Eloise vor, eine Weile nach draußen zu gehen. Sie schlenderten durch den kleinen Ziergarten und setzten sich schließlich auf eine Steinbank.

Früher hätte er hier mit der Verführung begonnen – eine Hand auf ihre Schulter gelegt, mit den Lippen ihr Haar berührt, ein nettes Kompliment geflüstert. Doch jetzt konnte er sich nicht dazu überwinden. Er mochte Eloise, aber er begehrte Samara. Und ihm gefiel Eloise zu gut, um sein altes Spiel mit ihr zu treiben. Sie strahlte eine gewisse Würde aus, die er keinesfalls zerstören wollte.

»Was ist mit Ihrem Ehemann passiert?« fragte er höflich.

»Er wurde vor drei Jahren von den Franzosen getötet«, antwortete sie leise.

»Er fehlt Ihnen immer noch.« Das war eine Feststellung.

»Jeden Tag meines Lebens«, erwiderte Eloise. »Wir waren noch nicht einmal ein Jahr verheiratet, aber er war mein ein und alles. Ich frage mich, ob ich je wieder so empfinden werde.« Sie seufzte.

»Haben Sie noch Verwandte?« fragte er und beobachtete sie neugierig, weil sie sich straffte.

»Den – Bruder meines Mannes und eine Schwester. Meine Schwester überredete mich, heute abend herzukommen. Ich wohne bei ihr . . .«

Raymond bemerkte die wachsende Spannung in ihrer Stimme. »Sie hatte recht«, sagte er ruhig. »Sie sind viel zu hübsch, um sich zu verstecken.«

»Und was ist mit Ihnen, Kapitän? Ich merke, daß Sie etwas beschäftigt.«

Er lachte kläglich. »Ich glaube, Sie merken zuviel, Lady Stanton.«

»Gehört auch eine gewisse Wette dazu?«

Raymond war selten fassungslos. Jetzt war er richtig bestürzt. »Wie haben Sie das . . .«

»Ich kenne Jeremy«, sagte sie, »und ich sah sein Gesicht, als ich in den Tanz mit Ihnen einwilligte.« Jetzt lachte sie. »Außerdem muß es einen Grund geben, weshalb er so schreckliche Dinge über Sie erzählt hat, als er mich abholte. Vor allem, nachdem Sie beide hier als Freunde auftreten. Darf ich fragen, was er einsetzte?«

Raymond sah nicht ein, weshalb er die Auskunft verweigern sollte. »Eines seiner eifersüchtig gehüteten Fohlen.«

»Dann wollen wir dafür sorgen, daß er zahlen muß«, erklärte Eloise befriedigt. »Was muß ich tun?«

Raymond zog eine Augenbraue in die Höhe. »Mit mir nach Hause kommen. Aber das ist unmöglich ... Sie müssen an Ihren Ruf denken!« Erschrocken stellte Raymond fest, daß er plötzlich Skrupel besaß.

»Ich kenne Jeremy genau«, antwortete Eloise. »Er wird es niemandem erzählen. Um keinen Preis der Welt würde er zugeben, daß Sie Erfolg hatten, wo er gescheitert ist. Das wird ihm eine Lehre sein. Wollen wir ihm jetzt gemeinsam eine gute Nacht wünschen?«

»Sie sind eine außergewöhnliche Frau, Lady Stanton.«

»Eloise, Kapitän. Wenn wir gemeinsam zu Ihnen gehen, müssen Sie Eloise zu mir sagen.«

Sie kehrten in den Ballsaal zurück. Eloise stellte Raymond ihrer Schwester vor und erklärte, der Kapitän werde sie früh nach Hause bringen, denn sie habe Kopfschmerzen. Die Schwester, die selbst glücklich strahlte, sah zu ihrem Mann auf und lächelte zufrieden.

Jeremy war zum erstenmal in seinem Leben sprachlos. Er nickte nur, als Raymond sich noch einmal für die Einladung bedankte. Dann verwandelte sich seine Verblüffung in Bewunderung, und er zwinkerte dem Freund zum Zeichen seines Sieges einfältig zu.

Raymond und Eloise setzten sich ins Wohnzimmer und unterhielten sich beinahe wie alte Freunde. Der Kapitän stellte fest, daß Lady Stanton seine Schwägerin Leigh kannte und mehrmals zu Besuch in Beddingfield gewesen war.

»Sie sind ganz anders, als ich nach Leighs Beschreibung annehmen mußte«, sagte Eloise endlich. »Ich glaube, sie hat ein bißchen Angst vor Ihnen.«

»Wahrscheinlich, weil Avery und ich so verschieden sind. Vielleicht fürchtet sie, ich könne meinen Bruder mit meiner Ruhelosigkeit anstecken.«

»Sie sind tatsächlich anders. Das ist ungewöhnlich bei Zwillingen.«

»Nicht so sehr, wie Sie annehmen«, antwortete Raymond nachdenklich. »Avery wußte von frühester Kindheit an, daß er eines Tages den Titel erben würde. Manchmal habe ich das Gefühl, er beneidet mich um meine Freiheit.«

»Und Sie? Beneiden Sie ihn auch?«

»Nein«, antwortete Raymond aufrichtig. »Ich bin mit meinem Leben völlig zufrieden.«

Eloise sah ihn überrascht an. Er wollte ihr ein weiteres Glas Sherry einschenken, aber sie lehnte ab.

»Weshalb sind Sie mitgekommen?« fragte Raymond schließlich und beobachtete sie aufmerksam.

»Sie waren sehr nett, das hatte ich nicht erwartet, um ehrlich zu sein. Ich wollte Jeremy eine Lektion erteilen, und ich brauchte – einen Freund. Im Garten hatte ich das Gefühl, einen gefunden zu haben.«

Raymond spielte mit seinem Glas. »Sie sind ganz entschieden vertrauensselig.«

»Normalerweise nicht«, erklärte Eloise. An ihrem Tonfall erkannte er, daß sie die Wahrheit sprach. »Ich erriet, was in Ihnen vorging und daß Sie nur halbherzig bei der Sache waren. Es gibt eine andere Frau, nehme ich an?«

Raymond lächelte wehmütig. »Ich wußte nicht, daß man es mir so deutlich anmerkt.«

Sie sah ihn fragend an.

»Sie ist mit jemandem verheiratet, den ich inzwischen als einen Freund betrachte«, sagte Raymond langsam. Eloise lächelte teilnahmsvoll. Die Erinnerung an ihren Mann war noch zu stark, als daß sie sich schon für einen anderen interessieren konnte. Der Kapitän hatte es erkannt, und sie war ihm dankbar dafür.

»Wie heißt sie?« fragte sie, denn sie merkte, daß er darüber sprechen mußte. Waren sie so schnell Freunde geworden?

»Samara«, sagte er zärtlich. »Sie hat versucht, mich mit einer Weinflasche umzubringen.«

Eloise lachte. »Dadurch kann man Raymond Hamptons Herz gewinnen? Vielleicht sollte ich dieses kleine Geheimnis verbreiten?«

»Bloß nicht«, stöhnte Raymond und heuchelte Entsetzen. »Nur weil sie zu ungeschickt war, bin ich heute hier.« Er verzog den

Mund. »Allerdings muß sie mir trotzdem etwas angetan haben. Denn ich sitze hier mit einer der hübschesten Londoner Frauen, und wir – reden nur.« Scheinbar verächtlich zog er eine Augenbraue in die Höhe.

»O Kapitän«, sagte sie leichthin. »Sie sind ganz schön gerissen. Es ist Zeit für mich, zu gehen. Falls Jeremy uns gefolgt ist, dürfte seine Neugier inzwischen befriedigt sein.«

Raymond sah sie ernst an, aller Spott war verflogen. Irgend etwas bereitete dieser Frau Kummer. »Falls Sie Hilfe brauchen oder Sorgen haben – was immer es sein mag, kommen Sie zu mir«, sagte er langsam. »Und falls ich nicht da bin, wenden Sie sich an Avery. Ich werde mit ihm reden.«

Sie nickte nur. »Danke für den interessanten Abend.«

10. KAPITEL

Beddingfield wirkte aus der Ferne wie ein wohlhabendes Gut. Auf den ordentlich bestellten Feldern reifte die erste Sommerfrucht heran, und die Rinder und Schafe sahen fett und gesund aus. Das große majestätische Herrenhaus, das Raymond immer noch Ehrfurcht einflößte, lag bemerkenswert gut restauriert inmitten des sorgfältig gepflegten Ziergartens.

Raymond war drei Jahre nicht zu Hause gewesen, hatte aber fast sein gesamtes erbeutetes Geld zur Unterhaltung von Beddingfield verwendet. Obwohl ihn der Tagesablauf wenig interessierte, wünschte er, daß der Besitz in der Familie blieb. Nur widerstrebend hatte ihm der Bruder während seines letzten Besuchs von den finanziellen Schwierigkeiten erzählt, und es hatte Raymond einen vollen Tag gekostet, bis Avery das Geld annahm, und dann auch nur als Darlehen. Das Geld war gut angelegt, stellte Raymond jetzt fest.

Plötzlich empfand er eine ungeheure Freude und Stolz, und er trieb seinen Grauen zu einem Galopp. Die Melancholie der letzten Monate legte sich. Ja, es würde ihm guttun, Avery wiederzusehen.

Ungeduldig stieg Raymond ab, überließ sein Pferd einem Stallknecht und klopfte an die Tür.

Avery war unterwegs, aber Leigh war zu Hause und begrüßte ihn nach der ersten Verwirrung erfreut. »Weshalb hast du uns nicht benachrichtigt?« fragte sie atemlos. »Avery wird überglücklich sein.«

»Ich bin erst gestern in London angekommen«, sagte Raymond und lächelte spitzbübisch. »Ich wollte euch überraschen.« Er betrachtete Leigh herzlich. Seine Schwägerin war auf eine stille Weise hübsch. Bei ihm war sie immer ein wenig schüchtern, aber sein Bruder war glücklich mit ihr, und deshalb mochte er sie. Jetzt lächelte er breit. »Der verlorene Bruder kehrt zurück.«

»Und ist herzlich willkommen«, sagte sie. »Komm herein und begrüße deine Nichten und Neffen.«

Raymond konnte erstaunlich gut mit Kindern umgehen. Er ließ sich von ihnen umarmen und gewann mit seinem offenen Lachen sofort ihr Herz. Die kleine Catherine war bei seinem letzten Besuch noch gar nicht geboren gewesen, und Anthony hatte den Fremden, der seinem Vater so ähnlich sah, damals nur angestaunt.

Kurz darauf stand Avery auf der Türschwelle und strahlte über das ganze Gesicht.

Raymond trug das Haar kürzer und es war von der karibischen Sonne stärker gebleicht. Doch die Brüder besaßen die gleichen blaugrünen Augen, in denen sich jetzt ihre Empfindungen spiegelten. Sie waren gleich groß, aber die körperliche Arbeit an Bord hatte Raymond schlanker und muskulöser werden lassen. Mehr denn je wirkte er wie ein gefährliches Raubtier. Leigh war froh, daß Avery diese Ausstrahlung nicht besaß.

Die kleine Catherine zog ihren Vater an der Hand. »Der sieht ja aus wie du!« sagte sie, und ihre Augen wurden ganz rund.

»Das stimmt, Liebling«, antwortete er und machte sich los. Die beiden Brüder umarmten sich herzlich.

»Diesmal bleibst du doch eine Weile, nicht wahr?« fragte Avery schließlich.

»Lange genug, daß du froh sein wirst, mich wieder loszuwerden«, antwortete Raymond. »Du kennst meine Neigung, mich in alles einzumischen.«

»Du weißt doch, daß ich dich gern ständig hier hätte.«

»Kein Gut braucht zwei Herren«, stellte Raymond fest. »Willst du mir keinen Brandy anbieten? Und dann erzähle. Ich möchte alles wissen. Das Gut sieht richtig blühend aus.«

»Dank deiner Hilfe«, antwortete Avery und sah Raymond nicht an. Er zündete sich eine Zigarre an und versuchte, sein Schuldgefühl zu verdrängen. Ein Zwilling wußte normalerweise, wenn der andere log oder ihm etwas vorenthielt. Doch Raymond war offensichtlich in Gedanken ganz woanders. Er hatte sich verändert. Weil er neugierig war und das Thema wechseln wollte, fragte Avery vorsichtig: »Immer noch keine Herzensdame – für ernste Absichten?«

»Mitten auf dem Ozean? Außerdem: Wer könnte es schon mit meiner hübschen ›Unicorn‹ aufnehmen?«

»Du versäumst eine Menge, Bruder«, sagte Avery langsam. »Es ist ein ganz besonderes Glück, das Leben mit einem Menschen zu teilen, den man liebt. Und meine Kinder, Tony und Catherine, kommen mir wie ein kleines Wunder vor. Wenn sie nach meiner Hand greifen, fühle ich mich wie der reichste Mann Englands.«

Ein Muskel zuckte in Raymonds Wange, und sein Blick verfinsterte sich.

»Da ist also doch jemand«, stellte Avery fest.

»Sie ist verheiratet und außerdem eine feurige kleine Amerikanerin«, erklärte Raymond und wußte, daß Avery nicht aufgeben würde, bevor er die ganze Geschichte erfuhr. Sie hatten sich immer alles anvertraut. Deshalb erzählte er.

Als Raymond geendet hatte, schüttelte Avery den Kopf. »Und was jetzt?«

Raymond zuckte hilflos die Schultern. »Ich versuche, nicht mehr an sie zu denken. Ich verstehe ja selbst nicht, wie das passieren konnte.«

»Du bist verliebt«, antwortete Avery leise, »das passiert eben. Du scheinst mir alle Symptome davon zu haben.«

»Und ich kann nichts dagegen tun«, sagte Raymond. »Ziemlich seltsam, nicht wahr? Nachdem ich all die Jahre behauptet habe, so etwas gäbe es gar nicht, passiert es mir ausgerechnet mit einer Amerikanerin – die zudem noch mit einem Amerikaner verheiratet ist . . .«

Avery sah ihn mitfühlend an. Er hatte während der letzten Jahre gehofft, daß Raymond endlich Liebe – und Frieden finden würde. Statt dessen hatte er Liebe und Schmerz erfahren. Erneut fühlte er sich schuldig, weil es ihm so gut ging. »Willst du noch einmal zur amerikanischen Küste segeln?«

»Ich möchte eigentlich lieber die Franzosen noch ein bißchen ärgern. Amerikanische Schiffe gefallen mir zur Zeit nicht besonders.« Raymond lächelte kläglich.

»Hast du keine Angst, das Glück könnte dich eines Tages verlassen?« fragte Avery. »Willst du nie mit der Freibeuterei aufhören?«

Der alte ironische Blick, der Leigh solche Angst einflößte, kehrte zurück. »Ich könnte ebensogut aufhören zu atmen.«

»Darauf könnte es hinauslaufen«, bemerkte Avery nachdenklich. »Beddingfield wirft wieder etwas ab. Wir brauchen eigentlich keinen Zuschuß mehr.«

»Selbst wenn es stimmt, werde ich nicht aufhören. Nicht während England mit Frankreich Krieg führt und jetzt auch mit Amerika.« Er lächelte. »Ich bin nicht so leicht zu zähmen, Bruder.«

Sie wechselten das Thema, und Raymond erkundigte sich nach Eloise.

»Bist du an ihr interessiert?« fragte Avery.

»Ich mag sie«, antwortete Raymond ruhig, »mehr nicht. Und sie scheint irgendeinen Kummer zu haben. Sie sagte, sie und Leigh wären Freundinnen.«

Avery zögerte. »Sie war einigemale bei Leigh. Jetzt, wo du es sagst . . . Sie schien – beinahe verängstigt. Ich dachte, es läge an ihrer Trauer. Offensichtlich hat sie ihren Mann sehr geliebt. Es war eine echte Liebesheirat.«

»Was ist mit ihrer Familie?«

»Ihr Mann hatte einen jüngeren Bruder, George Carlton. Er ist jetzt Earl of Stanton. Robert und er verstanden sich nicht besonders. Trotzdem mußte er ihm den Familienbesitz vererben. Eloise hat dafür fast sein gesamtes Geld bekommen. Außer George hat sie meines Wissens nur noch eine ältere Schwester.« Avery sah seinen Bruder neugierig an. Normalerweise interessierte sich Raymond nur für Frauen, wenn er sie begehrte. Diese neue Ritterlichkeit überraschte ihn und freute ihn. Raymond hatte sich stärker verändert, als er angenommen hatte.

»Kannst du Leigh nicht bitten, sie hierher einzuladen? Vielleicht können wir ihr irgendwie helfen«, schlug Raymond vor.

»Du erstaunst mich immer mehr, Raymond. Ich habe dich nie für einen edlen Ritter gehalten.«

»Ich probiere alles einmal aus«, erwiderte Raymond unbekümmert und trank seinen Brandy aus.

Avery lachte und prostete ihm zu.

Eine Woche vor Raymonds geplanter Abfahrt reisten die Hamptons und Lady Stanton nach London. Sie hatten zu einem Ball eingeladen, der heute abend stattfinden sollte, und kaum jemand hatte abgesagt. Alle wollten den berüchtigten Raymond Hampton kennenlernen, der mit seiner nicht ganz ehrenhaften Tätigkeit ein gewaltiges Vermögen angesammelt haben sollte und in dem Ruf stand, der wildeste Frauenjäger zu sein. Die jungen Damen zitterten vor Erregung, während die älteren sich sehr gut an ihn erinnerten. Und keine blieb dem Ball fern.

George Carlton, der gegenwärtige Earl of Stanton, wunderte sich nicht wenig, daß er ebenfalls gebeten wurde. Er war nicht besonders gut mit den Hamptons bekannt. Avery Hampton war selten in London und zog das ruhige Leben auf seinem Gut vor. Es hieß jedoch, er habe gute Freunde bei Hof, deshalb nahm Stanton die Einladung an. Raymond Hampton war für ihn nicht mehr als ein Abenteurer und interessierte ihn nicht sonderlich.

Noch etwas war ihm ein Rätsel. Wo in aller Welt war seine Schwägerin geblieben? Er hatte sie auf seinem Gut untergebracht, aber sie war ausgerückt. Als er ihr zu ihrer Schwester folgte, war sie auch dort schon wieder abgereist, und Serena behauptete, sie kenne ihren Aufenthaltsort nicht. Zwar bezweifelte er, daß er auf dem Ball näheres über Eloise erfahren würde, aber die Möglichkeit bestand.

Sein Bruder hatte Eloise all sein Geld hinterlassen. Er selbst hatte nur einen Titel geerbt, der nichts einbrachte, sowie unveräußerliches Land, aus dem sich wenig erwirtschaften ließ. Die Spielleidenschaft hatte ihn nahe an den Abgrund gebracht. Deshalb hatte er Eloise während der beiden letzten Jahre erst den Hof gemacht und sie anschließend richtig bedrängt. Ja, er hatte sogar ihrer Schwester mit finanziellem Ruin und ihren Freunden mit schweren Schäden gedroht, falls sie sich weigerte. Außerdem hatte er sie gesellschaftlich isoliert.

Sollte sie weiterhin nicht in die Ehe mit ihm einwilligen, mußte sie eben bei einem tragischen Unfall ums Leben kommen. Dann würde ihr Erbe an ihn fallen, die entsprechenden Dokumente dafür hatte er bereits gefälscht.

Doch bevor er seinen Plan in die Tat umsetzen konnte, war Eloise verschwunden.

Der Ball war bereits im Gang, als der Earl of Stanton das Stadthaus der Hamptons erreichte. Hunderte von Kerzen beleuchteten das Haus, und Stanton bewunderte die prächtige Einrichtung, obwohl ihm der konservative Stil nicht sonderlich gefiel. Er schlenderte durch die Räume und betrachtete aufmerksam die Gäste. Mehrere Mitglieder der königlichen Familie waren erschienen und zahlreiche Adelige, die im Rang erheblich höher waren als er. Erneut wunderte er sich über seine Einladung. Dann fiel sein Blick auf die beiden Damen und die beiden Herren, die gemeinsam die Gäste begrüßten, und er erschrak.

Seine Schwägerin war bei den Hamptons! Sie trug ein elegantes goldenes Kleid und Blumenschmuck im Haar und stand nahe bei einem der Brüder. Gern hätte er gewußt, welcher der beiden es war. Während er sie noch beobachtete, legte der Mann seinen Arm besitzergreifend um Eloises Taille, und Stanton verlor beinahe die Beherrschung. Argwöhnisch trat er näher.

Sie begrüßten sich steif, und Stanton wollte sofort unwillentlich nach Eloise greifen. Doch Raymond hinderte ihn daran und machte ihm mit seinem harten Gesicht, seinen funkelnden Augen und seinem energischen Kinn richtig angst.

Hampton verbeugte sich leicht, und seine Stimme klang höflich reserviert. »Eloise möchte, daß Sie es als erster erfahren: Wir haben uns verlobt. Die Nachricht soll heute abend offiziell bekanntgegeben werden«, sagte er so laut, daß etliche Gäste es hören konnten.

Stanton wurde bleich. Wütend verzog er das Gesicht. »Als ihr nahester männlicher Verwandter und Beschützer gebe ich dazu niemals meine Einwilligung«, brauste er auf.

Raymond sah ihn belustigt an. »Ich glaube kaum, daß einer von uns Ihre Einwilligung benötigt«, erklärte er. »Eloise wird bis zur Heirat bei meinem Bruder wohnen. Nehmen Sie zur Kenntnis, daß sie unter unserem Schutz steht.« Seine Stimme klang eiskalt. »Und wehe jedem, der sich einzumischen wagt!«

Stanton trat einen Schritt zurück angesichts dieser offenen Drohung. Sein Gesicht wurde dunkelrot, denn er merkte, daß ihn mehrere Gäste neugierig beobachteten.

»Ich will doch nur das Beste für Eloise«, stammelte er, nahm allen Mut zusammen und fuhr mit festerer Stimme fort: »Ihr Ruf ist nicht gerade eine Empfehlung, um der Ehemann meiner Schwägerin zu werden.«

»Und Ihrer ist keine Empfehlung für Sie als Mann«, schoß Raymond zurück.

Das war eine eindeutige Beleidigung. Hilflos sah Stanton von Raymond zu Eloise, und seine Hoffnungen schwanden dahin. Er wußte, daß er neben einem Mann wie Hampton, der als Frauenheld galt, keine Chance hatte, und konnte sich nur so gut wie möglich aus der Affäre ziehen. Als hätte er Raymonds letzte Bemerkung nicht gehört, verbeugte er sich leicht.

»Meinen Glückwunsch«, stieß er hervor. Vielleicht – aber nur vielleicht – konnte er ja einen kleinen Unfall für diesen unerwünschten Piraten arrangieren. Immerhin übte Raymond einen ziemlich gefährlichen Beruf aus. Ein Wort über das Ziel dieses Kerls am rechten Ort . . . Die Amerikaner würden eine Menge für solch eine Nachricht zahlen. Es wäre nicht das erstemal.

Trotz der belustigten und wissenden Blicke, die er während des Abends ertragen mußte, blieb Stanton auf dem Ball. Er wollte unbedingt erfahren, wann der Kapitän wieder abreiste und wohin er fuhr. Deshalb hörte er genau zu, als Raymond sich mit Jeremy Clayton unterhielt.

»Sie sind ja ein ganz Schlauer«, sagte Jeremy. »Ich hätte nie geglaubt, daß Sie einmal ins Netz gingen. Wann findet die Hochzeit statt?«

»Erst nach meiner nächsten Reise«, antwortete Raymond. »Ich muß noch etwas erledigen.« Er war inzwischen anderen Sinnes geworden. Wenn er die amerikanische Küste mied, würde er weiterhin ständig an Samara denken. Damit war hoffentlich Schluß, wenn er zwar nicht Samara, aber zumindest das Land angriff, zu dem sie gehörte. Zu Jeremy sagte er allerdings nur, er wolle vor die Küste von Carolina zurückkehren.

Nachdem die letzten Gäste gegangen waren, unterhielten sich Raymond und Avery noch ein paar Minuten.

»Für Eloise dürfte jetzt keine Gefahr mehr bestehen«, meinte

Raymond. »Natürlich kann sie unsere Verlobung lösen, sobald ich zurück bin – oder schon vorher, falls sie es wünscht.«

»Sie wäre eine gute Ehefrau«, meinte Avery langsam.

»Das ist richtig«, stimmte Raymond ihm zu, »aber nicht für mich. Außerdem liebt sie mich nicht, sondern ist mir nur dankbar.«

»Das ist mehr als bei manchen anderen Ehen«, meinte Avery und hoffte immer noch, sein Zwillingsbruder würde eines Tages ebenso glücklich wie er. Er zuckte richtig zusammen, als er Raymonds mürrisches Gesicht bemerkte.

»So etwas kommt für mich nicht in Frage. Ich liebe meine Freiheit«, antwortete Raymond und wünschte, er könnte seine eigenen Worte noch glauben.

Während die beiden Hamptons noch miteinander redeten, traf Stanton mit einem Agenten der amerikanischen Regierung zusammen. Gleichzeitig fügten müde Setzer viele Meilen entfernt Hunderte von winzigen Bleibuchstaben für die nächste Zeitungsausgabe zusammen. Zu den letzten Meldungen gehörte auch die Nachricht von der Verlobung von Raymond Hampton mit Eloise Stanton.

11. KAPITEL

Seit der Ausfahrt der »Unicorn« in London ging alles schief. Im Gegensatz zu früher geriet Raymond von einer Katastrophe in die nächste. Das Unglück begann schon am Hafen, als drei seiner vertrauenswürdigsten Männer, davon einer seiner besten Kanoniere, fehlten. Nachdem er einige Tage nach ihnen gesucht hatte, erfuhr der Kapitän, daß zwei bei einer Rauferei in einer Kneipe getötet worden waren; der dritte blieb verschwunden. Da Raymond keine weitere Zeit verlieren wollte, beschloß er, mit einer kleinerer Mannschaft loszusegeln.

Anschließend geriet die »Unicorn« in eine ganze Reihe von Stürmen, von denen einer schwerer als der vorige war. Das Ölzeug wurde überflüssig, denn es gab keinen trockenen Platz und keine trockene Kleidung mehr an Bord. Der Koch mußte das Feuer im Herd löschen, Salzwasser mischte sich in das Süßwasser. Nach drei Wochen Fahrt und zehn Tagen ständigen Sturms war Raymond beinahe am Ende seiner Kräfte. Sein Schiff war stark beschädigt, die Segel waren zerfetzt, und eine der Kanonen, die aus der Verankerung gerissen und über Bord gespült worden waren, hatte zwei Männer schwer verletzt.

Am Morgen des 21. Tages sah es nicht viel anders aus. Es war so dunkel, daß man kaum den Tag von der Nacht unterscheiden konnte. Heftiger Regen prasselte auf das Schiff, und der Wind heulte wie ein Dämon in den Wanten. Blitze zuckten den Blitzableiter hinab und verglühten zischend im Meer. Jedem folgte das Rollen des Donners. Die Wellen türmten sich haushoch auf und warfen das Schiff hin und her, als wäre es ein Spielzeug.

Am Spätnachmittag begann das Thermometer zu steigen. Raymond überließ das Ruder seinem ersten Offizier und betrachtete die Schäden. Die »Unicorn« leckte erheblich, viele Quadratmeter Segel waren zerfetzt und unbrauchbar geworden.

Raymond stöhnte leise auf. Wenn er richtig gerechnet hatte, waren sie nicht weit vor der Küste Carolinas – und vom Feind – entfernt. Er mußte unbedingt umdrehen, nach Bermuda zurücksegeln und dort die erforderlichen Reparaturen vornehmen lassen. Wenn er nur inzwischen keinem amerikanischen Schiff begegnete!

Viel zu langsam wurde es dunkel, und Raymond war froh, daß der Himmel bewölkt blieb. Die Bullaugen wurden verhängt und die Arbeit unter Deck fieberhaft fortgesetzt: Das Wasser mußte ausgepumpt und die Beplankung repariert werden. An Deck war die Arbeit in der Dunkelheit schwierig. Keinesfalls durften sie Licht machen und mußten daher vieles bis zum Anbruch der Dämmerung verschieben.

McDonald, der die schärfsten Augen besaß, übernahm die Wache im Ausguck. Raymond hatte seit drei Tagen keine Minute geschlafen. Er gönnte sich eine kleine Ruhepause und kehrte kurz vor der Dämmerung an seine Arbeit zurück. In diesem Augenblick stieß McDonald einen scharfen Warnruf aus. Land und Segel waren zu sehen. Sekunden später entdeckte er mindestens zwei Schiffe.

Raymond fluchte lautstark und übernahm selbst das Ruder. Er ließ soviel Segel wie möglich setzen und steuerte auf die Küste zu. Falls er einen Fluß fand, der tief genug war, konnte er vielleicht entkommen.

Die »Unicorn« reagierte nur schwerfällig, und es kostete Raymond alle Kraft, sie gegen den Wind zu drehen. Weshalb hatte ihn das Glück derart verlassen? Schon näherten sich die beiden Schiffe bedenklich. Raymond konnte nicht ahnen, daß sie einige Tage zuvor von seiner Ankunft verständigt worden waren und seitdem nach ihm suchten. Er wußte nur, daß seine Chancen von Minute zu Minute sanken.

Trotzdem versuchte er das Unmögliche. Da er keine Flußmündung entdeckte, befahl er der Mannschaft, sich auf einen ungleichen Kampf vorzubereiten: Sie mußten sich gegen eine amerikanische Fregatte wehren, die doppelt so stark bewaffnet war wie er. Das zweite Schiff war eine Corvette, die etwas größer war als seine »Unicorn« und beinahe ebenso beweglich.

Raymond sah, daß die amerikanische Flagge gehißt wurde, und entdeckte das Signal, sich zu ergeben. Er antwortete mit dem Aufziehen der eigenen Flagge und einer Salve aus einer seiner verbliebenen langen Kanonen. Er würde nicht kapitulieren, solange noch die geringste Möglichkeit zur Flucht bestand.

Die amerikanische Fregatte antwortete mit einer Breitseite, die zahlreiche Rettungsboote der »Unicorn« zerstörte und die Spiere zerschmetterte. Das Feuer der »Unicorn« schlug in die Vormarsstenge. Inzwischen war die Corvette nach hinten gefahren, so daß die »Unicorn« jetzt von zwei Seiten angegriffen wurde.

Die Geschosse zerbarsten, und Raymond hörte die Schreie seiner Männer. Eine große Granate schlug nur wenige Zentimeter über der Wasserlinie ein. Gerade wollte Raymond sich ergeben, weil jeder weitere Widerstand sinnlos war, da erschütterte eine Explosion das Schiff. Er befahl allen, die »Unicorn« zu verlassen, und sah zu, wie sich die Männer eilig die Strickleitern hinunterließen und die Verwundeten in das einzig verbliebene Rettungsboot brachten.

Raymond und Yancy blieben bis zuletzt an Bord der »Unicorn«, die jeden Augenblick ein Opfer der Flammen werden konnte. Schon wurden die ersten Männer von amerikanischen Booten aus dem Wasser gezogen.

Raymond forderte Yancy auf, ebenfalls von Bord zu gehen. »Nur gemeinsam mit Ihnen«, antwortete Yancy unnachgiebig und beobachtete sorgfältig das sich nähernde Feuer.

»Ich werde versuchen, an Land zu schwimmen«, sagte Raymond. »Vielleicht schaffe ich es. Sie sind hinter mir her. Wenn sie glauben, daß ich umgekommen bin, haben Sie eine größere Chance, ausgetauscht zu werden. Und sollte das nicht geschehen, kann ich Ihnen als freier Mann besser zur Flucht verhelfen.«

Yancy wußte, daß Raymond ein außerordentlich guter Schwimmer war. Wenn jemand die starken Strömungen entlang der Küste überwinden konnte, dann der Kapitän.

»Ich werde den Amerikanern erzählen, daß Sie bei der letzten Explosion umgekommen sind«, sagte Yancy langsam. Er nahm Raymonds Hand und drückte sie fest. »Hals und Beinbruch.«

»Ihnen ebenfalls, Yancy.« Plötzlich lächelte Raymond zuversichtlich, und Yancy erkannte, daß der Kapitän entschlossen war, die Herausforderung anzunehmen. Seit Monaten war er nicht mehr so zuversichtlich gewesen.

Raymond lieferte ihm die Bestätigung selbst: »Wir sehen uns in Bermuda, Yancy. Spätestens Weihnachten.«

Er warf einen letzten Blick über die »Unicorn«, deren Achterdeck schon fast zerstört war. Sie war ein gutes Schiff gewesen und hatte dieses Schicksal nicht verdient. Zum letztenmal strich er über das Mahagonigeländer, stieg über die Reling und tauchte ins Wasser.

Die Nachricht vom Untergang der »Unicorn« verbreitete sich rasch in Carolina. Schon bevor er Brendans Schiff gekapert hatte, war der englische Freibeuter beinahe zu einer legendären Gestalt geworden. Die Tatsache, daß O'Neill sein Schiff später zurückstehlen konnte, hatte das Gerede von der Feindschaft der beiden Kapitäne noch verstärkt.

Brendan versuchte, derartige Gerüchte zu unterdrücken. Der Gedanke, als ein Held betrachtet zu werden, der er nicht war, berührte ihn peinlich. Da er jedoch versprochen hatte, die Wahrheit für sich zu behalten, konnte er wenig dagegen unternehmen.

O'Neill war inzwischen selbst unter die Freibeuter gegangen und gerade nach einer langen, erfolgreichen Fahrt für einige Wochen nach Charleston zurückgekehrt, als ihn erste Gerüchte vom Untergang der »Unicorn« erreichten. Sofort stellte er Nachforschungen an und erfuhr, daß die Behörden Raymond Hampton für tot hielten. Der englische Kapitän hatte sich geweigert, sein Schiff zu verlassen, und war bei einer Explosion ums Leben gekommen. Seine Mannschaft war nach Boston ins Gefängnis gebracht worden und würde vermutlich demnächst ausgetauscht werden.

Brendan war selbst verblüfft, wie tief ihn die Nachricht von Raymonds Tod traf. Der Kapitän hatte geahnt, daß man ihn nicht ohne weiteres austauschen würde. Gewiß hatte er deshalb den Tod vorgezogen, anstatt sich zu ergeben.

Wirklich Sorgen machte sich Brendan um seine Schwester Samara. Auch wenn sie Hampton als »Piraten niedrigsten Ranges ohne alle Grundsätze« beschimpfte, wurde ihr Blick weich, sobald sein Name fiel, und sie sah so wehmütig drein, daß es ihm beinahe das Herz brach. Er hatte gehofft, daß sie eines Tages . . .

Nun war diese Hoffnung zerronnen, und er fragte sich, wie Samara die Nachricht aufnehmen würde.

Es wurde einfacher, als Brendan erwartet hatte, denn Samara weigerte sich entschieden, ihm zu glauben. Zwar tat ihr leid, daß die »Unicorn« gesunken war, aber sie behauptete hartnäckig, Hampton sei viel zu gerissen, um zu sterben.

»Außerdem hat niemand seine Leiche gefunden«, fügte sie triumphierend hinzu.

»Das Schiff ist explodiert, Samara«, antwortete Brendan geduldig, als spräche er mit einem Kind. »Sie haben lange nach ihm gesucht, und alle sind sich einig, daß niemand so weit schwimmen kann.«

»Er schon«, sagte Samara eigensinnig, »auch wenn es mir gleichgültig ist. Er hätte den Tod verdient.« Trotzig schob sie ihr Kinn vor.

»Aber die Strömungen . . .« gab Brendan zu bedenken.

»Er ist nicht tot«, erklärte Samara, ging aus dem Zimmer und ließ ihren Bruder und ihre Mutter, die sie hatte trösten wollen, verblüfft zurück.

Nach langer Zeit suchte sie ihre Höhle wieder auf. Dieses verborgene Plätzchen besaß für die Familie eine ganz besondere Bedeutung. Hier hatte die Mutter den schwerverwundeten, sterbenskranken Vater gefunden und solange gepflegt, bis er wieder gesund war.

Nun kroch Samara hinein, setzte sich und betrachtete das Muster, das die einfallenden Sonnenstrahlen an die Wände zeichneten.

»Ich würde es spüren, wenn er tot wäre«, flüsterte sie.

Zum erstenmal seit ihrer Rückkehr nach Glen Woods stiegen ihr Tränen in die Augen und rannen ihre Wangen hinab, bis ihr ganzer Körper von heftigen Schluchzern erschüttert wurde. Sie glaubte nicht, daß Raymond umgekommen war, aber die Nachricht hatte die Sehnsucht nach ihm geradezu ins Unermeßliche gesteigert. Sie wußte jetzt, daß er immer ein Teil von ihr bleiben würde.

Nun war er irgendwo allein und wahrscheinlich schwer verwundet im Feindesland.

Plötzlich hatte Samara furchtbare Angst um Raymond, und sie weinte erneut. Endlich gab sie zu, daß sie Kapitän Hampton leidenschaftlich liebte. Aber diese Liebe würde keine Erfüllung finden, denn Raymond war ein Feind und führte ein Leben, das sie nie billigen konnte – selbst wenn er sie wundersamerweise plötzlich zur Frau wollte. Und das war äußerst unwahrscheinlich.

Langsam versiegten Samaras Tränen und machten einem noch größeren Schmerz Platz.

Samara wollte ihre Familie nicht mit ihrer trübsinnigen Stimmung anstecken, deshalb gab sie sich Mühe, ihre Gefühle zu verbergen. Als ihre beste Freundin Emily Fontaine zu einem Ball anläßlich ihrer Verlobung einlud, sagte Samara zu. Brendan war schon wieder auf gefährlicher Kaperfahrt, aber Conn und Francis begleiteten sie.

Es war ein wunderschöner Nachmittag, und es würde ein herrlicher Abend werden. Keine Wolke stand am dunkelblauen Himmel, während sie sich auf die lange Reise machten, und eine angenehme Brise milderte die Julihitze.

Samara fuhr gern mit ihren Brüdern. Die beiden konnten sehr unterhaltsam sein, wenn sie es wollten. Conns Verbitterung über seine schwere Verwundung hatte sich etwas gelegt, und Francis, der nach seinem Medizinstudium in Charleston eine Praxis eröffnet hatte, jetzt jedoch dem Militär angehörte, war freundlich und ausgeglichen wie immer. Die beiden Brüder waren so verschieden, obwohl sie beinahe das gleiche blonde Haar und die gleichen blauen Augen besaßen.

Es wurde erst spät dunkel an diesen Sommertagen, aber der Mond stand schon hoch am Himmel, als die Kutsche ihr Ziel erreichte. Das ist ja wie im Märchen, dachte Samara. Zwischen den riesigen Eichen und Zypressen hingen Laternen, und die Luft roch nach Jasmin, Magnolien und süßem Lorbeer.

Dutzende von Kutschen säumten die Straße. Francis und Conn halfen Samara galant aus dem Wagen, und sie begrüßten die Gastgeber. Samara entdeckte Emily, und die beiden jungen Mädchen steckten sofort die Köpfe zusammen.

»Komm mit«, sagte Emily, »ich muß dir den aufregendsten Mann zeigen, der mir je begegnet ist ... Er ist geradezu umwerfend. Hätte ich nicht meinen Jonathan ...«

»Wer ist er?«

»Das weiß ich nicht genau. Irgendein Bekannter von Mr. Samuels. Er muß Schiffskaufmann sein, denn er erkundigt sich überall nach Frachtterminen. Und er sieht unwahrscheinlich gut aus ... Richtig gefährlich.«

Emily zog die widerstrebende Freundin hinter sich her. Samara hatte die Nase voll von gefährlichen Männern, außerdem bezweifelte sie, daß Emily wußte, was das war. Für sie sahen die meisten Männer gut aus – eingeschlossen ihr ziemlich unscheinbarer, aber sehr netter Jonathan.

Emily führte Samara durch das große Eßzimmer, an den reichgedeckten Tischen entlang, und schob sie in einen großen Raum, der an diesem Abend als Ballsaal diente. Plötzlich hielt sie inne, und Samara stand vor einem Mann mit blauem Rock, unwahrscheinlich breiten Schultern und funkelnden grünblauen Augen, die hell aufzulodern schienen und anschließend völlig ausdruckslos wurden.

Emily freute sich so über ihre Entdeckung, daß sie Samaras Schreck nicht bemerkte. Raymond! Er lebte und war hier. Eine ungeheure Freude erfaßte sie. All die Monate hatte er ihr so gefehlt. Gerade wollte sie die Hand nach ihm ausstrecken, da hielt sein Blick sie zurück. Raymond schickte ihr eine stumme Botschaft. War es eine Warnung oder eine Bitte? Samara wußte es nicht.

Emilys nächste Worte schockierten sie zutiefst. Zwar hatte sie keine Ahnung, weshalb Raymond hier war, aber auf das, was jetzt kam, war sie nicht gefaßt.

»Mr. Avery, dies ist Miss Samara O'Neill, meine allerbeste Freundin. Samara, das ist Mr. Thomas Avery.«

Raymond verbeugte sich, und für einen Augenblick konnte Samara seine Augen nicht sehen. Als er sich wieder aufrichtete, hatte er eine Augenbraue in die Höhe gezogen. »Miss O'Neill?«

Emily redete unbekümmert weiter. Sie ahnte nichts von der Spannung, die zwischen den beiden entstanden war. »Natürlich fehlt es Samara nicht an Verehrern. Sie ist das begehrteste junge Mädchen der ganzen Gegend.«

»Das glaube ich gern«, meinte Raymond breit, und seine Augen blitzten schelmisch. »Ich begreife nicht, wie solch eine hübsche junge Dame den Fesseln der Ehe entgehen konnte.«

Samara biß sich auf die Unterlippe und wünschte, ihr fiele eine intelligente Antwort ein. Doch ihr schwirrte der Kopf, und sie konnte nicht mehr klar denken. Weshalb gab Raymond sich als Geschäftsmann aus?

»Mr. Avery«, sagte sie schließlich, »Sie müssen mir unbedingt erzählen, was Sie in unseren bescheidenen Staat geführt hat. Ich habe Ihren Namen bisher noch nie gehört.«

Raymond klangen diese Worte zu süßlich. Sie paßten nicht zu der Samara, die er kennengelernt hatte. Aber kannte er sie überhaupt? Gewiß nicht so gut, wie er angenommen hatte. Diese kleine Göre! Sie war gar nicht verheiratet. Und Brendan hatte den Schwindel mitgemacht!

Das Orchester schlug einen Wirbel, und Raymond verbeugte sich erneut. »Darf ich um die Ehre dieses Tanzes bitten, Miss O'Neill?«

»Gewiß, Mr. Avery, obwohl ich fürchte, als Mädchen vom Lande kann ich nicht ganz mithalten mit dem, was Sie sonst gewohnt sind.«

»Das wage ich zu bezweifeln«, antwortete er trocken. »Meine Stiefel haben bestimmt schon Schlimmeres ertragen.« Plötzlich lächelte er, und Samara wurde es ganz merkwürdig. Einen Moment lang war es ihr gleichgültig, weshalb Raymond hier war – wenn er nur da war! Sie nahm seinen Arm und folgte ihm auf die Tanzfläche. Emily blieb zurück und strahlte vor Freude, weil sie die beiden so schnell verkuppelt hatte.

Während des Tanzes durften sie sich nicht unterhalten, zu viele Gäste hätten ihr Gespräch mit anhören können. Samara flüsterte Raymond nur zu: »Alle haben behauptet, Sie wären tot.«

»Und Sie haben es geglaubt?«

»Nein.«

Wieder dieses Lächeln, bei dem ihr Herz zu rasen begann. Verdammter Kerl!

Als der Tanz zu Ende ging, beugte Samara sich rasch vor und sagte leise: »Hinter dem Haus steht eine riesige Zypresse mit großen verschlungenen Wurzeln. In einer Stunde.«

Raymond nickte und sah sie eindringlich an. Ihm blieb keine Wahl, er mußte Samara vertrauen.

Er wartete noch einige Minuten, dann ging er hinaus und zündete sich eine Zigarette an. Es war eine große Dummheit gewesen, heute abend hierherzukommen.

Raymond dachte an die Zeit vor drei Wochen, als sein Schiff explodiert war und er nur unter größter Anstrengung das Ufer erreichen konnte. Mehrmals hatte er beinahe aufgegeben, war endlich auf die Dünen geklettert und unter einem alten Baum mit knorrigen Zweigen zusammengebrochen. Anschließend hatte er beinahe den halben Tag verschlafen, und die Sonne versank schon im Meer, als er wieder erwachte. Nirgends war ein Segel zu sehen, nur endloser Ozean und einsamer Strand.

Raymond hatte keine Ahnung, wie es weitergehen sollte. Er trug nur eine Seglerhose und ein zerrissenes Baumwollhemd und besaß weder Schuhe noch Geld. Ja, er wußte nicht einmal, wo er war. Zwar kannte er von seinem Bruder die Namen einiger Amerikaner in Carolina, die heimlich mit den Engländern sympathisierten. Aber wie sollte er sie finden?

Er beschloß, sich noch etwas auszuruhen, schlief die ganze Nacht durch und machte sich bei Anbruch der Morgendämmerung auf den Weg nach Norden.

Hungrig und durstig erreichte er ein kleines ärmliches Dorf. Dort gab er sich als amerikanischer Schiffbrüchiger aus, und die Leute teilten bereitwillig die Mahlzeit mit ihm und gaben ihm ein Lager. Er folgte ihrem Rat, lief weiter in Richtung Charleston, stahl und erbettelte sich unterwegs Kleidung und Essen und fand eine

Woche später tatsächlich Samuels Haus. Doch er kam nicht einmal in dessen Nähe.

Bewaffnete Wachen hielten ihn an der Hauptstraße auf. Natürlich bot er keinen sehr vertrauenerweckenden Anblick. Sein Bart war dicht und struppig geworden, sein Haar seit Tagen nicht gekämmt. Seine groben Kleider waren durchgeschwitzt und verschmutzt, und seine nackten Füße bluteten. Er wollte der Sohn und Bruder eines Earl sein? Selbst Raymond mußte bei dieser Vorstellung lachen.

Doch sein Ring, den er in einer winzigen Tasche seines Hemdes verborgen hatte, schien Eindruck zu machen. Einer der Wachen wies ihn an, an der Straße zu warten, ritt fort und kehrte kurz darauf mit einem kräftigen, gutgekleideten Mann zurück, der Raymond eindringlich betrachtete. »Hampton?« fragte er ungläubig.

Raymond nickte.

»In der Zeitung stand, Sie wären tot.«

»Genau das hatte ich beabsichtigt.«

Endlich lächelte der Mann. »Ich kenne Ihren Bruder. Seien Sie willkommen.«

Die nächsten beiden Wochen verbrachte Raymond in Samuels Haus. Erst zehn Tage später bat sein Gastgeber ihn als Gegenleistung um einen Gefallen. Ein Freund brauchte Auskünfte über amerikanische Freibeuter und Blockadeschiffe vor der Küste. Samuel wußte, daß die Nachrichten für die Engländer bestimmt waren. Wie zahlreiche andere Pflanzer wünschte er das baldige Ende des Krieges herbei, und die amerikanische Niederlage konnte einen solchen Frieden erzwingen.

Samuels Ernte war noch nicht so weit, um verschifft zu werden. Er hatte also keinen Grund, derartige Fragen zu stellen. Daher sollte Raymond sich als Kaufmann ausgeben und sich nach Frachtterminen erkundigen. Der Ball im Hause der Fontaines bot dazu eine gute Gelegenheit.

Raymond hatte sich zunächst geweigert. Zwar wußte er inzwischen, daß Brendan wieder zur See fuhr, und er bezweifelte, daß

Mrs. O'Neill den Ball allein besuchen würde, aber ihm gefiel die Rolle als Spion nicht.

Samuel hatte ihn gedrängt und ihn daran erinnert, wie sehr er ihm geholfen habe. Da hatte er widerstrebend nachgegeben. Er hätte wissen müssen, daß dies nur ein weiteres Glied seiner falschen Entscheidungen war. Jetzt mußte er eigentlich sofort verschwinden. Aber nachdem er erfahren hatte, daß Samara frei war, konnte er sie nicht verlassen, ohne herauszufinden, was sie für ihn empfand. Seit einem Jahr hatte er sich verzweifelt nach ihr gesehnt. Vielleicht kam sie ja mit ihm.

Raymond kehrte in den Ballsaal zurück und suchte nach ihr, aber sie war nicht mehr da. Also mußte er warten. Und ihm war nicht recht klar, ob ihn die Dame oder der Henker erwartete.

12. KAPITEL

Dutzende von Laternen verströmten ihr silbernes und goldenes Licht, in das sich der Schein des Mondes mischte. Millionen von Sternen standen am Himmel, verzauberten die Nacht und verwandelten Haus und Garten in eine Märchenlandschaft. Die Musik, die sie gerade noch hören konnte, trug ebenfalls zu Samaras angsterfüllter Erwartung bei. Ihre Beine trugen sie kaum noch, und ihr Herz hämmerte wie wild.

Raymond Hampton! Sie hatte geglaubt, sie würde ihn nie wiedersehen. Seit sie mit Brendans Schiff Bermuda verlassen hatte, war sie furchtbar einsam gewesen. Und jetzt wartete Raymond auf sie, und sie würde ihn verraten.

Samara zitterte innerlich bei diesem Gedanken. Nie würde sie seinen strahlenden Blick vergessen, als er sie bemerkte. Das war eindeutig ein Zeichen der Freude über ihr Wiedersehen gewesen. Wehmütig hatte er gelächelt, als sie ihm als Miss O'Neill vorgestellt wurde, und gleichzeitig hatte er sie herausfordernd angesehen. Natürlich wußte er, daß sie ihn verraten konnte, aber er rechnete damit, daß sie es nicht tun würde – zumindest nicht, bevor er Gelegenheit hatte, mit ihr zu reden. Schließlich war er ebenso zuversichtlich wie überheblich.

Es war zum Verzweifeln, daß Raymond auf diese Weise wieder in ihr Leben getreten war und sie zu etwas zwang, was sie vielleicht ihr Leben lang bedauern würde. Aber sie hatte keine Wahl. Sie durfte nicht zulassen, daß er hier spionierte. Das Leben von Brendan und vielen anderen konnte davon abhängen.

Dann sah sie ihn. Groß und achtungsgebietend stand Raymond unter der Zypresse. Im Mondschein wirkten seine kraftvollen Züge noch markanter. Er lächelte sie breit und sinnlich an. Wie gut er aussieht, dachte Samara, und ihr verräterischer Körper bebte vor Erregung. Gleichzeitig wäre sie am liebsten im Boden versunken.

Raymond reichte ihr strahlend die Hand. »Miss O'Neill ... Samara«, sagte er mit seiner weichen dunklen Stimme. »Sie müssen Zauberkräfte besitzen, daß ich Sie nicht aus meinen Gedanken vertreiben konnte. Und nun stelle ich fest, daß Sie frei sind, was ich mir unzählige Male gewünscht habe. Wäre ich darüber nicht so glücklich, würde ich Sie wahrscheinlich noch einmal übers Knie legen ...«

Wie oft hatte sich Samara diesen Augenblick ausgemalt. Sie wollte ihn sich ganz fest einprägen, denn sie wußte ja, daß er gleich zerstört und wie kostbares Glas zerbrochen wurde. Endlich sah sie Raymond schuldbewußt an und sagte: »Mr. Avery?«

Hampton wurde ernst, und ein wenig von seinem gewohnten Spott kehrte in seine Augen zurück. »Miss O'Neill?«

Was sollte sie sagen? Wie konnte sie Raymond alles erklären? Raymond sah sie neugierig an und begriff nicht, weshalb Samara zögerte. Er hatte unzählige Fragen erwartet und sich auf eine Flut von Beschuldigungen gefaßt gemacht.

»Brendan ist natürlich Ihr Bruder«, sagte er endlich. Das war leicht zu erraten gewesen, und andere Gäste hatten es ihm bestätigt. »Darf ich fragen, was die Maskerade an Bord der ›Unicorn‹ sollte?«

Samara bekam keinen Ton heraus. Sie hatte die Schatten entdeckt, die sich langsam dem Baum näherten. Ihre Lippen zitterten, und sie sah Raymond verzweifelt an.

Raymond konnte nicht mehr an sich halten. Er beugte den Kopf und drückte seine Lippen auf Samaras Mund.

Samara reagierte sofort. Alle Vernunft schwand dahin, als seine Lippen ihre berührten. So lange hatte sie sich nach diesem Mann gesehnt und auf solch einen Augenblick gewartet, daß ihr schmerzender Körper vor Verlangen brannte.

Sie vergaß ihre Brüder, wußte nicht mehr, wo sie sich befand, und genoß nur noch Raymonds Liebkosungen. Hunderte von kleinen Flammen durchzuckten ihren Körper, während er seine Lippen erst sanft und dann drängender auf ihren Mund preßte, fieberhaft mit der Zunge eindrang, ihre Sinne aufs Äußerste reizte und ihr Begehren noch stärker schürte.

Samara schmiegte sich an ihn, spürte seinen schlanken Körper und ließ sich ganz von seiner Wärme einhüllen. So stark war der Bann, daß sie nicht sofort merkte, wie Raymond erstarrte und seine Lippen sich nicht mehr rührten. Conns Stimme brach die Stille. Sie klang grob und verärgert.

»Nehmen Sie sofort die Arme weg und treten Sie beiseite, Engländer.«

Samara erschrak zutiefst. Noch nie hatte sie ihren Bruder so erlebt. Offensichtlich war er bereit, den Kapitän umzubringen. Verängstigt sah sie Raymond an.

Seine Augen waren eiskalt vor Wut und Verachtung geworden, und seine Lippen, die eben noch leidenschaftlich geküßt hatten, bildeten eine schmale Linie. Nur mühsam beherrschte er sich.

»Ihr Werk, meine Süße?« fragte er schließlich, und seine Stimme triefte vor Hohn. Samara spürte den Schmerz und die Enttäuschung geradezu körperlich.

»Sie sind eine ausgezeichnete Schauspielerin«, fuhr Raymond beinahe unverbindlich fort, aber sein Blick bewies ihr, daß er sie stärker verachtete als das kümmerlichste Insekt.

»Wirklich schade, daß wir unterbrochen wurden. Mich hätte interessiert, wie weit Sie gehen würden.« Zornig packte er ihre Arme und fühlte plötzlich, wie sich ein Pistolenlauf in seinen Rücken preßte.

»Ich sage es nur einmal, Engländer«, erklärte der Mann hinter ihm. »Wenn ich wollte, könnte ich jetzt sämtliche Gäste aufscheuchen. Vermutlich würde man Sie dann sofort an den nächsten Baum hängen. Die Leute hier dürften kaum Mitleid mit einem englischen Spion haben.«

»Und was schlagen Sie sonst vor?« Raymonds Stimme klang täuschend ruhig. In Wirklichkeit dachte er fieberhaft nach. Wieviel Leute waren hier? Und welche Rolle spielte Samara?

»Sie bleiben noch etwas länger am Leben. Wie lange, kann ich Ihnen allerdings nicht versprechen.«

Widerstrebend ließ Raymond die Arme seitlich fallen und blickte beiseite. Samara erkannte, daß er sie damit auch in Gedanken verließ.

»Legen Sie die Hände auf den Rücken«, lautete der nächste Befehl.

Erneut zögerte Raymond, doch nach dem nächsten Stoß der Pistole in seinen Rücken gab er nach. Jemand packte seine Handgelenke und fesselte sie beinahe grob. Ein Umhang wurde um seine Schultern gelegt, und er wurde zu den wartenden Kutschen geschoben.

»Falls wir jemandem begegnen, verhalten Sie sich wie ein Betrunkener«, sagte die gesichtslose Stimme. »Soweit mir bekannt, haben Sie darin einige Übung.«

Raymonds Wut stieg angesichts dieses weiteren Beweises für Samaras Verrat. Wie hatte er solch ein Narr sein können, sich über das Wiedersehen mit ihr zu freuen und ihr zu trauen! Er konnte Samara nicht sehen, aber der feine Duft ihres Parfüms verriet ihm, daß sie noch da war. Wenn er doch die Hände um ihren hübschen Hals legen könnte!

Neben der Kutsche, deren Fahrer schon bereitsaß, blieben sie stehen. Samara stieg ein, ihr folgte ein kräftiger, gut gekleideter Mann, der sich nur mühsam auf den Sitz schwenkte. Erst jetzt bemerkte Raymond dessen steifes Bein.

Der Mann, der bisher hinter ihm gestanden hatte, nickte zu der Kutsche. »Bitte, steigen Sie ein.« Er besaß eine sanftere, höflichere Stimme.

Raymond sah in spöttisch und gleichzeitig ungläubig an. »Bitte?«

Der Mann lächelte ein wenig. »Ja, bitte. Ich würde es Ihnen sehr empfehlen, bevor jemand anders diese reichlich ungewöhnliche Szene beobachtet.«

Raymond setzte den Fuß auf die Stufe, als wolle er einsteigen. In diesem Augenblick erkannte er seine Chance. Der Mann mit der sanften Stimme stand unmittelbar unter ihm. Bis der zweite mit seinem steifen Bein reagierte, konnte er, Raymond, längst in den Wald geflüchtet sein. Er beugte sich hinunter und stieß den Mann unter sich zu Boden.

Sekunden später fühlte er einen heftigen Ruck an seinen Fesseln. Er wurde in die Höhe gerissen und so heftig an die Innenwand der

Kutsche geschleudert, daß ihm der Schmerz durch die Arme bis in die Schultern fuhr.

Der Mann in der Kutsche war schneller gewesen, als Raymond vermutet hatte. Ein Gewehr zielte direkt auf sein Herz. Im Schein der Laterne sah er die beiden Gesichter und bemerkte die Ähnlichkeit sofort. Das mußten Brendans Brüder sein. Deshalb hatte Samara mitgemacht!

Der jüngere Bruder reichte Samara die Waffe, band ihm die Fußgelenke zusammen und fesselte sie an den Rahmen des Sitzes, so daß er sich nicht mehr rühren konnte. Der andere stöhnte beim Einsteigen leise. Zumindest das hat geklappt, stellte Raymond befriedigt fest.

Eindringlich sah er Samara an. »Sehr gute Arbeit, Miss O'Neill. Ich beglückwünsche Sie zu Ihrem Verrat.« Der Schmerz in ihren Augen stimmte ihn nicht milder. »Haben Sie vor, mich ebenso zügig aufhängen zu lassen?« Seine Stimme klang beinahe gleichgültig. Keinesfalls durfte Samara erfahren, wie tief seine Verbitterung war. Diese Befriedigung würde er ihr nicht verschaffen.

Kühl sah er zu, wie ihre Augen feucht wurden. »Tränen, Samara? Sie kommen zwar reichlich spät – aber immerhin.« Sein Spott war unüberhörbar.

»Halten Sie den Mund, Engländer«, schimpfte der Mann zu seiner Rechten, und Raymond spürte eine geballte Faust neben sich.

Jetzt rührte sich der Mann auf der anderen Seite. »Sie haben es ausschließlich Samara zu verdanken, wenn wir Sie nicht den amerikanischen Behörden ausliefern«, sagte er leise. Besorgt hatte Francis den Blickwechsel zwischen seiner Schwester und dem Engländer beobachtet. Die beiden verband eindeutig mehr, als er ursprünglich angenommen hatte.

Außerdem bereitete Conns Temperament ihm Sorgen. Deshalb versuchte er trotz seiner eigenen Schmerzen die Spannung in der Kutsche zu mildern. »Es tut mir leid, daß wir zu – solchen Maßnahmen greifen mußten. Wir hatten keine andere Wahl, ohne Sie den Behörden zu übergeben.«

Raymond drehte sich zu ihm. Der Mann besaß einen klaren, ruhigen Blick und einen gefühlvollen, aber entschlossenen Mund.

Außerdem strahlte er eine gewisse natürliche Würde aus. Aber Raymond war nicht in der Stimmung, derartige Eigenschaften jetzt zu schätzen. Nie in seinem Leben war er so wütend auf sich selbst gewesen.

Sein Leben hatte sich verändert, seit er vor beinahe einem Jahr auf die O'Neills gestoßen war. Der Gedanke an Samara hatte ihn seitdem nicht mehr losgelassen. Er sah zu ihr hinüber. Du liebe Güte, war sie hübsch. Der Schein der Laterne von der Kutschendecke betonte das Mitternachtsblau ihres bezaubernden Kleides, ihre elfenbeinfarbene Haut und den blauen Schimmer in ihren großen grauen Augen. Trotz des Spitzenschals zeichneten sich ihre perfekten Brüste deutlich unter dem Leibchen ab. Ihr dunkles Haar glänzte im flackernden Licht, und die Locken, die sie im Nacken mit einer Perlenschnur zusammengebunden hatte, umrahmten ihr entzückendes Gesicht. Immer wieder rang sie mit den Händen. Vor Kummer? Angst? Reue?

Endlich sagte Raymond, ohne sich seine Gefühle anmerken zu lassen: »Wäre es vermessen, wenn ich nach dem Ziel unserer Reise fragte?« Er wandte sich an Samara, denn er wollte sie nicht so leicht davonkommen lassen.

Doch ihr Bruder zu seiner Rechten antwortete sofort. »Das wäre es.«

Raymond blickte Samara weiterhin eindringlich an und forderte eine Antwort. Wie erwartet, war sie ihm wehrlos ausgeliefert. Seinen Zorn oder seine Beleidigungen hätte sie ertragen, aber dieser seltsam gefaßte Raymond war unwiderstehlicher denn je. Er zog sie mit seinen Blicken nicht nur körperlich aus, sondern deckte auch ihre Gefühle auf, und sie erzitterte unter diesem Anschlag auf ihre Sinne ...

»Zu – uns nach Hause«, sagte sie schließlich leise.

»Du brauchst ihm nicht zu antworten, Samara.« Wieder hatte ihr verärgerter jüngerer Bruder gesprochen.

»Doch, Conn«, erklärte Samara, und ihre Stimme wurde sicherer. »Der Kapitän hat ein Recht darauf, es zu erfahren.« Sie sah Raymond fest an, und ihr alter Kampfgeist kehrte zurück.

»Es tut mir leid, Kapitän Hampton«, fuhr sie fort, »ich habe mein

Bestes getan, aber ich durfte nicht schweigen. Sie hatten auf dem Ball zuviel erfahren. Emily erzählte mir, Sie hätten sich als Kaufmann ausgegeben und sich überall nach auslaufenden Schiffen erkundigt.« Ihre Stimme schwankte ein wenig. »Ich – ich wollte die Behörden nicht verständigen und den anderen nicht erzählen, wer Sie wirklich sind. Obwohl Sie uns damals verraten wollten . . .«

Raymond sah sie verwirrt an. »Verraten?«

»In Bermuda. Offensichtlich sollten wir in eine Falle tappen. Weshalb hätten Sie das Schiff sonst ohne Wachen gelassen?« antwortete sie und hielt den Schreck in seinem Blick für Schuldgefühl.

Raymond verzog die Lippen zu einem Lächeln. »Ja, weshalb sonst wohl?« stimmte er ihr scheinbar zu. Es war sinnlos, seine Handlungsweise oder seine Motive zu erklären. Niemand würde ihm glauben, solange Brendan seine Worte nicht bestätigen konnte. Neugierig sah er Samara an. »Weshalb haben Sie mich nicht einfach bloßgestellt und ausgeliefert, Miss O'Neill? Weshalb diese Mühe?«

Samaras Miene verfinsterte sich. »Immerhin haben Sie Brendan vor der Gefangenschaft bewahrt.«

»War das der einzige Grund?« zog er sie auf und kümmerte sich nicht um ihren verärgerten Bruder, der sich neben ihm straffte. »Sie glaubten doch, ich hätte Ihren Bruder nur nicht an die englische Marine ausgeliefert, um ihn später in eine Falle laufen zu lassen. Logisch scheint mir das nicht gerade zu sein.«

Samara sah ihn verwirrt an und verschlang die Hände. »Ich wollte nicht, daß Sie gehängt werden«, erklärte sie kläglich.

»Sehr tröstlich«, erwiderte er. »Darf ich dann fragen, weshalb ich hier bin? Und was Sie statt dessen mit mir vorhaben?« Seine Stimme wurde immer schärfer.

»Jetzt reicht es, Hampton«, sagte der Bruder zu seiner Rechten.

Raymond beachtete ihn nicht, sondern stellte Samara eine weitere Frage. »Und wer in aller Welt sind Ihre Komplizen?«

»Meine Brüder«, antwortete Samara leise. »Conn und Francis.«

»Haben Sie noch mehr davon zu Hause?« fragte er spöttisch.

Francis hatte das Gespräch interessiert verfolgt. Die Funken, die zwischen Samara und Hampton sprühten, deuteten auf mehr als reine Feindschaft. Jetzt mischte er sich ein, denn er wollte verhindern, daß Conn erneut aufbrauste.

»Nur noch einen«, erklärte er ein wenig belustigt. »Neben Brendan natürlich.«

Raymond drehte sich zu ihm und sah in eindringlich an. Dieser Francis gefiel ihm. Er erinnerte ihn an Brendan.

Francis hielt dem prüfenden Blick gleichmütig stand. Er war selten nachtragend und sicher nicht jetzt, trotz der Schmerzen von dem Sturz. Er nahm Hampton den Angriff nicht übel, der Mann hatte instinktiv eine Chance nutzen wollen. Er begriff jetzt, weshalb Samara das ganze Jahr über so unglücklich und teilnahmslos gewesen war. Sogar gefesselt blieb Hampton eine eindrucksvolle Persönlichkeit. Und ungeheuer anziehend. Francis merkte, daß sowohl der Gefangene als auch seine Schwester sich Mühe gaben, die heftige gegenseitige Anziehung zu leugnen.

»Es ist nicht mehr weit bis Glen Woods«, sagte er leise. »Dort wird man Ihnen sicher alle Fragen beantworten.«

Raymond nickte nur, lehnte sich gequält zurück und zuckte plötzlich vor Schmerz in seinen Handgelenken zusammen.

Francis bemerkte sein Gesicht, tippte ihm kurz auf den Arm und bat ihn stumm, sich etwas zu drehen. Er betrachtete die Fesseln, lockerte den Knoten und bemerkte die Wundmale. Der Engländer mußte tatsächlich heftige Schmerzen haben!

Francis nahm sein Halstuch ab und schnitt es mit seinem kleinen Messer in Streifen. Dann schob er die Stricke um Raymonds Handgelenke höher, wickelte die Stoffstreifen um die blutenden Einschnitte in der Haut und ließ die Fesseln wieder zurückgleiten.

Hampton lehnte sich schweigend zurück. Sein Blick war verschleiert. Nur das unwillkürliche Zucken eines Muskels in seiner Wange und sein angespannter Körper verrieten irgendwelche Gefühle.

Endlich hielt die Kutsche an. Der Fahrer öffnete die Tür und half Samara hinaus. Francis beugte sich nieder und zerschnitt die Fesseln um Hamptons Fersen. Conn griff erneut zum Gewehr.

Raymond streckte seine Beine, um die Verkrampfung zu lösen, bevor er aufstand. Keinesfalls wollte er zur Belustigung der Umstehenden aus der Kutsche fallen. Endlich stand er auf der Schwelle und blickte hinaus. Sie hielten vor den breiten Stufen eines eindrucksvollen Gebäudes. Im Mondlicht war das Haus gut zu erkennen. Im Vergleich zu Beddingfield war es klein, aber hübscher als die anderen, die er bisher in South Carolina gesehen hatte. Die rosa Backsteine und die unzähligen Rosen, die die breite Veranda hinaufkletterten, sorgten für eine gewisse Wärme und Eleganz. Vorsichtig stieg Raymond die beiden Stufen hinunter und ging ein paar Schritte.

Jemand stieß ihn von hinten, und seine mühsam beherrschte Wut machte sich Luft. Raymond schlug zurück, und der überraschte Conn taumelte und fiel. Sein Gewehr rutschte über den Boden. Bevor Raymond eine weitere Bewegung machen konnte, stürzten mehrere Bedienstete aus dem Haus, und Francis packte ihn am Arm. Conn stand wieder auf, rieb sich den Staub von den Kleidern und starrte Hampton feindselig an.

»Ich lasse mich nicht stoßen«, erklärte Raymond erbost. Die ganze Nacht über hatte er Demütigungen erlitten, und er war nicht bereit, noch weitere hinzunehmen.

Conn trat einen Schritt auf ihn zu, doch Francis hielt ihn fest. »Gehen Sie die Treppe hinauf und nach links ins Empfangszimmer«, wies er Raymond an.

Raymond nickte. Gefolgt von Francis ging er an den verblüfften Bediensteten vorüber, zögerte nur kurz und betrat den dunklen Raum. Rasch zündete einer der Diener die Kerzen an und verließ auf Francis' Anweisung das Zimmer. Samara und Conn waren inzwischen ebenfalls eingetreten, und alle vier sahen sich mißtrauisch an.

»Was in aller Welt geht hier vor?«

Raymond drehte sich zur Tür und entdeckte einen nur mit einem Morgenmantel bekleideten eindrucksvollen Mann, der beinahe ebenso groß war wie er. Seinen kühlen grauen Augen schien kaum etwas zu entgehen. Eindringlich betrachtete er Raymond, bemerkte seinen hochmütig gehobenen Kopf, sein ungewöhnlich gutaussehendes Gesicht und die tadellos sitzende Kleidung an seinem kräftigen Körper. Daß Raymonds Hände gefesselt waren, konnte er nicht sehen. Mit ausgestreckter Hand ging er auf ihn zu. »Sir?«

Raymond verbeugte sich spöttisch. »Ich bedauere, daß ich Ihre höfliche Begrüßung nicht angemessen erwidern kann.» Er drehte sich ein wenig und zeigte dem Mann die Fesseln.

Connor O'Neills Augen wurden schmal, und er sah von Conn zu Francis und Samara, die besorgt dreinblickten. Sie wußten nicht recht, wie sie ihrem Vater den Sachverhalt erklären sollten.

Da keiner etwas sagte, meinte Connor schließlich mit einem Anflug von Belustigung in der Stimme: »Ich habe mir immer gewünscht, daß du endlich einen jungen Mann ins Haus bringst, Samara. An derartig extreme Maßnahmen hatte ich allerdings nicht gedacht.«

Trotz seiner heiklen Lage mußte Raymond unwillkürlich lachen, denn Samara errötete heftig.

»Papa!« sagte sie zutiefst gekränkt.

Connor sah sie einen Augenblick an, dann wandte er sich wieder an den Mann, der mit gefesselten Händen unbekümmert in seinem Empfangszimmer stand.

»Da mir meine Kinder keine Erklärung geben wollen, wären Sie vielleicht so freundlich«, sagte er.

»Ich bin wohl entführt worden«, meinte Raymond leichthin, denn seine Verärgerung hatte sich angesichts der absurden Situation etwas gelegt.

Der ältere O'Neill sah ihn aufmerksam an. »Das habe ich mir bereits gedacht«, erwiderte er trocken. »Ich vermute, dafür gibt es einen Grund.«

»Er ist ein Spion, Papa.« Endlich hatte Conn seine Stimme wiedergefunden. »Ein englischer Spion«.

Connor wandte sich an den Gefangenen. »Stimmt das?«

Raymond seufzte. »Ich fürchte, ja.« Er würde nichts gewinnen, wenn er es leugnete.

Verblüfft wandte sich Connor an seine Söhne. »Weshalb zum Teufel habt ihr ihn dann zu uns gebracht?«

Conn und Francis sahen Samara an.

»Würdest du mir bitte erklären, weshalb du mitten in der Nacht einen englischen Spion in unser Haus bringst, Samara?« forderte Connor seine Tochter auf.

Erneut fiel es Raymond schwer, sein Lächeln zu unterdrücken, denn Samara wurde immer verlegener. Unter anderen Umständen hätte er den älteren O'Neill gemocht.

»Das ist Kapitän Hampton, Vater«, antwortete Samara leise. O'Neill drehte sich wieder zu Raymond, und diesmal betrachtete er ihn genauer. Den Namen dieses Mannes hatte er öfter gehört, als es ihm lieb war. Brendan hatte trotz seines Unglücks respektvoll, ja beinahe freundschaftlich von ihm gesprochen. Und Samara . . . Samara war nicht mehr sie selbst seit der unglückseligen Reise. Ihre wehmütigen Blicke und die Tränen, die ihr scheinbar grundlos immer wieder in die Augen stiegen, waren ihm nicht entgangen.

»Und was soll ich deiner Meinung nach jetzt mit ihm anfangen?« fragte er seine Tochter, »Außer ihn den Militärbehörden auszuliefern, was du von vornherein hättest tun sollen.« Er bemerkte, daß Hamptons Körper sich plötzlich straffte.

»Das darfst du nicht, Papa«, sagte Samara. »Sie würden ihn hängen.«

»Wahrscheinlich«, stimmte O'Neill ihr zu. »Das tut man normalerweise mit Spionen.«

»Aber er ist keiner, kein richtiger jedenfalls. Er ist Kapitän zur See.«

O'Neill betrachtete Raymond sorgfältig. Die Haltung dieses Mannes beunruhigte und beeindruckte ihn gleichermaßen. Abgesehen von einer kaum merklichen Anspannung verrieten weder sein Gesicht noch seine Haltung irgendwelche Besorgnis. Raymond versuchte weder, sich herauszureden noch sich zu entschuldigen. Er stand einfach da, als gehöre ihm die Welt. »Weshalb sind Sie in South Carolina, Hampton?«

Raymond zuckte die Schultern. »Mein Schiff ging nahe der Küste unter. Ich wollte versuchen, nach Bermuda oder England zurückzukommen.«

»Warum haben Sie sich dann auf dem Fest als Schiffskaufmann ausgegeben und sich nach Frachtterminen erkundigt?« fiel Conn ein.

Connor O'Neill sah ihn ebenfalls fragend an.

Raymond schwieg. Wie sollte er sein Verhalten erklären, ohne

Samuel als Verräter bloßzustellen? So sehr er den Mann verabscheute, weil er ihn in diese Rolle gedrängt hatte, das brachte er nicht fertig.

Connor merkte, daß er keine Antwort erhalten würde, und überlegte, was er tun sollte. Keine der Möglichkeiten, die ihm einfiel, wollte ihm gefallen. Deshalb brauchte er Zeit. »Es ist zu spät, um jetzt eine Entscheidung zu fällen«, sagte er und sah Raymond an. »Der einzige Ort, der sich auf Glen Woods sicher verriegeln läßt, ist das Lagerhaus. Dort werden Sie leider die Nacht verbringen müssen.« Er verließ das Zimmer, kam kurz darauf mit einem Schlüsselbund zurück und reichte es Francis. »Und du, meine junge Dame«, wandte er sich an Samara, »gehst jetzt ins Bett. Wir werden uns morgen früh ausführlich unterhalten.«

»Bitte begleiten Sie uns, Kapitän Hampton«, bat Francis ruhig.

Raymond wurde zu einem kleinen Lagerhaus geführt und bemerkte das dicke Eisengitter vor dem Fenster sofort. Francis öffnete die Tür, trat ein und zündete eine Kerze in einer Lampe an, die an einem Haken hing. Dann gab er Hampton ein Zeichen, ebenfalls hereinzukommen. Während Conn das Gewehr hielt, schnitt Francis dem Engländer die Handfesseln durch und verließ den Raum.

Raymond hörte, wie der Schlüssel im Schloß gedreht wurde, und rieb sich die schmerzenden Gelenke. Im flackernden Licht der Kerze erkannte er, daß das Lager halb mit Ballen und Kisten gefüllt war. Es gelang ihm, die Fensterläden zu öffnen, doch das Eisengitter war zu fest verankert. Enttäuscht ließ er sich in einer Ecke nieder, verfluchte die Niedertracht der Frauen und fragte sich, was er jetzt tun solle.

13. KAPITEL

Samantha merkte plötzlich, daß das Bett neben ihr leer war, und setzte sich erschrocken auf. In diesem Augenblick öffnete sich die Tür, und ihr Mann kehrte zurück. Im Kerzenlicht sah sie sein besorgtes Gesicht.

»Was ist passiert, Connor?«

»Nichts, die Kinder sind zurückgekommen.«

An seinem Tonfall erkannte sie, daß etwas nicht in Ordnung war. »Sie sind schon zurück? Sie wollten doch ... Was ist los?«

Connor verzog das Gesicht. Samantha war jetzt hellwach, und er mußte ihr eine Erklärung geben.

»Deine Kinder, Madam«, sagte er schließlich, »haben einen englischen Spion mitgebracht – hübsch zu einem wütenden Paket verschnürt. Ich habe keine Ahnung, was ich mit ihm machen soll – oder was sie von mir erwarten. Sie führten ihn einfach ins Empfangszimmer, als handele es sich um einen Nachbarn.« Seine Stimme wurde immer lauter.

Samantha fürchtete beinahe, ihr Mann hätte den Verstand verloren. »Einen Spion?«

»Hampton«, sagte er kläglich, als erkläre dieser Name alles.

»Hampton ... Samaras Kapitän?«

Connor erwiderte ihren ungläubigen Blick. »Samaras – was? Mit Samara hat er garantiert nichts im Sinn.«

Seine Frau beachtete ihn nicht länger. Ihr Gesicht nahm einen äußerst seltsamen Ausdruck an. Man hätte glauben können, sie freue sich.

»Kapitän Hampton«, flüsterte sie. »Wie konnte das geschehen?«

»Angeblich hat er sich als Schiffskaufmann ausgegeben, um Informationen über auslaufende Schiffe und ihre Fracht zu erhalten.«

»Und wo ist er jetzt?« fragte Samantha leise. Ihre leuchtenden blauen Augen verrieten, wie neugierig sie war.

»Ich habe ihn erst einmal ins Lager gesperrt, um in Ruhe überlegen zu können. Eigentlich bleibt mir nichts übrig, als ihn dem Militär auszuliefern.«

»Wie findest du ihn?« Atemlos erwartete sie Connors Antwort.

»Er ist ganz schön überheblich.« Connor dachte einen Moment nach, und seine Augen funkelten beinahe fröhlich. Obwohl er furchtbar verärgert war, schien ihm das Ganze sogar Spaß zu machen. Er sagte, es wäre sehr ›lehrreich‹, Samaras charmante Familie kennenzulernen. Und das, nachdem er die halbe Nacht wie ein Truthahn zusammengebunden war.

Samantha war schon aus dem Bett und zog die Arbeitshose und die Bluse an, die sie vorher im Pferdestall getragen hatte. »Ich muß ihn sprechen.«

»Morgen früh«, meinte Connor besänftigend.

»Nein, sofort ... Wie konntest du ihn ohne eine Matratze und etwas zu essen ins Lager sperren? Was soll er von uns denken?«

»Was er von uns denken soll? Er ist ein Spion, zum Teufel. Außerdem hat er es dort immer noch besser als in der Gefängniszelle, wo er gewiß die nächsten Nächte verbringen wird.«

»Vielleicht«, antwortete seine Frau. »Aber heute nacht soll er es bequem haben.«

Connor seufzte vernehmlich, aber er wußte, daß er Samantha nicht aufhalten konnte. »Ich komme mit.«

»Nein«, antwortete sie. »Du regst dich nur unnütz auf. Ich hole Caesar und Marcus. Sie müssen mir sowieso einiges tragen helfen.«

»Sie dürfen dich keinesfalls mit ihm allein lassen. Er ist gefährlich.«

»Wir sind ihm zu Dank verpflichtet«, antwortete Samantha ruhig. »Er hätte Samara und Brendan übel mitspielen können und hat es nicht getan. Ja, er hat sogar seine eigene Marine angelogen, um unseren Sohn und dessen Mannschaft zu retten.«

Schon war sie zur Tür hinaus, weckte die beiden Diener und gab ihre Anweisungen.

Connor schäumte innerlich. Trotz Samanthas Zuversicht wollte er in der Nähe sein. Deshalb zog er seinen Morgenmantel aus und kleidete sich an.

Samara wußte, daß sie in dieser Nacht nicht schlafen konnte. Deshalb trat sie im Nachthemd ans dunkle Fenster und blickte zum Lagerhaus hinüber, in dem noch Licht brannte. Undeutlich sah sie, daß Raymond ruhelos hin und her lief, und wurde beinahe wahnsinnig vor schlechtem Gewissen. Hampton hatte ihr vertraut, und sie hatte ihn verraten.

Während der ersten Minuten unter der Zypresse war sein Gesicht warmherzig und ohne allen Spott gewesen. So hatte sie sich das Wiedersehen mit ihm das ganze Jahr über ausgemalt. Aber dann war ihr Traum abrupt zerstört worden.

In Sekundenschnelle war sein feuriger Blick eiskalt geworden. Nach seinen ironischen Bemerkungen in der Kutsche zu urteilen, glaubte er, daß sie sein Todesurteil bereits unterschrieben hätte. Aber das stimmte nicht. Sie hatte nur verhindern wollen, daß Raymond Informationen weitergab, die er im Laufe des Abends gesammelt hatte. Ihr Vater durfte ihn nicht hängen lassen. »So etwas macht man normalerweise mit Spionen«, hatte er im Empfangszimmer gesagt. Was hatte sie getan?

Tränen liefen Samara die Wangen hinunter. Wenn Brendan doch hier wäre, überlegte sie. Auch die Mutter mußte sie eigentlich verstehen. Vielleicht konnte sie den Vater morgen überzeugen. Wenn es dann nicht schon zu spät war ...

»Ich muß selbst etwas unternehmen«, erklärte Samara laut, und die eigene Stimme gab ihr Mut. Mit demselben Geschick, wie sie Raymond Hamptons Gefangennahme geplant hatte, bereitete sie jetzt seine Rettung vor. Dafür mußte sie als erstes die Schlüssel zum Lagerhaus an sich bringen.

Raymond hatte keine Ahnung, daß er die Hauptgestalt so vieler Gedanken und Pläne bildete. Verzweifelt suchte er nach einer Möglichkeit zur Flucht. Die Luft war heiß und stickig, und er hatte seine Jacke und seine Weste ausgezogen. Sein weißes Hemd stand am Hals offen und gab seine gebräunte Haut und sein blondes Brusthaar frei. Einen halben Ärmel hatte er zerrissen, um damit das Blut zu stillen, das aus einer Schnittwunde in seiner Hand floß. Er hatte ein Brett aus einer Kiste gerissen, um damit das Gitter zu lokkern. Dabei war es zerbrochen und hatte seine Haut aufgeritzt. Was würde denn noch alles schiefgehen?

Plötzlich hörte Raymond ein Geräusch an der Tür, und der Schlüssel drehte sich im Schloß. Rasch ergriff er das Brett und stellte sich neben die Tür. Gleichgültig, wen er treffen würde, er hatte das unbändige Bedürfnis, auf jemanden einzuschlagen.

Sehr zum Entsetzen von Caesar, der das Essen und eine Flasche Wein trug, und Marcus, der eine Matratze schleppte, betrat Samantha als erste neugierig das Lagerhaus.

Plötzlich stutzte sie und duckte sich instinktiv, denn ein Brett fuhr auf sie hinab. Unmittelbar über ihr stoppte es, und Samantha fragte sich, wie jemand einen derartigen Schwung hatte abfangen können. Sie drehte sich herum und stand ihrem Angreifer gegenüber. Beide starrten sich verwundert an.

Wie Samara vor fast einem Jahr betrachtete Samantha den großen, ungeheuer anziehenden Mann. Sein offenes Hemd und seine enge Hose betonten seinen schlanken, muskulösen Körper, und sein blondes Haar schimmerte golden im Kerzenlicht. Wütend blickte er mit seinen grünblauen Augen auf sie hinab, umklammerte seine selbstgemachte Waffe und senkte das Brett langsam zu Boden.

Jetzt begriff Samantha, weshalb ihre Tochter sich die letzten Monate so merkwürdig benahm. Kapitän Hampton würde jede Frau ängstigen und faszinieren, erst recht ein so unerfahrenes junges Mädchen wie Samara.

Raymond hatte das Gefühl, der älteren Samara gegenüberzustehen. Nur die Augenfarbe stimmte nicht überein. Seine unerwartete Besucherin war ausgesprochen hübsch. Sie besaß lebhafte blaue Augen, die ihn nun mit unausgesprochenen Fragen herausforderten. Ihr schwarzes Haar war zu einem Zopf geflochten, und sie trug Männerkleidung. Trotzdem erkannte Raymond jede weiche Kurve ihres Körpers.

Er versuchte, ihr Alter zu schätzen, aber es gelang ihm nicht. Winzige Lachfalten hatten sich in ihren Augenwinkeln gebildet. Und sie strahlte ein Reife und Selbstsicherheit aus, die man erst in zunehmendem Alter erreichte – und auch nur, wenn man glücklich war. Kläglich verzog er den Mund.

»Eine weitere O'Neill, nehme ich an. Ich habe langsam das Gefühl, es nimmt kein Ende.«

Sie lächelte fröhlich. »Ich bin Samantha O'Neill, Brendans und Samaras Mutter – und natürlich auch die Ihrer anderen Entführer.«

Es schien beinahe unmöglich, daß diese Frau Brendans Mutter war. Ob Samara in dreißig Jahren auch noch so phantastisch aussah?

»Willkommen in meinem bescheidenen Heim«, erklärte Raymond und verzog spöttisch die Lippen. »Wie komme ich zu der Ehre dieses ganz besonderen Besuches?«

»Ich wollte Sie kennenlernen«, sagte Samantha aufrichtig. »Sie scheinen meine ganze Familie durcheinandergebracht zu haben.«

Raymond lachte, und sein Blick wurde langsam wärmer. »Das beruht ganz auf Gegenseitigkeit, versichere ich Ihnen. Ich verwünsche den Tag, an dem ich das Schiff Ihres Sohnes ausgemacht habe.«

Samantha trat weiter ins Haus, und Caesar und Marcus trugen mit düsterer Miene ihre Bündel herein.

»Ich habe einiges mitgebracht, damit Sie es – etwas bequemer haben. Tut mir leid, daß mein Mann so wenig gastfreundlich war.«

Raymond hatte langsam das Gefühl, in einem Tollhaus gelandet zu sein. Verblüfft sah er zu, wie die beiden Diener eine Matratze auf den schmutzigen Boden legten, einen kleinen Tisch danebenstellten und diesen rasch mit Essen, einer Weinflasche und einem Silberbecher deckten.

»Entschuldigen Sie, bitte«, sagte er, »ich begreife das nicht ganz.«

Samanthas Augen funkelten fröhlich angesichts seiner Verwirrung. »Ob mein Mann es einsieht oder nicht, ich glaube, wir haben Ihnen eine Menge zu verdanken. Ich werde dafür sorgen, daß meine Familie ihre Schulden zurückzahlt.«

Raymond zog fragend eine Augenbraue in die Höhe, und Samantha war plötzlich froh, daß sie Connor aufrichtig liebte. Dieser Mann konnte einem leicht das Herz brechen . . .

Sie bemerkte den blutigen Verband. »Lassen Sie mich mal sehen«, bat sie, und Raymond streckte ihr zu seiner eigenen Verblüffung die Hand hin. Vorsichtig entfernte Samantha den Hemdenstoff, runzelte die Stirn und drehte sich zu Caesar. »Hol mir etwas Wasser, Verbandszeug und Brandy.«

Caesar rührte sich nicht. »Das nicht gehen, Mrs. Samantha. Mr. Connors sagen, ich nicht dürfen Sie allein lassen.«

Samantha sah den großen Engländer an. »Sie werden mich doch nicht vergewaltigen oder umbringen, nicht wahr?«

Raymonds blaugrüne Augen funkelten vor Belustigung. »Ersteres könnte mich tatsächlich reizen«, meinte er trocken. «Aber ich werde mich zusammenreißen.«

»Siehst du, Caesar«, erklärte Samantha lächelnd, »ich habe nichts zu befürchten. Außerdem kann Marcus ja hierbleiben. Und jetzt geh . . .«

Widerstrebend verließ Caesar das Lagerhaus.

»Sie sehen aus, als könnten Sie ein Glas Wein gebrauchen«, erklärte Samantha. Die Verwirrung ihres Gastes machte ihr richtig Spaß.

»Samara erzählte mir, sie wäre eine Waise«, sagte Raymond plötzlich, öffnete die Weinflasche und goß sein Glas voll. »Mir ist immer noch nicht recht klar, wieviel Brüder sie hat.«

»Es sind vier – Brendan ist der älteste«, antwortete Samantha. Dieser Raymond Hampton gefiel ihr immer besser. Wenn ihr Mann es zuließ, konnten sie richtige Freunde werden.

»Weshalb waren Sie auf dem Ball der Fontaines?« fragte sie jetzt. »Ahnten Sie nicht, daß Samara ebenfalls dort wäre?«

Die Frage verwunderte ihn. Wenn er es recht bedachte, hatte er vielleicht sogar unbewußt gehofft, sie tauche dort auf. Aber das durfte diese Frau nicht erfahren.

»South Carolina ist ein großer Staat«, sagte er statt dessen. «Außerdem wußte ich, daß Brendan schon wieder auf Fahrt war. Da ich irrtümlicherweise annahm, Samara wäre Mrs. O'Neill, bezweifelte ich, daß sie ohne ihren Mann einen Ball besuchen würde. Es sei denn, sie würde sich erneut fortschleichen . . .« Wieder kam sein Humor zum Vorschein. »Allerdings hätte ich auf alles gefaßt sein müssen. Samaras Handlungsweise ist schwer einzuschätzen.« Seine letzten Worte klangen ziemlich schmerzlich.

Dieser Raymond Hampton empfand etwas für ihre Tochter, auch wenn er sich große Mühe gab, es nicht zu zeigen.

»Samara tat, was sie ihrer Meinung nach tun mußte«, sagte ihre Mutter freundlich. »Wahrscheinlich hat sie nicht bedacht, daß ihr Verhalten schlimme Folgen haben könnte.«

»Einschließlich der Tatsache, daß ich gehängt werden könnte«, erklärte Raymond bitter. »Ich vertraute . . .« Plötzlich hielt er inne. Was hatte Samantha O'Neill an sich, daß er ihr soviel mehr anvertraute, als er eigentlich beabsichtigte?

»Ich verspreche Ihnen, daß es nicht geschehen wird«, erwiderte sie weich. »Das lasse ich nicht zu.«

Bevor Raymond antworten konnte, kehrte Caesar mit dem Verbandszeug zurück.

»Wartet draußen«, sagte Samantha. »Alle beide.«

»Mrs. Samantha . . .«

»Ihr Diener sollte lieber bleiben, Mrs. O'Neill«, fiel Raymond mit seiner tiefen Stimme ein. »Vergessen Sie nicht, daß ich ein gefährlicher Spion bin.« Seine Stimme klang eisig wie zuvor. Offensichtlich bedauerte der Kapitän schon, daß er soviel gesagt hatte.

Samantha nickte, reinigte rasch den Schnitt und goß Brandy in die offene Wunde. Raymond zuckte nicht einmal zusammen, sondern stand steif da und achtete kaum darauf, was sie tat.

Plötzlich hatte Samantha Angst um ihre Tochter. Raymond Hampton war ein äußerst vielschichtiger Mann. Vielschichtig, gefährlich und sehr anziehend. In seinem Stolz, seinem Gleichmut gegenüber Schmerz und seinem ungeheuren Unabhängigkeitsbedürfnis glich er Connor. Aber war er auch so zärtlich wie ihr Mann? Und ebenso ehrenhaft? Sie vermutete es. Doch was war, wenn sie sich irrte?

Nachdem sie gegangen war, goß Raymond sich ein weiteres Glas Wein ein und blies seine Kerze aus. Er setzte sich auf die Matratze, lehnte sich an die Wand und war wütend auf sich selbst. Noch nie hatte er seine Gefühle derart preisgegeben wie heute Nacht, und er verabscheute sich selbst dafür.

Connor sah seine Frau mit den beiden Dienern ins Haus zurückkehren und wollte gerade wieder schlafen gehen, da schlüpfte eine weitere Gestalt in Richtung Lagerhaus. Er erkannte Samara sofort und kämpfte mit sich, ob er sie aufhalten oder abwarten sollte, was sie tun würde. Vorhin hatte ihr Gesicht einen heftigen Schmerz ausgedrückt. Vielleicht mußte sie ein paar Worte allein mit dem Kapitän reden.

»Kapitän Hampton . . .«

Raymond hatte gerade die Augen geschlossen, als er die leise Stimme hörte. Sogleich war er hellwach.

Wütend rief er: »Machen Sie, daß Sie fortkommen!«

»Kapitän Hampton – Raymond . . . Ich habe den Schlüssel.«

Er rührte sich nicht. »Sie kommen ein bißchen spät. Ich würde Ihnen nie wieder trauen. Weiß der Himmel, was mich diesmal erwartet.«

Samaras Stimme brach beinahe. »Bitte . . . Ich lasse Sie frei, wenn Sie mir versprechen, nichts von dem zu verraten, was Sie heute Nacht erfahren haben.«

»Ich gebe keine Versprechungen, Sie kleine Wildkatze. Und jetzt lassen Sie mich in Ruhe. Ich glaube kaum, daß Ihr Vater mit Ihrem Verhalten einverstanden wäre.« Seine Stimme klang eiskalt.

Samara versuchte es noch einmal. Nichts klappte heute so, wie sie es sich vorstellte. »Bitte . . . Sie müssen fort . . . Versprechen Sie mir doch . . .«

Langsam stand Raymond auf und trat ans vergitterte Fenster. »Höre ich etwa Besorgnis aus Ihrer Stimme?«

»Sie müssen unbedingt fliehen«, flüsterte Samara verzweifelt. »Versprechen Sie mir . . . Bitte . . .«

Raymond wollte ihre Hilfe nicht. Doch er erkannte, daß sein Eigensinn tödlich sein könnte. Gleichgültig, was Samantha O'Neill ihm versichert hatte, höchstwahrscheinlich würde er im Gefängnis landen – wenn nicht sogar in einer Schlinge. Beides waren keine vielversprechenden Aussichten.

»Sie haben gewonnen«, sagte er und versuchte gar nicht erst, seine Verbitterung zu verbergen.

Doch als sich die Tür öffnete, war Samara nicht allein. Lautlos kam O'Neill hinter ihr her und verhehlte seine Verärgerung nicht. Er und Raymond starrten sich feindselig an.

Plötzlich bemerkte Samara, daß noch jemand da war, und schaute sich um. Noch nie hatte sie solch eine Mißbilligung im Gesicht ihres Vaters gesehen. Erschrocken trat sie zurück und fiel beinahe in Raymonds Arme. »Laß ihn gehen, Vater«, flehte sie. »Bitte!«

»Dafür ist es zu spät«, sagte O'Neill. »Du hättest dir die Folgen deiner Tat früher überlegen müssen. Das Leben ist kein Spiel, Samara. Vielleicht begreifst du es jetzt.«

Samara biß sich auf die Unterlippe angesichts dieses scharfen Tadels, dann schob sie trotzig ihr Kinn vor. Sie mußte unbedingt verhindern, daß Raymond etwas passierte. »Ich wollte einfach nicht . . . Er hat versprochen, daß er nichts sagen wird.«

»Wirklich? Hast du mir nicht monatelang erklärt, er wäre ein Schurke und ein Pirat? Wie kannst du ihm plötzlich vertrauen?« Connor war furchtbar wütend. Er war bereit gewesen, seine Tochter durch das Fenster mit dem Kapitän reden zu lassen. Daß sie ihn befreien wollte, hatte er nicht erwartet. Zwischen den beiden mußte viel mehr sein, als er angenommen hatte.

»Verdammt noch mal«, fluchte Raymond plötzlich, »es ist mir gleichgültig, was Sie beide von mir halten. Haben Sie aber bitte die Güte und lassen Sie mich eine Weile in Ruhe.« Er wandte sich an Samara. »Ich brauche – oder will Ihr verflixtes Mitleid und Ihre Hilfe nicht. Ich wünschte nur, ich würde Sie nie wiedersehen!« Wütend kehrte er ins Lagerhaus zurück und schlug die Tür hinter sich zu.

Raymond hatte sein Gesicht und seine Hände mit frischem Wasser gewaschen, und einer der beiden Diener, die schon am Vorabend mit Samantha O'Neill dagewesen waren, hatte ihn selbst rasiert, weil er ihm das scharfe Messer nicht anvertrauen wollte.

Nachdem der Mann gegangen war, aß Raymond etwas von dem Frühstück aus frischen Eiern, Speck und heißem Brot, das ihm mit dem Wasser gebracht worden war. Er war nicht hungrig, aber er wußte, daß er bei Kräften bleiben mußte. Als er beinahe fertig war, erschien einer der Brüder O'Neill. Zwar erinnerte er sich nicht an dessen Namen, aber es war der ausgeglichene, den er gestern abend zu Boden gestoßen hatte.

»Mein Vater möchte Sie sprechen«, sagte Francis.

Raymond nickte nur. Es war ihm recht, denn er wollte wissen, was O'Neill vorhatte.

Ohne ihn zu fesseln oder eine weitere Wache zu holen, führte Francis ihn in die Bibliothek.

Connor saß bereits hinter dem Schreibtisch. Er stand auf, sobald Raymond eintrat, und nickte seinem Sohn zu. Der verließ den Raum und schloß die Tür hinter sich.

Raymond hatte sein Jackett und seine Weste im Lagerhaus gelassen und trug nur eine Hose, seine Stiefel und ein stark verschmutztes, zerrissenes Hemd.

Anderen Männern wäre das peinlich, dachte Connor, dem nicht. Hampton stand stolz und würdevoll da und blickte ihn feindselig an. Nur das unmerkliche Zucken in seiner Wange verriet, daß dies keine gewöhnliche Unterredung für ihn war.

Endlich war Raymond die eingehende Betrachtung leid, und er sagte: »Ich nehme an, ich bin aus einem bestimmten Grund hier?«

Obwohl er leise gesprochen hatte, besaßen seine Worte eine unüberhörbare Schärfe, und Connor begann langsam, den Mann zu bewundern. Hampton war zwar Engländer, aber er besaß Mut und eine erstaunliche Kühnheit. Trotz seiner heiklen Lage schien er weder bereit, seine Niederlage einzugestehen, noch sich zu ergeben.

O'Neill dachte an das lange Gespräch, das er heute morgen mit seiner Tochter geführt hatte. Zweifellos liebte Samara den Kapitän, und sie würde es niemals verzeihen, wenn er durch ihre Familie zu Schaden kam. Er mußte erreichen, daß der Mann mit ihm zusammenarbeitete. Davon hatte er seine Söhne ebenfalls überzeugt.

Sorgfältig wählte Connor seine Worte, um die Feindseligkeit des Kapitäns nicht zu schüren. »Sie haben zwei Möglichkeiten«, sagte er langsam, »und ich fürchte, keine von beiden wird Ihnen sonderlich gefallen. Vielleicht tröstet es Sie, daß ich mir ebenfalls etwas Besseres wünschte.«

Sofort richtete Raymond seine ganze Aufmerksamkeit auf

O'Neill. Eben hatte er den Blick noch über die unzähligen Buchreihen in den Regalen gleiten lassen. Bücher verrieten oft mehr als das gesprochene Wort, und er wollte soviel wie möglich über Connor O'Neill erfahren.

»Ich kann Sie den Militärbehörden übergeben und mich für Sie verwenden, damit Sie eine mildere Strafe erhalten. Immerhin habe ich einigen Einfluß. Vielleicht – aber nur vielleicht – kann ich Ihren Hals retten. Mit ziemlicher Sicherheit werden Sie jedoch im Gefängnis landen, und ich bezweifle sehr, daß man Sie austauschen wird.«

Hampton verzog keine Miene, aber das hatte Connor auch nicht erwartet.

»Oder Sie wiederholen das Versprechen, das Sie meiner Tochter gegeben haben, und sind mein Gast«, fuhr Connor fort. »Ihr Wort gegen eine relative Freiheit auf Glen Woods. Sie werden niemanden außer den Angehörigen meiner Familie sehen und keinen Kontakt zu anderen Personen aufnehmen. Nach Brendans Rückkehr sind Ihre Informationen wertlos geworden, und er wird Sie außer Landes bringen.

Bis dahin behandeln wir Sie als Gast in unserem Hause, wenn auch zum Schutz meiner Familie als einen etwas zurückgezogen lebenden. Die Diener werden reden, und die Nachbarn werden vermutlich erfahren, daß wir Besuch haben. Um keine Erklärungen abgeben zu müssen, werden wir erzählen, Sie wären ein entfernter Verwandter, der tief um seine verstorbene Frau trauert und keinen Menschen sehen möchte.

Sie werden das Haus nur in Begleitung verlassen und allen sagen, wohin Sie gehen. Auf diese Weise können wir Sie warnen, falls jemand kommt.«

Connor wandte sich ab und blickte eine Weile aus dem Fenster, dann sah er Hampton wieder an.

»Außerdem möchte ich den Namen der Person erfahren, die Ihnen geholfen hat.«

»Nein«, erklärte Raymond entschieden.

»Nicht einmal, wenn Sie wegen Ihres Schweigens gehängt werden können?«

Raymond zuckte gleichmütig die Schultern, doch seine Augen blickten nicht mehr verschleiert, sondern funkelten zornig.

»Ich hätte es nicht geglaubt«, sagte Connor endlich. »Aber jetzt wissen wir, daß ein Verräter unter uns ist, und wir werden ihn finden.« Er ging zu seinem Schreibtisch und schenkte zwei Gläser voll Brandy. Eines bot er Hampton an, doch der lehnte ab.

»Mein Angebot war nicht an diese Auskunft gebunden«, sagte Connor.

»Wirklich nicht?« fragte Raymond. »Es klang so.«

»Ich mußte es versuchen.«

Raymond entspannte sich ein wenig. Zum erstenmal dachte er ernsthaft über das Angebot nach. Er haßte es, in die Ecke getrieben zu werden, und er wollte weder Samara noch sonst jemandem verpflichtet sein. Sein Stolz hatte schon einige Schläge von den O'Neills erhalten. Aber aufgehängt zu werden, war ziemlich endgültig, und die Aussicht auf Gefängnis war auch nicht gerade reizvoll.

Eine Einschränkung mußte er trotzdem machen. »Ich habe meiner Mannschaft versprochen, ihr zur Rückkehr in die Heimat zu verhelfen. Ich kann meine Freiheit nicht auf deren Kosten erkaufen . . .«

Connor rieb sich verärgert den Hals. »Ich habe einige Freunde in Washington«, sagte er schließlich. »Mal sehen, ob ich den Austausch Ihrer Männer beschleunigen kann. Nachdem das Schiff – und der Kapitän – untergegangen sind, dürfte es keine zu großen Probleme damit geben.«

»Versprechen Sie es?«

»Verdammt, Hampton, in Ihrer Lage können Sie keine Forderungen stellen!«

»Versprechen Sie es?«

»Ja«, sagte Connor und fragte sich, ob er wirklich ungehalten war oder den Kapitän eher bewunderte.

»Dann nehme ich vielleicht doch einen Brandy«, antwortete Raymond langsam.

14. KAPITEL

Wie war es möglich, daß graue Augen derart funkelten? Trotz seiner schwachen Versuche, Samara nicht mehr anzusehen, konnte Raymond den Blick nicht von ihr lassen. Sie war wütend – wütender, als er sie je bei seiner schlimmsten Neckerei auf der »Unicorn« erlebt hatte.

Hampton war während des ganzen Essens kalt und zurückhaltend geblieben. Alle Versuche, ihn in die Unterhaltung einzubeziehen, scheiterten kläglich. Schon bald verstummte das Gespräch, zum erstenmal, soweit Samara sich erinnerte. Es gab nur wenige unverfängliche Themen, und der Krieg, der normalerweise die Gemüter während der Mahlzeiten erregte, blieb aus Vorsicht und Höflichkeit ausgespart.

Die Spannung zwischen dem englischen Kapitän und Samara verschlimmerte die Stille noch. Niemand am Tisch entging die Anziehungskraft – oder der stumme Kampf – zwischen den beiden.

»Meine Tochter wird Ihnen morgen die Plantage zeigen«, erklärte Samantha, und sie bemühte sich, so unbefangen wie möglich zu sein, ohne sich um die Gefühle der beiden zu kümmern. »Sie müssen unbedingt die genauen Grenzen unseres Besitzes kennenlernen.«

Ein Muskel zuckte in Raymonds Wange. Wenn er schon eine Wache bekommen sollte, dann zumindest nicht Samara. »Ich würde es begrüßen, wenn jemand anders diese Aufgabe übernehmen könnte«, sagte er ruhig.

»Ich bedaure«, erwiderte Samantha, »aber das ist unmöglich. Francis kehrt nach Charleston zurück, Jerry wird in Chatham Oaks benötigt, und mein Mann hat auf der Plantage zu tun. Außer Conn ist niemand da, und ich bezweifle, daß er ein angenehmer Gesellschafter wäre. Falls Sie es vorziehen, können Sie natürlich im Haus bleiben.«

Wenn er im Haus blieb, würde er wahrscheinlich durchdrehen, deshalb nickte Raymond kurz.

Die beiden Pferde waren schon gesattelt, als Samara in einem hübschen dunkelblauen Reitkleid mit dem zurückhaltenden Raymond den Stall betrat. Höflich, aber kühl half er ihr in den verhaßten Damensattel und schwang sich leichtfüßig auf seinen ruhelosen Braunen. Das Pferd war frisch und wollte hinaus, und Raymond genoß die Anstrengung, das Tier unter Kontrolle zu halten.

Samara beobachtete, wie schnell der Kapitän mit dem für ihn völlig fremden Pferd fertig wurde, und staunte erneut, wie ungeheuer gut er aussah. Raymond trug eine Büffellederhose, schwarze Stiefel sowie ein weißes Batisthemd von Brendan. Sowohl die Hose als auch das Hemd strafften sich über seinem muskulösen Körper, obwohl eine Dienerin beides so gut wie möglich erweitert hatte. Die dunkle Haut an seinem Hals und sein tiefgebräuntes Gesicht hoben sich stark von dem schneeweißen Hemd ab, und er strahlte eine ungeheure Männlichkeit und Kraft aus.

Samara wurde es glühend heiß vor Verlangen, und sie hatte das Gefühl, wie Wachs in der Sonne dahinzuschmelzen. Wenn sie Raymond doch weiter böse sein könnte! Dann konnte er ihr nicht gefährlich werden! Aber das war unmöglich bei solch einem phantastischen Mann.

Raymond drehte sich zu ihr und senkte scheinbar ehrerbietig den Kopf. »Ich bin Ihr Gefangener, Miss Samara, und stehe zu Diensten.« In seinen Augen glitzerte etwas, das sie nicht recht deuten konnte.

Ihre Lippen wurden schmal, obwohl ihr sein Spott lieber war als die kühle Gleichgültigkeit von gestern abend. »Folgen Sie mir«, erwiderte sie kurz und trieb ihr Pferd zu einem leichten Galopp an.

Er blieb gerade so weit hinter ihr, wie es sich für einen Untergebenen gehörte, und sie ahnte, daß er sie damit reizen wollte. Seine stolze Haltung und der herausfordernde Zug um seinen Mund waren keinesfalls unterwürfig.

Raymonds schlechte Laune legte sich ein wenig, sobald er

merkte, daß Samara verärgert die Schultern straffte. Das blaue Reitkleid stand ihr gut. Die Farbe verstärkte den Glanz ihres dunklen Haars, das jetzt in Locken von der Spange an ihrem Nacken hinabfiel. Im Gegensatz zu den meisten englischen Damen trug sie keinen Hut, und ihre elfenbeinfarbene Haut war leicht gebräunt. Sie war eine ausgezeichnete Reiterin, soweit das im Damensattel überhaupt möglich war. Graziös folgte sie den Bewegungen des Pferdes und führte die temperamentvolle Stute behutsam und sicher.

Als ahnte sie, was Raymond dachte, strahlte Samara ihn plötzlich herausfordernd an und trieb ihr Pferd zu einem Galopp. Raymond brauchte sein Pferd kaum zu berühren, schon eilte es der Stute nach.

Samara hatte dafür gesorgt, daß sie einen sicheren Vorsprung besaß. Raymond folgte ihr, als sie die Straße verließ, über die Felder ritt und schließlich in ein Gehölz drang, wo der Weg so schmal wurde, daß er sie nicht überholen konnte. Er mußte sogar achtgeben, daß er nicht von den Erdklumpen getroffen wurde, die ihre Stute lostrat.

»Kleine Teufelin«, schimpfte er leise und staunte dabei, wie gut Samara ritt. Plötzlich hielt sie so unvermittelt an, daß sein Pferd beinahe mit ihrem zusammengestoßen wäre und sich erschrocken laut wiehernd aufbäumte. Raymond brauchte seine ganze Geschicklichkeit, um im Sattel zu bleiben Er bemerkte ihren herausfordernden Blick und fluchte noch einmal stumm vor sich hin. Sein Pferd machte erneut den Versuch, sich aufzubäumen, aber Raymond gelang es diesmal, es am Boden zu halten. Es tänzelte nervös und schnaubte dabei unwillig.

Schließlich hatte er sein Pferd beruhigt, stieg ab und schlenderte verärgert zu Samara hinüber. »Das war ganz schön unvorsichtig. Sie hätten uns beide umbringen können.« Er betrachtete sein weißes Hemd, das ganz mit Schmutzflecken bespritzt war. An ihrer Miene erkannte er, daß sein Gesicht ebenso aussehen mußte. Einen Moment fühlte er sich in seiner Ehre getroffen, dann gewann seine gute Laune die Oberhand, und er verzog die Lippen.

»O Samara«, sagte er leise. Es klang wie eine Frage, beinahe unterwürfig. Er reichte ihr beide Hände, und sie glitt bereitwillig vom Pferd in seine Arme.

Dann standen sie sich gegenüber und vergaßen alles um sich herum. Samara sah Raymond an und suchte in seinem Gesicht nach einem Anzeichen dafür, daß er denselben seltsamen Schmerz, dasselbe heftige Begehren empfand wie sie, und sie wurde nicht enttäuscht.

Raymond war ganz starr vor Selbstbeherrschung, und in seinen Augen brannte ein Feuer, das sie zu verschlingen drohte. Glühende Hitze durchströmte sie und erreichte jeden Zentimeter ihres Körpers. Eine unwiderstehliche Sehnsucht erfaßte sie, und sie zitterte unmerklich, als Raymond sie fester an sich zog. Sie drängte sich an seinen Körper, spürte seine wachsende Erregung und war bereit, ihm alles zu geben.

Liebevoll legte Raymond eine Hand unter Samaras Kinn und hob ihr Gesicht leicht an. Seine Lippen waren warm und ganz weich. Zärtlich streifte er ihre Wange, liebkoste ihre Augen, knabberte an ihren Ohren und strich über ihren Hals, bis Samara vor Lust und Freude fast verging. Sie glitt mit den Händen seinen Rükken hinauf und spielte mit seinem dichten goldblonden Haar, während er mit den Lippen zu ihrem Mund zurückkehrte, mit der Zunge eindrang und alle ihre Sinne zum Klingen brachte.

Sie klammerten sich aneinander, so gut es ihre Kleidung zuließ, und Raymond versuchte, ihre obersten Jackenknöpfe zu öffnen. Samara merkte es kaum, so sehr beschäftigten sie all die neuen Empfindungen, die neuen Gefühle und ihr neues Verlangen.

Endlich gab Raymond ihren Mund frei und stöhnte heiser. »O Samara – Samara, mein Liebling . . .« Keinerlei Spott lag mehr in seinen Worten, nur eine Art Staunen. Er sah ihr in die Augen, suchte nach Anzeichen von Furcht oder Zögern, entdeckte aber nur dasselbe verzweifelte Begehren, das auch ihn aufwühlte.

Er öffnete ihre Jacke und die oberen Knöpfe des Kleides, schob eine Hand in den Ausschnitt und fühlte Samaras feste Brüste. Ungeduldig strich er den Stoff beiseite, senkte den Kopf und fuhr mit der Zunge auf einer heißen Spur bis zu der rosigen Spitze.

Ein derartiges Verlangen und eine so heftige Leidenschaft erfaßte ihn, wie er es noch nie erlebt hatte. Er erwartete, daß Samara aufschreien und ihn bitten würde, diesen Wahnsinn zu beenden. Aber sie grub die Lippen in sein blondes Haar und erforschte ihrerseits seinen Körper. Instinktiv glitt sie mit den Lippen zu seinem Ohr und reizte mit der Zunge seine salzige Haut, bis er leise stöhnte: »Kleine Hexe . . . Meine bezaubernde kleine Hexe . . .«

Gerade wollte er zu seinem Hosensteg greifen, da hörte er einen Reiter näher kommen. Sekundenschnell kehrte er in die Wirklichkeit zurück und schob Samara vorsichtig von sich. Ihr Gesicht war gerötet, ihr Haar zerzaust und ihr Reitkleid verrutscht.

In Windeseile schloß er die kleinen Knöpfe. Doch gegen Samaras erhitztes Gesicht und ihre strahlenden Augen gab es kein rasch wirkendes Mittel.

Kaum war die Jacke zugeknöpft, tauchte Conn auf einem haselnußbraunen Wallach auf. Verärgert betrachtete er Samaras zerzaustes Haar und Raymonds Gesicht, das wieder völlig ausdruckslos war.

»Du bist uns gefolgt!« beschuldigte Samara ihren Bruder wütend.

»Nein«, antwortete er ruhig. »Aber du bist schon so lange fort, daß ich fürchtete, dir wäre etwas passiert.« Sein Blick sagte ihr, daß er seiner Meinung sowieso erst in allerletzter Minute gekommen war.

Raymonds kühle, verärgerte Stimme unterbrach den Blickwechsel der Geschwister. »Sie glauben, ich könnte Ihre Schwester vergewaltigen, töten und anschließend fliehen?«

»Weshalb nicht?« antwortete Conn verbittert. »Wir haben nur Ihr Wort, und das zählt für mich nicht. Ich bin nicht so leichtgläubig wie mein Vater. Außerdem scheint zumindest ein Teil meiner Vermutung nicht falsch zu sein.« Er sah die beiden eindringlich an.

»Du hast kein Recht . . .« fuhr Samara ihn an.

»Doch, ich habe jedes Recht, meine kleine Schwester. Ich lasse nicht zu, daß dieser Kerl eine günstige Gelegenheit ausnutzt, um . . .« Er drehte sich zu Raymond. »Sitzen Sie auf!« befahl er ihm barsch.

Raymonds Lippen wurden schmal. Da merkte er, daß Samaras

Augen feucht wurden, und ein unerwarteter Beschützerinstinkt regte sich in ihm. Samara sollte heute nicht noch mehr leiden. Er hatte tatsächlich die Beherrschung verloren und hätte sie beinahe verführt. Wäre Conn nicht gekommen ...

Ohne sich um den wütenden O'Neill zu kümmern, nahm er Samaras eiskalte Hand und half ihr in den Sattel. Dann bestieg er sein eigenes Pferd und ritt ohne einen Blick auf die Geschwister den Pfad zurück.

Die Tage vergingen entsetzlich langsam. Raymond hatte sich nach ihrem gemeinsamen Ausritt vorgenommen, nicht mehr mit Samara allein zu sein. Es war viel zu gefährlich für alle, und ganz besonders für ihn.

Während der langen schlaflosen Nacht, die dem Ausritt folgte, war ihm klargeworden, daß er ihre Beziehung auf gar keinen Fall fortsetzen durfte. Wenn auch widerstrebend, hatte er die Gastfreundschaft der O'Neills angenommen, und er wollte sie nicht mißbrauchen, indem er die Tochter des Hauses verführte.

Trotzdem blieb der Zauber erhalten. Bei jedem zufälligen Zusammentreffen flammte das Feuer erneut auf, und die Mahlzeiten wurden für sie beide zur Qual.

Der Herbst kam, und sie hatten noch nichts von Brendan gehört. Raymond wurde inzwischen von allen wie ein Familienmitglied behandelt. Nur Conn war mißtrauisch geblieben. Sein Bein war geheilt, und er wollte bald zu General Andrew Jackson zurückkehren.

Raymond hatte inzwischen erfahren, daß seine gesamte Mannschaft den Untergang der »Unicorn« überlebt hatte. Aber sie befand sich noch im Gefängnis. Connor tat zwar, was er konnte, doch Hampton fürchtete, daß sein eigener Ruf den Austausch verzögerte.

Connor merkte, daß Raymond immer ungeduldiger wurde, und forderte ihn häufig auf, mit ihm über die Plantage zu reiten. Der Engländer nahm die Einladung stets an. Erstens traf er auf diese Weise nicht mit Samara zusammen, und zweitens faszinierten ihn die Arbeiten auf Glen Woods.

Erstaunt stellte er fest, daß O'Neill den meisten schwarzen Dienern und Landarbeitern die Freiheit geschenkt hatte. Zwar kaufte die Familie gelegentlich neue Sklaven, gab ihnen jedoch die Möglichkeit, sich nach einer Bewährungsprobe freizukaufen. Als geschickte Handwerker und Arbeiter konnten sie überall außerhalb der Plantage arbeiten und sich ihren Unterhalt selbst verdienen. Diese Methode hatte sich für die O'Neills ausgezahlt. Ihre Arbeiter schafften beinahe doppelt soviel wie die anderer Farmer.

Raymonds Respekt für Connor O'Neill nahm zu, und zwischen den beiden Männern entstand mit der Zeit eine tiefe Freundschaft.

Aus dem Fenster ihres Schlafzimmers sah Samara ihren Vater und den Kapitän zu den Ställen zurückreiten. Wieder konnte sie die Sehnsucht in ihrem Herzen nicht verdrängen. Raymonds Haar glänzte in der Sonne. Aufrecht saß er im Sattel und wirkte zu Pferde ebenso atemberaubend wie am Ruder seines Schiffes. Trotzdem blieb er unerreichbar, denn er hatte ihr eindeutig zu verstehen gegeben, daß er ihre Gesellschaft nicht wünschte.

Verdammter Conn. Er hatte alles verdorben. Wäre er damals nicht plötzlich im Wald aufgetaucht, hätte sie etwas wirklich Wunderbares und Herrliches erfahren. Seitdem schien Raymond wie zu Eis erstarrt, und seine Leidenschaft hatte einer spöttischen Geduld Platz gemacht. Ganz selten flackerte das Feuer in seinen Augen noch einmal auf, verlosch jedoch augenblicklich wieder.

Zwei Monate lag ihr Ausritt jetzt zurück, und jeden Tag schwanden Samaras Hoffnungen weiter. Bald würde Raymond sie verlassen. Ihr Vater wünschte, daß Bren ihn mit seinem Schiff in einen neutralen Hafen brachte, wo er den Amerikanern nicht mehr schaden konnte.

Ich muß unbedingt wissen, ob ich mir alles nur einbilde, überlegte Samara. Es hatte Augenblicke gegeben, sowohl auf der »Unicorn« als auch hier auf Glen Woods, da hatte Raymond die Maske fallenlassen, und sie hatte bei ihm dasselbe intensive Gefühl bemerkt, das sie immer wieder überwältigte. Doch es verschwand sogleich, und sie fragte sich, ob es ein Wunschtraum gewesen war. Bevor sie das nicht ganz genau wußte, durfte Raymond nicht gehen. Deshalb schmiedete sie erneut einen Plan.

15. KAPITEL

Äußerst sorgfältig bereitete Samara ihre nächsten Schritte vor, und alles verlief zu ihrer vollen Zufriedenheit. Ihr Vater war zu Jeremys Plantage geritten, und der mißtrauische Conn war in Charleston, um die letzten Vorbereitungen für seine Rückkehr zum Militär zu treffen. Francis war schon seit einigen Wochen fort, und ihre Mutter war bei dem neuen Fohlen im Stall.

Ursprünglich hatte Samara vorgehabt, Raymond um seine Begleitung zu einer Besorgung zu bitten, die ihr Vater ihr angeblich aufgetragen hatte. Mit einem Trick hatte sie ihn dann in ihre Höhle locken wollen. Doch als sie den Kapitän nun in der Bibliothek aufspürte, brachte sie solch eine Täuschung nicht fertig.

Raymond stand am Fenster und hatte ihre Anwesenheit noch nicht bemerkt. Seine Schultern waren ungewöhnlich hinabgesunken. Immer wieder rang er die Hände und ballte die Fäuste, und Samara spürte, wie wütend und niedergeschlagen er war. Ein heftiger Schmerz erfaßte sie, denn ihr wurde klar, daß sie für diesen Zustand verantwortlich war.

Raymond machte sich Sorgen um seine Mannschaft, und er betrachtete das Heim der O'Neills höchstens als elegantes Gefängnis. Er war zur Untätigkeit verdammt und haßte es, derart hilflos zu sein und wider Willen einem anderen gehorchen zu müssen. Für einen Mann wie Hampton, dem die Freiheit über alles ging, mußte der Aufenthalt auf Glen Woods langsam unerträglich werden.

Samara konnte ihn jetzt nicht anlügen. Die unerfüllte Liebe zu dem Kapitän hatte sie reifer werden lassen, und sie wollte diesen außerordentlich stolzen Mann nicht mit einem Trick überlisten. Statt dessen ging sie zu ihm und stellte sich schweigend neben ihn. Er sollte wissen, daß sie seinen Schmerz bemerkt hatte.

»Sie dürften eigentlich nicht hier sein«, sagte Raymond nach einer ganzen Weile mit leiser, rauher Stimme.

Samara antwortete nicht. Er hatte richtig wehmütig geklungen, anders als sonst. Sie drehte sich zu ihm, sah ihn an und merkte, daß sein Kinn vor innerer Erregung gespannt war.

»Ich möchte Ihnen etwas zeigen«, sagte sie.

Plötzlich lächelte er ungeheuer reizend. »Und was erwartet mich diesmal?« fragte er mit einem winzigen Anflug von Spott. Beinahe instinktiv legte er die Hand an ihre Wange. Sie war so weich, so seidig. Und ihre Augen blickten warm und schmeichelnd wie graublauer Samt. Und gefährlich, das wußte Raymond inzwischen. Samara war in mancherlei Beziehung gefährlich und ahnte es nicht einmal.

»Bitte«, sagte sie jetzt. »Begleiten Sie mich auf einem Ritt.« Sie bemerkte seine Unentschlossenheit, streckte ihm die Hand hin und sah ihn flehentlich an.

»Kleine Wildkatze.« Er sprach so leise, daß sie die Worte kaum verstand.

»Engländer«, sagte sie, und es klang wie ein Kosename.

Er lächelte spöttisch. »Ich werde immer ein Engländer bleiben.«

»Ich weiß«, flüsterte sie, »wahrscheinlich auch ein Pirat, ein Schurke und ...«

»Und Sie, meine kleine Amerikanerin, sind eine schamlose Lügnerin. Verheiratet! Du liebe Zeit, ich hätte es besser wissen müssen.«

»Vielleicht verdienen wir einander«, antwortete Samara und lächelte ein wenig.

»Mag sein«, gab er spöttisch zu, und trotz dieser zögernden Antwort tat Samaras Herz einen Sprung. Sie war Raymond nicht gleichgültig. Sein Mund und seine Augen verrieten es.

»Sie sehen nachdenklich aus, kleine Wildkatze«, stellte Raymond fest, und sein harter Mund wurde weich. Wie hübsch Samara war, wenn sie wie jetzt in der Sonne stand, die durch das Fenster hereinfiel. Mit ihren großen Augen blickte sie ihn fragend an und verzog den Mund zu einem unsicheren Lächeln, das ihn mit einer großen Zärtlichkeit erfüllte.

Er wunderte sich selbst über dieses Gefühl, denn er hatte schon vieles für eine Frau empfunden, aber selten eine solche Zärtlichkeit, die sein Inneres anrührte. Sie rief jenen Beschützerinstinkt in ihm wach, der ihn daran hinderte, Samara hier und jetzt ohne Rücksicht auf die Folgen zu nehmen.

Er begehrte diese Frau, wollte sie mehr als alles andere auf der Welt. Ihre zügellose Leidenschaft, war sie erst einmal geweckt, war verführerischer und unwiderstehlicher, als er es je bei einer anderen Frau erlebt hatte. Samara war so lebendig, so voller Optimismus, Hoffnung und Humor. Noch reizender war ihr unbezwingbarer Geist, mit dem sie sich auf Brendans Schiff geschlichen und für seine Freiheit gefochten hatte.

Leider hat dieser Geist Samara auch dazu veranlaßt, mich zu entführen, dachte Raymond bitter. Samara war eine Kämpferin, die ihre eigene Vorstellung von Ehre durchsetzen wollte. Nach seinen zahlreichen Affären mit anderen Frauen faszinierten und bezauberten ihn diese Eigenschaften außerordentlich.

»Bitte«, sagte Samara erneut. Sie wollte Raymond unbedingt zu jener Höhle führen, wo sie ihm in Gedanken so nahe gewesen war.

Raymond suchte nach einer Ausrede, merkte jedoch, daß er gar keine finden wollte. Er mußte unbedingt hinaus, und unter den gegenwärtigen Umständen war dies die einzige Möglichkeit. Er nickte und schalt sich gleichzeitig stumm einen Narren.

Samara zeigte Raymond den Weg – über die Grenzen der Plantage hinaus, am Pee Dee River entlang, vorbei an den riesigen Eichen und den von grauem Moos überzogenen Zypressen.

Dieses Land ist unglaublich üppig, dachte Raymond, während er schweigend dahinritt, völlig anders als die gepflegten Felder und Gärten Englands. Es besitzt eine wilde, ungezähmte Schönheit. Plötzlich begriff er, weshalb hier so unabhängige und unkonventionelle Frauen wie Samantha oder Samara O'Neill heranwachsen konnten. Würden sie es in England mit seiner häufig spröden, grausamen Gesellschaft und seinen Traditionen überhaupt aushalten?

Raymond fiel ein, wie die beiden in der ersten Nacht zu ihm ins Lagerhaus gekommen waren, und das Blut begann in seinen Adern zu rauschen. Er schüttelte sich, um das Bild zu vertreiben, denn er mußte unbedingt einen klaren Kopf bewahren.

In der Nähe der Höhle hielt Samara an. Raymond sprang vom

Pferd und band die Zügel an einen Baum. Er half Samara herunter, ließ sie aber sofort wieder los und wartete ab, was sie ihm zeigen wollte. Samara ging voran, schob die dicken Weinreben um den Eingang der Höhle beiseite und trat ein.

Zögernd folgte Raymond ihr und betrachtete neugierig den breiten, tiefen Raum, zu dem sich der schmale Eingang weitete. Die Höhle wurde eindeutig zeitweise benutzt: Kerzen, ein Zinnbecher und Stroh lagen auf dem Boden.

Fasziniert sah er zu, wie Samara sich nicht um den Staub kümmerte, der an ihrem Reitkleid haftete, sondern eine Kerze anzündete. Ihr Gesicht glühte im dämmrigen Licht, und ihre grauen Augen funkelten erwartungsvoll.

Auch Raymond spürte eine seltsame Wärme. Es war ein kalter Tag gewesen, und in der Höhle, in die die Sonne nicht reichte, war es noch kälter. Doch jetzt hatte er plötzlich das Gefühl, von innen heraus zu strahlen.

Alle seine guten Vorsätze schwanden dahin, sobald Samara zu ihm trat. Im Kerzenschein war sie ganz besonders hübsch. Ihr Haar glänzte zauberhaft, und ihr Blick war erfüllt von Liebe und Erwartung. Hilflos stöhnte Raymond auf.

Gerade wollte er »Nein« sagen, da hob sie ihm entschlossen das Gesicht entgegen und sah ihn fragend an. Sie wußte, daß sie hier die Antwort finden würde, und sie mußte sie bekommen.

Plötzlich zog Raymond Samara heftig in die Arme, streifte ihre Lippen erst ganz leicht, dann zärtlich und schließlich so fordernd, daß ein wildes Feuer ihren schmerzenden Körper durchströmte.

Er wollte sich Einhalt gebieten, doch Samara schmiegte sich an ihn, und die heißen Wellen, die sie in ihm auslöste, drangen bis in das Zentrum seiner Männlichkeit. Er hielt es kaum noch aus und hatte nur noch den Wunsch, endlich eins mit dieser Frau zu werden.

Tief drang er mit der Zunge zwischen ihre Lippen, reizte und streichelte sie, bis Samara unter den ungewohnten Empfindungen erschauerte. Als er sich endlich von ihr löste, waren sie beide vor Erregung ganz starr.

Samara hob die Hände, spielte mit seinem Haar und blickte ihn verwundert an. Raymond sah so gut aus, so ungeheuer männlich, und er strahlte Kraft und Stärke und eine beinahe katzenartige Geschmeidigkeit aus. »Ich glaube, ich liebe dich«, flüsterte sie, denn sie konnte es ihm nicht länger verschweigen.

Raymond wich zurück, legte die Hände auf ihre Schultern und sah Samara eindringlich an. Deutlich erkannte er, wie sich ihre Sehnsucht in Hoffnung, ihre Hoffnung in Furcht und ihre Furcht schließlich in Verzweiflung verwandelte, und ihm schmerzte das Herz angesichts ihrer Qual.

Plötzlich wandte sich Samara ab, damit er ihre Tränen nicht sehen konnte. Sein Schweigen sagte ihr mehr als Worte.

Raymond trat hinter sie, legte die Arme um ihren Körper, zog ihren Rücken an seine Brust und berührte mit den Lippen ihr Haar. Wie gern hätte er ihr jetzt versichert, daß er sie ebenfalls liebe, und es ihr gezeigt. Aber das ging nicht. Er war ein Flüchtling in ihrem Land, ein Feind ihres Volkes. Und er war ein Freund ihres Vaters und ihres Bruders. Er durfte nicht mit Samara schlafen, ohne daß sie verheiratet waren, und eine Heirat kam nicht in Frage, zumindest im Augenblick nicht.

Samara bebte am ganzen Körper, und er schluckte. Sie war so ungeheuer verletzlich.

Endlich hielt Raymond es nicht mehr aus. Alles konnte er ertragen, nur nicht diese stumme Qual. Er liebte Samara ja ebenso und würde eher seine Seele verkaufen, als ihr weh zu tun.

Langsam drehte er sie zu sich und hob erneut ihren Kopf an. Mit den Lippen trocknete er ihre tränennassen Augen.

Anschließend richtete er sich wieder auf und sah sie zärtlich an. »Ich liebe dich, Samara«, sagte er langsam. Nie hatte er erwartet, daß er diese Worte einmal aussprechen würde, und sie klangen ziemlich kläglich. Samara hatte Mühe, ihn überhaupt zu verstehen. Dann starrte sie Raymond verblüfft an.

Er strahlte über das ganze Gesicht. »Du mußt schon entschuldigen, kleine Wildkatze«, sagte er zärtlich. »Ich habe so etwas vorher noch nie gesagt.«

Sein Blick war so warm, so herzlich ... Da begriff Samara, daß Raymond sie ebenfalls liebte. Ihr Herz zersprang beinahe vor Freude. Sag es mir noch einmal, bat sie ihn stumm.

Ich liebe dich, versicherte ihr sein Blick.

Raymond nahm eine Wolldecke vom Boden, schüttelte sie aus und legte sie nahe an die Wand. Er ergriff Samaras Hand, half ihr, sich hinzusetzen, und ließ sich neben ihr nieder. Liebevoll legte er ihr einen Arm um die Schultern, zog sie eng an sich und genoß es, wie sie sich an ihn schmiegte.

»Die Frage ist nur, was machen wir jetzt, Samara?« sagte er endlich.

»Wenn wir uns lieben . . .«

Seine Stimme klang sehr freundlich. »So einfach ist das nicht, Kleines. Falls ich aufgegriffen werde, könnte man mich hängen. Ich darf nicht hierbleiben, und ich frage mich, ob du in England glücklich wärst.«

»Ich wäre überall glücklich, wo du bist«, versicherte Samara ihm und konnte nicht mehr logisch denken. Sie würde die Welt für Raymond erobern.

Er lächelte. Diese Worte waren so typisch für Samara. Immer vertraute sie darauf, daß alles gut werden würde. »Ich gehe fort, sobald Brendan zurück ist«, warnte er sie.

»Und ich gehe mit«, verkündete sie.

Er gluckste leise. Es kam tief aus seinem Innern und entzückte Samara unendlich. »Willst du dich wieder fortschleichen?«

»Wenn es sein muß . . .« erklärte sie entschlossen.

»Das glaube ich nicht«, antwortet er. Aber sein grimmiger Tonfall strafte seine zwinkernden Augen Lüge. »Der Krieg wird nicht ewig andauern. Das bekommt weder deinem noch meinem Land. Die Verhandlungen laufen schon, und immer mehr Engländer wünschen den Frieden. Bis dahin mußt du hierbleiben. Das Reisen ist zu gefährlich.«

»Aber du und Bren . . .«

»Wir sind Soldaten«, erklärte Raymond nachdrücklich. »Du wirst es nicht glauben, aber du hast ganz schön Glück gehabt, daß ich plötzlich Skrupel bekam, nachdem ich die ›Samara‹ gekapert hatte.« Er lachte über sich selbst. »Es waren nicht allzuviele, und ich hatte manchmal Mühe, mich daran zu erinnern. Du kannst einen Mann ganz schön verhexen, junge Dame. Ich möchte nicht, daß du mit oder ohne mich auf See bist, solange der Krieg andauert.«

Sie drückte seine Hand fester. Seine Hände waren stark und konnten gleichzeitig so zärtlich sein. Plötzlich wollte Samara alles über Raymond wissen.

»Warst du schon einmal verliebt?« fragte sie ganz leise und fürchtete sich vor der Antwort.

»Noch nie«, erwiderte er feierlich. »Und was ist mit dir? Deine Freundin Emily erzählte, du hättest unzählige Verehrer, die gern um deine Hand anhalten würden.«

»Aber ich will ihre nicht«, antwortete sie so verächtlich, daß er lachen mußte.

»Kannst du dir keinen einzigen als deinen Ehemann vorstellen?« zog er sie auf.

»Nein, keinen«, sagte sie. »Erst . . .« Das Wort »dich« mochte sie nicht aussprechen.

»Das ehrt mich doppelt«, antwortete er galant.

»Hast du schon einmal heiraten wollen? Soweit ich weiß, werden die Ehen in England aus Vernunftgründen geschlossen.«

»Ja, häufig«, stimmte Raymond ihr zu. »Aber es gibt auch viele Liebesheiraten. Selbst mein Vater konnte mich nicht in eine Ehe drängen, obwohl er es oft genug versucht hat.« Eindringlich sah er Samara an. »Ich würde nie ohne Liebe heiraten, und ich hatte nicht erwartet, sie zu finden.«

Samara dachte, sie müsse vergehen vor Freude. Raymond wollte sie, ausgerechnet sie! »Warst du nie verlobt?« Sie konnte sich einfach nicht vorstellen, daß er all die Jahre ohne engere Bindungen gelebt hatte.

»Nein«, erklärte er, denn die kürzliche Scheinverlobung zählte nicht. »Bisher nicht«, fügte er mit seltsam rauher Stimme hinzu.

Samara sah ihn hoffnungsvoll an.

»Das heißt«, fuhr er fort, »falls du einen Engländer, einen Piraten und einen Schurken heiraten willst. So hast du mich doch gegenüber deinem Vater genannt, nicht wahr?«

Samara lachte innerlich, weil Raymond sie so zärtlich neckte.

»Natürlich und noch vieles mehr!« antwortete sie schelmisch, bevor er ihre Lippen mit seinem Mund verschloß.

Erneut begann das Feuer in ihnen zu brennen, und diesmal erstickten sie es nicht.

Zärtlich strich Raymond mit den Händen über ihren Körper, und diese Leichtigkeit machte seine Liebkosungen noch erotischer. Er streichelte ihre Wange, fuhr zu dem empfindsamen Ohrläppchen, folgte mit federleichten Küssen derselben Spur und entführte Samara in die schwindelnde Welt der Gefühle. Alle ihre Nerven bebten vor Erwartung, und sie hielt es vor schmerzendem Verlangen kaum noch aus. Mit glühend heißen Lippen erforschte er ihren Hals, griff mit beiden Händen nach den Verschlüssen ihres Kleides und öffnete sie erstaunlich geschickt.

Verzückt betrachtete Raymond Samaras nackte Brüste. Mit den Lippen zeichnete er kleine Kreise auf jede Brust und strich mit der Zunge erst über die eine, dann über die andere rosige Spitze. Schließlich erfaßte er sie nacheinander mit den Lippen, so daß Samaras Körper vor Lust erbebte.

Endlich konnte sie seine Brust durch das geöffnete Hemd berühren, wie sie es sich so oft gewünscht hatte. Sie schob die Finger in das goldblonde Haar und spielte mit den aufreizenden Locken, zeichnete kleine Muster auf seine Brust und kitzelte Raymond anschließend mit der Zunge an seinem Ohrläppchen, bis er laut stöhnte.

Glücklich lachte sie auf, denn sie merkte, daß sie alle die wunderbaren Gefühle, die er in ihr auslöste, auch bei ihm wachrufen konnte. Raymond hörte dieses Lachen, das von Liebe, Fürsorge, Verlangen und Erregung zeugte, und war unendlich glücklich.

Regungslos sahen sie sich tief in die Augen. Sie hatten sich soviel zu sagen, und sie taten es schweigend. Worte waren nicht nötig.

Raymonds Hände zitterten unmerklich, als er Samara langsam erst das Reitkleid und dann das Hemd auszog. Ehrfürchtig betrachtete er ihren hübschen Körper, die vollen Brüste, die schlanke Taille und die wohlgerundeten Hüften. »Du bist wunderschön«, flüsterte er.

Plötzlich verflog Samaras Schüchternheit. Raymond liebte sie, er begehrte sie und fand sie hübsch. Und sie begehrte ihn mit der ganzen Sehnsucht und all dem Verlangen eines gerade erweckten Körpers.

Sie sah zu, wie er sich auszog – erst das Batisthemd, dann die Stiefel und endlich die Hose, und staunte über die herbe Schönheit seines kräftigen Körpers.

Raymond fürchtete, daß er Samara verängstigen könne, und freute sich, daß es nicht der Fall war. Er kniete neben ihr nieder, und sie streckte die Hand nach ihm aus. Einen winzigen Augenblick zögerte er, dann ergriff er sie.

»Du bist dir sehr sicher«, sagte er langsam.

»Leg dich zu mir«, antwortete Samara nur. Raymond sollte ganz nahe sein. Sie wollte seine Haut fühlen und spüren, wie seine Wärme sich mit ihrer vereinte.

Er legte die Arme um sie und zog sie eng an sich, damit sie sich an seinen Körper gewöhnte. Zärtlich küßte er ihre Stirn, ihre Wangen und schließlich ihre Lippen. Er spürte, wie sie reagierte, und wurde ganz steif vor Selbstbeherrschung.

Samara schmiegte sich enger an ihn und wollte noch stärker mit ihm vereint werden. Staunend stellte Raymond fest, daß sie keinerlei Scheu oder Furcht zeigte, sondern offen und ehrlich war. Und das war herrlich.

Samara gab sich restlos ihren wunderbaren Gefühlen hin und hatte nur noch den Wunsch, das schmerzende Verlangen, das seit dem ersten Kuß vor beinahe einem Jahr in ihr schwelte, endlich zu stillen. Sie hatte keine Angst vor Raymond oder dem, was nun kommen würde, sondern freute sich, daß er so nahe war. Er liebte sie, er begehrte sie, und er wollte sie zur Frau.

Liebevoll streichelte und reizte Raymond ihren Körper, und Samara reagierte so unschuldig und doch so offen, daß sie ihm wie der personifizierte Widerspruch vorkam. Wie ein sinnliches Nervenbündel geriet sie in immer größere Erregung.

Ganz langsam und unendlich zärtlich legte er sie auf den Rükken, beugte sich über sie und küßte sie. Er ließ die Lippen eine Weile ruhen und freute sich, wie sie auf jede Liebkosung reagierte. Vorsichtig schob er eine Hand zwischen ihre Schenkel, und sie öffnete sie schüchtern. Gleichzeitig streichelte er mit der anderen ihr warmes weiches Haar. Bei jeder Berührung entflammte sie stärker, und er merkte, daß ihr Verlangen ebenso wuchs wie seines.

Endlich kniete er sich über sie, schob ihre Beine zu beiden Seiten seines Körpers und liebkoste sie mit den Blicken und den Händen. Er ließ sich auf ihr nieder und reizte sie mit dem Zentrum seiner Männlichkeit, bis sie leise aufschrie und sich zitternd nach etwas sehnte, von dem sie noch keine rechte Vorstellung hatte.

Ganz langsam drang er in sie ein und füllte sie mit seiner Wärme aus.

Samara spürte den Schmerz und schrie unwillkürlich auf. Weil Raymond zögerte, bog sie ihm den Körper entgegen, denn er sollte weitermachen. Sie wollte alles von ihm haben, eins mit ihm werden und ihn so nahe ihrem Herzen bringen, daß er nie wieder fortging.

Vorsichtig begann er sich zu bewegen, und der Schmerz verschwand angesichts der herrlichen Schauer, die Samaras Körper durchrieselten. Nie hatte sie es sich so herrlich ausgemalt! Ihr Leib krampfte sich vor Verlangen zusammen und löste sich gleich darauf in höchster Lust, bis sie dachte, sie könne es nicht länger aushalten. Doch Raymond drang tiefer und tiefer und kontrollierte jeden Stoß, und jedesmal war es noch berauschender als zuvor. Endlich riß ein wilder Strudel Samara fort in ein Zauberreich, und sie war keines Gedankens mehr fähig.

Anschließend erforschte Samara Raymonds Körper und konnte nicht genug davon bekommen. Er lachte über ihren Eifer und verbarg die Verzweiflung, die ihn plötzlich erfaßte. Sobald er das Blut auf der Decke bemerkte, bekam er ein entsetzlich schlechtes Gewissen. Natürlich hatte er gewußt, daß Samara noch Jungfrau war. Aber die roten Flecken brachten es ihm erst richtig zu Bewußtsein. Zwar hatte er ehrenhafte Absichten und würde Samara so rasch wie möglich heiraten. Aber das milderte sein Schuldgefühl kaum, denn es konnte noch Monate, ja Jahre dauern. Auf keinen Fall durfte er ein Kind zeugen, solange er nicht für Samaras Sicherheit garantieren konnte.

»Ist es immer so?« fragte sie verwundert und unterbrach seine trüben Gedanken.

Er zwang sich zu einem Lächeln. »Äußerst selten, Liebling.« Das Kosewort war ihm unbewußt über die Lippen gekommen. Samara bebte immer noch ein wenig vor Lust und erinnerte ihn damit an seine Schandtat. Aber sie war so ernst, so ehrfürchtig. »Ich glaube, es ist sogar sehr selten.«

»Vielleicht nur bei uns?« fragte sie mit verzeihlichem Stolz und Freude über seine Antwort.

Raymond lächelte über ihre strahlenden Augen. War diese Frau bezaubernd. Sie konnte einen Heiligen in Versuchung führen, und er war bestimmt keiner.

»Nur bei uns«, versicherte er ihr. »Aber«, führte er ernsthaft hinzu, »es darf nicht noch einmal passieren. Erst wenn wir verheiratet sind.«

»Und wann wird das sein?«

»Das weiß ich nicht, Liebling. Wenn du möchtest, werde ich noch heute abend bei deinen Eltern um deine Hand anhalten.« Er lächelte unwiderstehlich. »Ich fürchte allerdings, sie werden darüber nicht sehr glücklich sein.«

»Wenn ich glücklich bin, sind sie es auch«, antwortete Samara zuversichtlich. »Und ich bin glücklich. Genauso wie Mutter es mir prophezeit hat. Brendan wird sich bestimmt ebenfalls freuen. Nur Conn könnte uns Schwierigkeiten bereiten. Er mag keine Engländer.«

»Das habe ich bemerkt«, antwortete Raymond trocken.

»Werden wir in England leben?«

»Möchtest du es?«

»Ich weiß es nicht«, sagte Samara aufrichtig. »Ich habe mir nie vorgestellt, daß ich weit fort von Glen Woods wohnen könnte. Ich mag die Engländer auch nicht. Es sei denn, sie sind wie du«, fügte sie rasch hinzu, nachdem ihr klargeworden war, was sie gesagt hatte.

Raymonds Augen funkelten angesichts ihrer Verlegenheit. Dann lachte er plötzlich laut auf. Er griff nach seinem Hemd, zog es über den Kopf und holte seine Hose. »Wir reiten lieber zurück, kleine Wildkatze, sonst suchen sie noch das ganze Land nach uns ab.«

»Ich möchte nicht fort. Ich möchte hier nie wieder weg.« Trotzdem zog sie ihr Hemd an. »Weißt du, in dieser Höhle hat meine Mutter sich in meinen Vater verliebt. Sie fand ihn hier zufällig, nachdem er verwundet worden war, und rettete ihm das Leben.«

»Hast du mich deshalb hierher gebracht?« fragte er leise.

»Nein, das glaube ich nicht. Als Bren mir erzählte, du wärst tot, verkroch ich mich in diese Höhle. Plötzlich war ich sicher, daß es nicht stimmte. Ich hatte beinahe das Gefühl, du wärst bei mir.« Sie hielt inne. »Du mußt mich für ein ziemlich phantasievolles Kind halten.«

»Für ein Kind bestimmt nicht«, antwortete Raymond zärtlich und blickte um sich. Diese Höhle hatte tatsächlich etwas Besonderes. Er ergriff Samaras Hand. »Komm, Liebling, wir müssen dich wieder vorzeigbar machen.«

Als sie die Höhle verließen, sah Raymond noch einmal zurück. Die Wärme war verflogen, und es war wieder so kalt wie zuvor. Eine seltsame Vorahnung befiel ihn, und er schüttelte das bedrohliche Gefühl rasch ab.

Trotzdem erfaßte ihn eine gewisse Unruhe, als er sein Pferd bestieg und neben der Frau herritt, die er heiraten wollte.

16. KAPITEL

Connor O'Neill lauschte schweigend Hamptons Worten. Natürlich mochte er den verflixten Engländer inzwischen und bewunderte ihn sogar, aber nur, weil er sich von einem trügerischen Sicherheitsgefühl hatte einlullen lassen. Er hatte an die Zurückhaltung seines unwilligen Gastes gegenüber seiner Tochter geglaubt und die Ausritte mit Hampton wirklich genossen. Der Mann war unterhaltend, außerordentlich intelligent und interessierte sich für alles, was er sah. Er stellte kluge Fragen, gab kenntnisreiche Meinungen und besaß einen scharfen Verstand.

Aber als Ehemann seiner Tochter?

So nett Hampton auch sein mochte, er war ein Feind, ein Mann, der seinen Lebensunterhalt damit verdiente, daß er amerikanische Schiffe kaperte, und – was das schlimmste war – er würde Samara mit nach England nehmen.

»Nein«, sagte Connor und blickte erst seine Frau und anschließend Hampton an. Samara hatte er aus der Bibliothek verbannt, sobald ihm klar wurde, worüber der Engländer mit ihm reden wollte. »Nein«, wiederholte er, »ich gebe Ihnen meine Zustimmung nicht.«

Samantha saß auf der Couch und lächelte rätselhaft. Sie war äußerst befriedigt. Zwar wollte sie Samara ebensowenig nach England verlieren wie ihr Ehemann, aber seit ihre Tochter den Namen Raymond Hampton erwähnt hatte, hatte sie gewußt, daß nur er sie glücklich machen würde. Sollte Connor ruhig innerlich kochen, er würde sich schon wieder beruhigen und seine Einwilligung geben. Zum Glück mochte er Raymond, das hatte er ihr mehr als einmal im Schlafzimmer gestanden.

»Und wie wollen Sie Samara ernähren?« fragte er jetzt. »Indem Sie amerikanische Schiffe kapern?«

Raymond konnte sich das Lächeln nicht verkneifen. »Wie Ihr

Sohn englische Schiffe kapert?« erwiderte er, und seine Augen blitzten streitlustig.

»Der Teufel soll Sie holen«, brummte Connor. Dieser Mann konnte mit seinem Charme einen Tiger dazu bringen, ihm aus der Hand zu fressen.

Raymond fand es an der Zeit, sich wieder zusammenzunehmen. »Ich jage keine amerikanischen Schiffe mehr, sondern französische. Das ist etwas anderes.«

»Meine Güte, es kämen so viele Männer aus dieser Gegend für Samara in Frage . . .« murmelte Connor.

»Samaras Freundin Emily erzählte mir, daß ihr alle zu Füßen liegen. Ich begreife, daß Sie sich in einer mißlichen Lage befinden, Sir«, erklärte Raymond und sah zu Samantha hinüber. Sie zwinkerte ihm zu. Ihre Zustimmung hatte er zweifellos.

Connor hatte die Bewegung ebenfalls bemerkt, und sie trug nicht gerade zu seiner Erheiterung bei. »Sie auch, Madam? Sie möchten ebenfalls, daß Ihre Tochter nach England geht?«

»Samara sollte South Carolina nicht verlassen, bevor der Krieg beendet ist«, warf Raymond ein. »Anschließend . . . Vielleicht werde ich mir hier oder in Virginia Land kaufen. Ich möchte Samara nicht zumuten, bei meinem Bruder zu wohnen . . .« Er sprach so aufrichtig, daß Connor einen Moment schwieg. Erneut sah er Samantha an und erinnerte sich, welch ein Graben sie beide einst getrennt hatte. Trotzdem hatten sie sich gefunden, und ihre Liebe nahm noch heute täglich zu.

Langsam begann er zu lächeln. »Sie bleiben immer noch ein Engländer, aber – zum Teufel – ich mag Sie. Und das kann ich von keinem der jungen Kerle behaupten, die hier herumlungern.«

Damit war ihr Gespräch beendet.

Samara fragte sich, wie ein Mensch so glücklich sein konnte. Sie saß am Flußufer und hatte sich mit dem Rücken an die feste Brust ihres Zukünftigen gelehnt.

Ihr Zukünftiger. Welch ein herrliches Wort! Sie konnte kaum glauben, daß sie eines Tages die Ehefrau dieses wunderbaren Mannes sein würde, und begriff immer noch nicht recht, weshalb er ausgerechnet sie wollte. Tief im Innern spürte sie ein Körnchen Angst, daß sie in einer Traumwelt lebte, die wieder in sich zusammenfallen könnte. Doch sobald sie Raymond ansah, war die nagende Ungewißheit verflogen.

Raymond freute sich, daß Samaras Gesicht vor Liebe strahlte. Sie hatte frischen Wind in sein Leben gebracht, denn er wußte nie genau, was sie als nächstes tat. Dabei war sie bescheiden und hatte erfreulicherweise keine Ahnung, wie hübsch sie war.

Nie konnte er sicher sein, welche Farbe ihre Augen besaßen. Sie wechselte mit ihrer Stimmung, den Tönen ihres Kleides oder des Himmels, ja selbst der See. Heute nachmittag waren die Augen rauchig und ausdrucksvoll wie auf einem Gemälde, und er war glücklich über die Freude, die sie widerspiegelten.

Er hatte die Worte »Ich liebe dich« in der Höhle nicht aussprechen wollen. Aber sie waren ihm so leicht über die Lippen gekommen, und er hatte sie ernst gemeint. Wahrscheinlich hatte er sich schon am ersten Abend auf dem Schiff in Samara verliebt.

Raymond zog Samara mit dem rechten Arm fester an sich und spielte mit dem Finger seiner Linken in ihren seidigen Locken. Sie drängte sich enger an ihn, um sich an diesem frühen Wintertag an ihm zu wärmen. Bisher hatte er sorgsam darauf geachtet, daß sich jener Wahnsinn in der Höhle nicht wiederholte, und jedem Versuch von Samara widerstanden, ihn dorthin zu locken. Auch wenn sein Körper vor Verlangen schmerzte, würde er warten, bis sie verheiratet waren. Er konnte nur hoffen, daß der Krieg bald zu Ende ging.

Samaras und seine gemeinsame Zeit war beinahe vorüber. O'Neill hatte die Nachricht erhalten, daß Brendan in der Mündung einer der zahlreichen Flüsse ankerte. Seine Reise war äußerst erfolgreich gewesen, und die »Samara« war kaum beschädigt worden. Brendan wollte sie reparieren lassen, neue Vorräte an Bord nehmen und anschließend zu einem kurzen Besuch nach Glen Woods kommen. Diese Heimkehr bedeutete, daß Raymond das Land verlassen mußte.

Samara hatte in der vergangenen Woche gebeten und gefleht, mit Raymond gehen zu dürfen. Aber ihr Vater und er waren sich in diesem Punkt einig: Keinesfalls durfte Samara noch einmal in Lebensgefahr geraten. Fortlaufen würde sie nicht. Deshalb hatte sie das heutige Picknick, vielleicht das letzte für lange Zeit, so sorgfältig vorbereitet.

Samara dreht den Kopf, zog mit den Zähnen an Raymonds blondem Brusthaar unter seinem offenen Hemd, und tastete mit der Zunge über seine nach Moschus riechende Haut. Ihre Hände glitten über seine Muskelstränge an den Schultern und auf seiner Brust, und sie hob den Kopf und sah ihn an, um sich jede Einzelheit des geliebten Gesichtes fest einzuprägen.

Raymond faßte die Locke, mit der er gerade gespielt hatte, fester, denn sein Körper reagierte sofort auf Samaras Liebkosungen. Sie sah ihn so zärtlich und gleichzeitig so leidenschaftlich an. Wie sehr er sie liebte! Schon bebte er am ganzen Leib. Er beugte sich hinab, strich unendlich zärtlich mit den Lippen über ihren Mund und wünschte nur noch, sie in den Armen zu halten und eins mit ihr zu werden.

»Samara . . . Liebling, wir dürfen nicht weitermachen.«

»Hm . . .« schnurrte sie sinnlich, und sein Entschluß geriet immer stärker ins Wanken. Er mußte richtig lachen, denn er hätte nie geglaubt, daß dieses Kätzchen – seine Wildkatze – ihn in weiches Wachs verwandeln könnte.

Er versuchte es erneut. »Ich glaube, wir sollten erst einmal etwas essen.«

»Warum?« flüsterte sie und reizte seine Haut erneut.

Diese kleine Hexe wollte ihn verführen, und sie tat es gar nicht schlecht. Siedend heiß lief es Raymond durch alle Adern. Verflixt noch mal! Dann konnte er nicht mehr klar denken, sondern überließ sich ganz ihren feurigen Zauberkünsten.

Später lagen sie im Gras und hielten sich an den Händen. Ihre Körper bebten immer noch. Mit geradezu übermenschlicher Willenskraft hatte Raymond dafür gesorgt, daß sich sein Samen nicht mit ihr vereinte. Doch das hatte ihre Lust und ihre Ekstase nur noch erhöht.

»Ich weiß nicht, ob ich es ohne dich aushalte«, sagte Samara mit zitternden Lippen.

Er rollte sich zu ihr, und sein nackter Körper glänzte vor Schweiß. Ihm machte die Kälte nichts aus, während Samara unter der Wolldecke lag, die sie mitgebracht hatten.

»Ich auch nicht, Liebling. Mir wird es nicht besser gehen – falls es dir ein Trost sein kann.«

Elendig schüttelte sie den Kopf. Nichts konnte sie trösten. Raymond würde in Bermuda oder in England von Dutzenden williger Frauen umgeben sein, die allesamt attraktiv, adelig und sehr gebildet waren.

Er bemerkte den Schatten in ihren Augen und deutete ihn richtig.

»Bis ich dich kennenlernte, wollte ich mit keiner Frau Tag und Nacht zusammensein und mein Leben mit ihr teilen. Das mußt du mir glauben, Samara.«

Sie legte die Arme um ihn, barg ihr Gesicht an seiner Brust und weinte verzweifelt.

Raymond hielt sie fest, versuchte sie zu trösten und merkte nicht, daß seine Augen ebenfalls feucht wurden.

Raymond machte mit Connor einen Besuch auf Chatham Oaks, als Brendan die Plantage der O'Neills erreichte. Der Engländer wollte soviel wie möglich über die Arbeit auf den Pflanzungen erfahren und interessierte sich besonders für Jeremys neue Frucht – den Tabak –, der eines Tages den Indigo auf seinen Feldern ersetzen sollte.

Von der Familie waren nur Samantha und Samara anwesend, als die ersten Rufe ertönten: »Mr. Bren! Mr. Bren kommt nach Hause!«

Beide strahlten, auch Samara, obwohl sie wußte, daß Raymond nun bald abreisen würde. Sie hatte ihren ältesten Bruder seit Monaten nicht gesehen und mußte ihm soviel erzählen. Seine Zustimmung war ihr am wichtigsten. Aber sie würde ihm nichts verraten, sondern ihn erst mit der wunderbaren Nachricht überraschen, wenn Raymond zurückgekehrt war.

Brendan zog seine Schwester fest an sich, machte sich wieder los und sah sie eindringlich an. Samaras Augen leuchteten wie früher, ihr Gesicht strahlte vor Glück, und sie wirkte außerordentlich zufrieden.

Lächelnd umfaßte er mit seinen großen Händen ihre schmale Taille und wirbelte sie herum, und sie lachte laut vor Freude.

»Du siehst aus wie eine verliebte Frau«, meinte er, nachdem er Samara wieder abgesetzt hatte.

»Ja, o ja!« rief sie freudig erregt.

Welch ein Glück, daß Samara über die Trennung von Hampton hinweg ist, dachte Brendan. Er war sich nicht sicher gewesen, ob er seiner Schwester erzählen sollte, daß der Kapitän sich vor seinem Tod noch mit der Witwe eines englischen Earls verlobt hatte. Die Nachricht hatte in einer englischen Zeitung gestanden, die er auf einem gekaperten Schiff gefunden hatte.

»Darf ich fragen, wer der glückliche Mann ist?« erkundigte er sich und sah Samara herzlich an.

»Du mußt noch warten«, antwortete Samara spielerisch. »Er wird zum Abendessen da sein.«

»So lange willst du mich auf die Folter spannen? Sag mir zumindest, ob ich mit ihm einverstanden sein werde.«

Sie blickte ihn schelmisch an. »Das glaube ich bestimmt, großer Bruder«, sagte sie und umarmte ihn erneut. »O Bren, ich bin so glücklich.«

Er beugte sich vor und küßte sie auf die Stirn. »Ich kann es gar nicht erwarten, diesen Glückspilz kennenzulernen.«

Bren sah auf und zwinkerte seiner Mutter zu, die oben auf der Veranda stand und ebenfalls sehr zufrieden wirkte. Er eilte die Treppe hinauf und zog sie ebenfalls in die Arme. »Und du bist auch einverstanden?«

»Von ganzem Herzen«, antwortete Samantha. »Wie lange bleibst du?«

»Leider nur kurz. Das Schiff wird schon wieder beladen, und ich werde gebraucht. Wenn wir den Engländern genügend zusetzen, werden ihre Kaufleute bald auf Frieden drängen. Sie können sich den Krieg nicht mehr lange leisten.« Er lächelte wie zur Entschuldigung. »Tut mir leid, ich wollte euch keine Vorträge halten. Komm, kleine Schwester, erzähl mir mehr über diesen mysteriösen Verehrer.«

»Ich bin mit ihm verlobt!« erklärte Samara stolz.

Bren fuhr herum und strahlte vor Freude. »Ich wünsche dir von Herzen alles Gute, Samara. Du hast es verdient. Ich hatte solche Angst . . .« Er hielt inne, denn er wollte ihre gute Laune nicht verderben.

»Wovor hattest du Angst«, fragte Samara. Sie vermutete, daß er ihre Sehnsucht nach Raymond Hampton meinte, und wollte ihn noch etwas aufziehen. Das würde die Überraschung um so schöner machen.

»Daß . . . Daß du . . .«

»Daß ich Kapitän Hampton ewig nachtrauern würde?«

Bren sah sie unsicher an.

»Du siehst«, meinte Samara leichthin, »deine Sorge war überflüssig. Ich bin keinesfalls vor Schmerz zerbrochen.«

Brendan atmete erleichtert auf. »Das ist gut, denn . . .«

Wieder drängte sie ihn, weiterzusprechen. »Denn?«

»Auf einem der englischen Schiffe, das wir gekapert hatten, lagen ein paar Zeitungen. Darin stand ein Bericht über Hamptons Verlobung.«

Alle Farbe wich aus Samaras Gesicht, und sie wurde kreidebleich. Verblüfft sah Brendan zu seiner Mutter hinüber und bemerkte auch deren ungläubige Miene.

»Wann . . . Wann – war – das?« stieß Samara endlich hervor. «Und mit wem hatte er sich verlobt?«

Brendan blickte verwirrt in die Runde. Irgend etwas stimmte hier nicht. War es möglich, daß seine Schwester doch noch an Hampton hing, obwohl sie sich gerade mit jemand anders verlobt hatte? Behutsam antwortete er: »Offensichtlich, nachdem wir Bermuda verlassen hatten. Seine Verlobte hieß Lady Stanton.« Daß man in den Zeitungen von einer bevorstehenden Liebesheirat gesprochen hatte, erwähnte er lieber nicht. Statt dessen fuhr er fort: »Du weißt doch, daß Ehen in England meistens von den Familien ausgehandelt werden.«

Doch mit dieser Bemerkung konnte Brendan Samaras Schmerz nicht lindern, denn sie kannte Raymonds Charakter besser. Niemals hätte er sich zu einer Verlobung zwingen lassen, das hatte er ihr selbst gesagt. Und er hatte noch so viele andere Dinge gesagt . . .

Er hatte ihr versichert, daß er nie zuvor einer anderen Frau versprochen gewesen wäre. Kein Wunder, daß er ohne sie fortgehen wollte – er würde nicht zurückkommen. Für ihn war alles nur ein Zeitvertreib, vielleicht sogar eine Art Rache. Welch ein Dummkopf war sie gewesen!

Bren blickte in Samaras schmerzverzerrtes Gesicht und war zu verblüfft, um etwas zu sagen. Seine Mutter, die sonst nichts erschüttern konnte, sah aus, als hätte sie einen Geist gesehen.

Samantha bewahrte tatsächlich nur mühsam die Fassung. Es mußte eine Erklärung geben, sie konnte sich nicht restlos geirrt haben. »Vielleicht handelte es sich um einen anderen Hampton«, meinte sie vorsichtig.

Brendan begriff nicht, weshalb das so wichtig war.

»Nein, Mutter«, antwortete er. »In dem Artikel hieß es, er sei ein Bruder des Earl of Beddingfield und Kapitän der ›Unicorn‹?« Er sah sie lange fragend an. »Weshalb ist das für dich und Samara so ...«

»Raymond Hampton ist der Mann, den du heute abend treffen wirst«, sagte seine Mutter langsam. »Er ist der Mann, den Samara heiraten wollte.«

»Verdammt noch mal!« Brendan war so wütend, daß er die Anwesenheit der beiden Frauen vergaß und ausgiebig fluchte.

Samara zuckte zusammen, obwohl sie ihrem Bruder heimlich zustimmte. Schließlich fragte er: »Wie hat er überlebt?«

»Er konnte ans Ufer schwimmen, als sein Schiff sank. Samara traf ihn auf der Plantage der Fontaines wieder.«

Brendan hatte den Arm um seine Schwester gelegt und merkte, wie sich ihr Körper straffte, während die Mutter alles erzählte. Als Samantha geendet hatte, zuckten seine Wangenmuskeln heftig.

Alle Zuneigung und der Respekt, den er für Hampton empfunden hatte, verschwand. Der Engländer hatte sich nicht nur als Spion erwiesen, er hatte auch die Gastfreundschaft seines Vaters und Samaras Unerfahrenheit ausgenutzt. Die offizielle Verlobung in England hatte nur wenige Wochen vor dem Untergang der »Unicorn« stattgefunden. Brendan wagte gar nicht daran zu denken, was geschehen wäre, wenn seine Schwester den Artikel gelesen hätte. Liebesheirat! Verdammter Kerl.

»Dieser Schurke, ich bringe ihn um«, sagte er gepreßt.

Langsam kam Samara wieder zu sich. Brendan durfte sein Leben ihretwegen nicht aufs Spiel setzen, denn der Ausgang eines Kampfes zwischen den beiden Männern war ziemlich klar. Selbst Bren war dem gefährlichen Kapitän Hampton vermutlich nicht gewachsen.

»Nein«, erklärte sie entschlossen. »Das kommt nicht in Frage.« Trotz seiner Verärgerung bewunderte Brendan seine Schwester für diese Haltung. Sie wurde langsam erwachsen. Aber zu welchem Preis! Am liebsten hätte er Hampton mit den eigenen Händen in Stücke zerrissen.

»Hat – hat er – dich angerührt?« fragte er endlich leise.

Samara zitterte innerlich. Sie durfte die Wahrheit nicht sagen. Ihre Familie würde Raymond umbringen – oder umgekehrt. Oder ihr Vater würde auf einer sofortigen Heirat bestehen, die sie jetzt keinesfalls mehr wollte. Deshalb sammelte sie alle Kraft und erklärte mit sicherer Stimme: »Nein, er hat mich – nur geküßt.«

Brendan sah sie eindringlich an, und Samara riß sich zusammen, damit er die Wahrheit nicht erriet.

»Welch ein Glück«, sagte er befriedigt. »Aber was jetzt? Ich werde mich hüten, den Kerl in Sicherheit zu bringen, nachdem er meiner Schwester derart mitgespielt hat.«

Samantha schüttelte den Kopf. »Connor hat ihm sein Wort gegeben. Außerdem«, fuhr sie hoffnungsvoll fort, »könnte es immer noch eine Erklärung für alles geben.«

Samara unterbrach ihre Mutter. »Es gibt keine Erklärung«, sagte sie tonlos. »Er hat über so viele Dinge gelogen.« Noch nie hatte sie sich so kalt und leer gefühlt. Sie strich sich über das Gesicht und versuchte, die Erinnerungen an die Höhle und das Flußufer fortzuwischen. Wie bereitwillig hatte sie sich ihm in die Arme geworfen ... Sie hatte es ihm ja so leicht gemacht ...

Selbst jetzt zitterte sie noch innerlich bei dem Gedanken an seine leisen verführerischen Liebesworte.

Ich muß fort, dachte sie. Ich kann Raymond nicht noch einmal gegenübertreten, denn er darf nicht merken, wie tief er mich verletzt hat.

»Ich möchte zu Melanie nach Charleston, bevor er zurückkehrt«, sagte Samara entschlossen. »Bitte, Mutter, laß mich fahren.

»Ich finde, wir sollten Kapitän Hampton Gelegenheit geben ...«, begann Samantha unsicher.

»Er hat mich angelogen, Mutter, dafür gibt es keine Erklärung. Bitte, laß mich meinen Stolz bewahren. Er soll denken, ich hätte ihn verlassen.«

»Ich weiß nicht recht ...«

Bren unterbrach seine Mutter. »Wenn ich ihm nicht den Hals umdrehen soll, ist das sicher die beste Lösung. Ihr beide könntet sofort mit Caesar nach Charleston fahren. Francis ist gerade zu Hause. Bittet ihn, sofort herzukommen. Wir werden Hampton schon morgen auf das Schiff bringen – notfalls gefesselt. Je schneller wir ihn los sind, desto besser. Hätte Vater ihm nicht sein Wort gegeben, würde ich ihn mit größtem Vergnügen hängen sehen.«

»Ich möchte nicht, daß Vater oder Francis erfahren – weshalb«, sagte Samara. »Sie würden ihn zum Duell auffordern. Sag ihnen bitte, ich hätte es mir anders überlegt und wolle doch keinen Engländer heiraten. Ich wäre fortgegangen, um eine Auseinandersetzung mit ihm zu vermeiden.«

Brendan zögerte. Er hatte seinen Vater nie angelogen, aber Samara hatte recht. Connor würde Hampton herausfordern und vermutlich bei einem Duell getötet werden. Vorsichtig half er seiner Schwester auf.

»Wenn du fort sein möchtest, bevor die anderen zurück sind, solltest du dich beeilen«, sagte er leise.

Nach einem ausgesprochen angenehmen Tag kehrten Connor und Raymond nach Glen Woods zurück. Im Pferdestall erfuhren sie, daß Brendan endlich angekommen war. Samantha und Samara waren dagegen mit der Kutsche fortgefahren, und die Pferdeknechte wußten nicht, wann sie zurückerwartet wurden.

Raymond war enttäuscht. Brendans Ankunft bedeutete, daß

seine Zeit auf Glen Woods zu Ende ging, und er wollte jede freie Minute mit Samara verbringen. Andererseits freute er sich auf das Wiedersehen mit dem ältesten O'Neill. Es gab nur wenige Männer, denen er sich so verbunden fühlte. Er wußte, wie nahe sich Bruder und Schwester standen, und ihm lag viel an Brendans Freundschaft und Zustimmung zu der geplanten Heirat.

Freudig erregt betrat er die Bibliothek und ging mit ausgestreckten Händen strahlend auf Brendan zu. Doch sein Lächeln erstarb, sobald er die eisige Miene des ältesten Sohns der O'Neills bemerkte. Ergeben ließ er die Arme sinken und beobachtete Brendan argwöhnisch. Eine gefährliche Stimmung lag im Raum, er spürte sie geradezu körperlich. Ahnungsvoll ballte er die Fäuste.

»Sie wissen also schon alles«, sagte Raymond leise. »Ich habe Samara gebeten, meine Frau zu werden, und hoffte, Sie würden sich darüber freuen.«

»Es gibt weder eine Verlobung noch eine Heirat«, erklärte Brendan hart und sah Raymond eiskalt an. Sein Gesicht drückte heftige Verachtung aus. »Samara hat es sich anders überlegt und ist fortgefahren, bis Sie mit mir abreisen. Wir fahren morgen früh.«

»Sie lügen«, schnarrte Raymond.

»Ich glaube, das können Sie viel besser als ich«, antwortete Brendan grob. »Aber Sie irren sich. Meine Schwester will keinen Mann Ihrer Nationalität, Ihres Berufs oder Ihres Charakters heiraten.«

Raymond lief es eiskalt den Rücken hinab. Was in aller Welt war geschehen? Er trat einen Schritt vor. »Brendan . . .« Seine Stimme klang geradezu flehentlich.

O'Neills Miene wurde noch härter. »Machen Sie sich zur Abreise bei Morgenanbruch bereit.«

»Nicht bevor ich mit Samara gesprochen habe«, erklärte Raymond entschlossen.

»Sie will nicht mit Ihnen sprechen. Weder jetzt noch überhaupt. Sie weiß, daß sie einen Fehler begangen hat.«

»Ich glaube Ihnen nicht.«

»Das ist mir gleichgültig, Hampton. Sie werden Glen Woods heute nacht nicht verlassen und morgen mit mir fahren, selbst wenn ich Sie dafür an Händen und Füßen fesseln müßte. Mein Vater hat versprochen, Sie in Sicherheit zu bringen, und ich respektiere sein Wort. Aber Sie sind ein Spion, und es könnte mir ziemlich gleichgültig sein, wie bequem Sie reisen.«

Brendans Feindseligkeit war nicht nur durch seine sehr kurze, ziemlich unglücklich verlaufene Spionagetätigkeit zu erklären, das merkte Raymond genau. Die beiden Männer starrten sich noch an, als Connor die Bibliothek betrat. Auch sein Lächeln erstarb, sobald er die Spannung im Raum bemerkte.

»Brendan – schön, daß du gekommen bist. Du weißt schon . . .«

»Samara hat beschlossen, die Verlobung wieder zu lösen«, unterbrach Brendan den Vater. »Sie glaubt, daß sie nicht in England leben könnte.«

»Aber Raymond will doch . . .«

»Samara ist für einige Tage zu Freunden gefahren. Mutter begleitet sie. Ich selbst muß schon morgen wieder auf mein Schiff, und Hampton wird mitkommen.«

»Aber . . .« begann Connor.

»Es ist Samaras ausdrücklicher Wunsch«, erklärte Brendan.

»Ich begreife das nicht.« Connor wurde richtig ärgerlich. Raymond Hampton war ein Gast seines Hauses, ein Freund. »Wo ist Samara? Sie ist Raymond eine Erklärung schuldig.«

»Sie ist ihm überhaupt nichts schuldig.« Diese Feststellung klang so verbittert, daß der ältere O'Neill erschrocken schwieg. Ein solches Verhalten paßte überhaupt nicht zu seinem Sohn, und Connor ahnte, daß Brendan ihm etwas Wichtiges verschwieg. Offensichtlich wollte er in Gegenwart des Kapitäns nicht darüber reden. Deshalb drehte er sich zu Hampton.

»Ich möchte mit meinem Sohn allein sprechen.«

Raymond, der seine Verärgerung kaum noch zügeln konnte, zuckte gleichmütig die Schultern. Nur seine gespannten Wangenmuskeln und der entschlossene Zug um seinen Mund verrieten seine wahren Gefühle.

»Ich werde Glen Woods nicht verlassen, ohne vorher mit Samara gesprochen zu haben«, verkündete er und ging zur Tür. Wütend drehte er sich noch einmal um und sah die beiden O'Neills herausfordernd an.

Trügerisch ruhig betrat er die Veranda und betrachtete die kahlen Bäume. Zum erstenmal merkte er, wie verlassen sie ohne ihr reiches Sommerlaub wirkten, und schluckte. In weniger als einer Stunde waren alle seine Träume zerstört worden.

Langsam legte sich Raymonds Wut und machte einer schmerzlichen Leere Platz. Er fühlte sich innerlich ausgehöhlt und war zutiefst verunsichert. Samara liebte ihn, dessen war er gewiß. Und er hatte nicht bezweifelt, daß sie ihn ebenso gern heiraten wollte wie er sie. Vielleicht glaubte sie inzwischen tatsächlich, daß zuviel zwischen ihnen stand. Andererseits hatte sie sich ihm so freimütig, so liebevoll hingegeben . . .

Was hatte Brendan ihr erzählt? Weshalb war der Amerikaner zu einem erbitterten Feind geworden? Noch vor einem Jahr waren sie beinahe Freunde gewesen. Er erinnerte sich an Brens letzte Worte in Bermuda: »Es war mir eine Ehre . . .«

Langsam stieg er die Treppe hinab und wanderte ziellos durch die Dunkelheit.

»Ich begreife einfach nicht, weshalb Samara so etwas getan hat.« O'Neills Stimme klang lauter als notwendig. »Ich hatte sie noch nie so glücklich erlebt.«

Brendan wandte sich ab und starrte auf die Bücherregale. Er konnte seinem Vater nicht in die Augen sehen. »Wahrscheinlich hat sie erst jetzt richtig begriffen, was es heißt, mit einem Feind verlobt zu sein, der wieder hinauszieht und gegen das eigene Land und vielleicht sogar gegen die eigene Familie kämpfen wird.«

»Das ist doch Unsinn«, stieß Connor hervor. »Raymond hat versichert, er werde keine amerikanischen Schiffe mehr angreifen. Und wen interessieren schon die Franzosen? Sie haben uns lange genug Ärger bereitet.«

Brendan fuhr herum und sah seinen Vater beinahe anklagend an. »Er hat dich also auch eingewickelt. Betrachte Hampton doch mal so, wie er wirklich ist. Hat er dir die Namen seiner Komplizen verraten? Er muß Helfer gehabt haben. Was wissen wir tatsächlich von ihm? Er könnte ebensogut verheiratet oder zumindest verlobt sein. Englische Adelige heiraten keine bürgerlichen Mädchen. Sie heiraten auch nicht aus Liebe, sondern ihre Familien wählen die Bräute sorgfältig für sie aus. Hast du je daran gedacht, daß Hampton meine Schwester vielleicht nur ausgenutzt hat? Daß er euch alle ausgenutzt hat?« Erschrocken hielt er inne. So unverschämt hatte er noch nie mit seinem Vater gesprochen und war entschieden zu weit gegangen.

»Ich dachte, Hampton wäre dein Freund«, sagte O'Neill kühl. »So hatte ich dich vor einigen Monaten zumindest verstanden.«

»Da wußte ich noch nicht, daß er ein verdammter Spion ist«, antwortete Bren und überlegte seine nächsten Worte genau.

»Das erklärt Samaras Verhalten immer noch nicht«, fuhr der Vater hartnäckig fort. »Sie wußte davon, und es war ihr gleichgültig.«

Vorsichtig versuchte Brendan, sich aus der Affäre zu ziehen. »Sie braucht eben mehr Zeit zum Nachdenken, und dafür möchte sie allein sein.«

»Samara ist noch nie vor einem Problem davongelaufen.«

Brendan runzelte die Stirn. »Dieses ist größer als alle bisherigen.« Dann spielte er seinen Triumph aus. »Mutter war mit der Reise sofort einverstanden.«

Connor sah seinen Sohn ungläubig an. Samantha hatte von Anfang an auf Raymonds Seite gestanden und war überzeugt gewesen, daß ihre Tochter und der Kapitän füreinander bestimmt wären. Nicht zuletzt deshalb hatte er nachgegeben. Erst später hatte er Raymond schätzen gelernt und ihn beinahe als Familienmitglied betrachtet.

»Du verschweigst mir irgend etwas«, erklärte er.

»Da ist nichts. Eine Verlobung würde Samara jetzt nur belasten. Der Krieg kann noch ein, zwei oder sogar drei Jahre dauern. Hampton könnte getötet werden oder es sich inzwischen anders überlegen.

Deshalb ist es nur sinnvoll, wenn sie warten, bis Frieden herrscht. Wenn beide dann immer noch etwas füreinander empfinden, könnte Raymond zurückkehren, und wir wüßten, daß er sie wirklich liebt.«

»Damit wird er nicht einverstanden sein.«

Brendans Stimme wurde härter. »Das ist mir gleichgültig. Hampton bringt unsere ganze Familie in Gefahr, gar nicht zu reden von seinem eigenen Schicksal, falls er entdeckt wird. Und was würde Samara davon halten?«

Der letzten Bemerkung konnte Connor nur zustimmen. Es war ziemlich mühsam, Hampton jedesmal zu verstecken, wenn ein Besucher auftauchte. In der Gemeinde fragte man sich schon, weshalb sich die gastfreundlichen O'Neills plötzlich derart absonderten.

Trotzdem war Connor äußerst verärgert. Seine Familie benahm sich abscheulich, und er konnte nichts dagegen unternehmen. Hampton war tatsächlich in großer Gefahr. Er mußte ihn davon überzeugen, daß Samaras Zweifel normal waren und daß sie sie gewiß überwinden und auf ihn warten werde.

Wahrscheinlich ist es tatsächlich am besten, wenn Hampton bald abreist, dachte er widerstrebend.

Raymond war draußen bei den Pferdeställen. Er lehnte am Zaun und drehte sich nicht herum, als der alte O'Neill herankam.

Tiefes Bedauern, ja Schmerz lag in Connors Stimme. »Es tut mir furchtbar leid, Raymond. Vielleicht könnten Sie nach ...« Er brach ab. An Hamptons Stelle hätte er gar nicht mehr zugehört.

»Ich werde morgen abreisebereit sein«, antwortete Raymond. Wider Willen verriet sein Tonfall, wie verletzt er war. Was hatte er nicht von diesem Tag erwartet! Mit einer Hand klammerte er sich an den Zaun, drehte sich langsam zu Connor und fügte leise hinzu: »Ich weiß, daß Sie viel für mich gewagt haben, und werde dafür sorgen, daß Sie es nie bereuen.« Er sah O'Neill eindringlich an, wandte sich ruhig ab und kehrte ins Haus zurück.

Connor O'Neill blickte ihm nach und hätte in diesem Augenblick am liebsten seiner ganzen Familie den Hals umgedreht.

17. KAPITEL

Es war das traurigste Weihnachtsfest, das Samara je erlebt hatte. Und das war um so schlimmer, als es ihr schönstes hätte werden sollen.

Als sie vor zehn Tagen aus Charleston zurückgekehrt war, war Raymond schon fort gewesen. Halbherzig hatte sie ihre Weihnachtsgeschenke verpackt. Nur eines hatte sie tief in ihre Truhe gestopft: den Schal, an dem sie nächtelang für Raymond gestrickt hatte, weil sie im stillen hoffte, er würde vielleicht doch noch bis Weihnachten bleiben. Er hätte etwas ganz Persönliches von ihr bekommen sollen.

Wo mochte er jetzt sein? Auf dem Weg nach England und zu der Frau, die er heiraten wollte? Oder hatte er ein neues Schiff gefunden und kämpfte wieder gegen die Amerikaner? Nein, so schnell ging das nicht. Vermutlich feierte er zur Zeit irgendwo seine Freiheit.

Schon bei dem Gedanken an Raymond füllten sich Samaras Augen erneut mit Tränen. Bevor sie den Kapitän kennenlernte, hatte sie selten geweint. Ihre Brüder hielten es für unmännlich, und sie hatte es ihnen nachtun wollen. Jetzt kamen ihr ständig die Tränen, zu den unerwartetsten Augenblicken.

»Samara.« Der Vater unterbrach ihre Gedanken.

Rasch trocknete Samara ihr Gesicht und drehte sich zögernd zu ihm.

O'Neills Stimme wurde weich. Er hatte seiner Tochter nicht verschwiegen, wie verärgert er war. Zum erstenmal hatte Samara ihn tief enttäuscht. Seiner Ansicht nach hätte sie persönlich mit Raymond reden müssen. So heftig hatte er sie getadelt, daß seine Frau ihm schließlich den wahren Grund für die Auflösung der Verlobung genannt hatte.

Zu Samanthas Verwunderung war Connor noch wütender geworden.

»Hampton wollte Land in Virginia kaufen, damit Samara ihre Heimat nicht verlassen mußte und in unserer Nähe leben konnte. Redet so ein Mann, der eine andere Frau heiraten will?«

»Vielleicht wollte er nur ...«

Connor hatte sie unterbrochen. »Kein Mann bittet derart eindringlich um die Hand einer Frau, wenn es ihm nicht ernst ist. Und niemand sieht eine Frau so an, wie er Samara angesehen hat, wenn er sie nicht liebt.« Immer erregter war er im Zimmer auf und ab gelaufen. »Du solltest besser als jeder andere wissen, wieviel Schaden man anrichten kann, wenn man die Wahrheit verschweigt.«

»Du hättest Samara sehen sollen. Sie hat mich so gebeten, dir nichts zu sagen.«

»Ich sehe sie jetzt«, hatte Connor grob erklärt. »Meine Güte, weshalb habt ihr Hampton nicht Gelegenheit gegeben, alles zu erklären?«

Samantha hatte nur elendig den Kopf geschüttelt. »Was sollen wir jetzt tun?«

»Das weiß ich auch nicht«, hatte er kläglich geantwortet. »Wäre ich an Raymonds Stelle, wollte ich nichts mehr mit unserer Familie zu tun haben. Ich werde versuchen, ihm nach Bermuda und England zu schreiben, aber wer weiß, ob mir eine Erklärung gelingt und wo und wie sie ihn erreicht ...«

Nun saß Connor an diesem Weihnachtsnachmittag schweigend neben seiner Tochter und spürte deren Schmerz. Noch zögerte er, ob er ihr das Geschenk geben sollte, das er in Händen hielt. Aber er hatte es Raymond versprochen. Der Kapitän hatte es lange vor Brendans Ankunft selbst entworfen und über O'Neill bei einem Silberschmied bestellt. Am Morgen seiner Abreise hatte er Connor gebeten, Samara das Geschenk am Weihnachtstag auszuhändigen.

Connor reichte seiner Tochter das Päckchen. »Das ist von Raymond. Ich dachte, du möchtest es vielleicht erst auspacken, wenn du allein bist.« Er stand auf und verließ das Zimmer.

Samara hatte geglaubt, elender als heute könne ihr nicht mehr werden. Aber es wurde noch schlimmer. Sie hielt das Päckchen eine ganze Weile in der Hand, dann wickelte sie es langsam aus.

Sorgfältig in blauen Samt gewickelt, war eine kleine Silbermedaille. Auf der einen Seite war zierlich ein Schoner eingraviert, auf der anderen eine Weinflasche.

Samaras rechte Hand schloß sich um das Silberstück, und sie spürte beinahe körperlich die Liebe, mit der es entworfen worden war. Vor ihren inneren Augen sah sie das schelmische Lachen in Raymonds Augen und seinen lächelnden Mund.

Nicht zum erstenmal überlegte sie, ob sie Hampton zu schnell verurteilt und übereilt gehandelt hatte. Hatte sie in ihrer Unsicherheit und Sorge etwas Wunderbares achtlos zerstört?

»Habe ich mich geirrt?« flüsterte sie. »Habe ich mich gründlich geirrt?« Mit beiden Armen umschloß sie ihre Knie und fragte sich, wie lange sie diesen Schmerz noch aushielt.

Raymond Hampton erhielt Connors Brief erst viele Monate später bei einem Besuch in Beddingfield.

Brendan hatte den Kapitän auf der »Samara« nach St. Augustine in Florida gebracht. Dort hatte Raymond ein Schiff nach Bermuda gefunden, wo Yancy und die restliche Mannschaft der »Unicorn«, die schon vor ein paar Wochen ausgetauscht worden waren, ihn erwarteten. Glücklicherweise hatte er noch einiges Geld aus früheren Beutezügen besessen. Damit hatte er die »Phoenix« gekauft, war mit ihr beinahe fünf Monate vor der französischen Küste gesegelt und hatte dort sechs Handelsschiffe gekapert.

Jetzt lag die »Phoenix« zur Reparatur in London, und Raymond nutzte die Zeit, um seinen Bruder zu besuchen.

»Wen kennst du denn in South Carolina?« fragte Avery sofort und deutete auf einen weißen Umschlag. Sein Zwillingsbruder hatte in seinen wenigen Briefen nichts von dem Amerika-Abenteuer erwähnt, sondern nur berichtet, daß er die »Unicorn« verloren und durch die »Phoenix« ersetzt habe.

Raymond erstarrte, als der den Namen South Carolina hörte, und sein Gesicht wurde trotz der Sonnenbräune blaß. Verärgert blickte er auf den Brief.

Avery zog eine Augenbraue in die Höhe. »Willst du ihn nicht öffnen? Leigh platzt beinahe vor Neugier – ganz zu schweigen von meinem eigenen brüderlichen Interesse.«

»Nein«, erklärte Raymond nur und ließ den verblüfften Avery allein. Trotz des langen Ritts von London und der späten Tageszeit ließ er sein Pferd wieder satteln, gab ihm die Sporen und ritt, als wäre der Teufel hinter ihm her – wie früher, wenn er sich als junger Mann über seinen Vater geärgert hatte. Er hatte gehofft, endlich über den Alptraum hinweg zu sein, den er in South Carolina erlebt hatte. Und nun dies!

Reiter und Pferd waren schweißgebadet, als sie endlich zum Gut zurückkehrten. Avery betrachtete seinen Bruder besorgt, und Leigh war völlig verwirrt.

»Würdest du mir bitte sagen, was los ist?« fragte Avery.

Raymond sah die beiden schuldbewußt an. Er hatte sich beinahe wie ein Irrer benommen. Deshalb beugte er sich vor und küßte Leigh auf die Wange. »Bitte, entschuldigt.«

»Du brauchst dich nicht zu entschuldigen«, antwortete Leigh ruhig, »nicht hier bei uns. Kann ich irgend etwas für dich tun?«

Raymond blickte an seinen schmutzbefleckten Kleidern hinab. »Ich glaube, ich brauche vor allem ein Bad.«

»Ich kümmere mich darum, dann könnt ihr beide euch unterhalten«, antwortete Leigh lächelnd. Sie verließ das Zimmer und schloß die Tür hinter sich.

Avery sah seinen Bruder eindringlich an. Raymond wirkte so unerreichbar, das hatte er früher nie erlebt. »Kann ich dir helfen?« fragte er schlicht.

Raymond lächelte kläglich. »Nein. Ich dachte, ich hätte alles überwunden . . .« Er blickte auf den Brief. »Wann ist er gekommen?«

»Ungefähr vor vier Monaten.«

»Gut, daß ich es nicht wußte.«

»Willst du ihn nicht öffnen?«

»Das muß ich wohl«, sagte Raymond, »sonst wird es noch schlimmer als jetzt.«

Avery betrachtete das verhärmte Gesicht des Bruders. »Ich lasse dich jetzt allein«, erklärte er, ging hinaus und schloß die Tür hinter sich.

Raymond nahm den Umschlag und wunderte sich über die kraftvolle Schrift. Wer hatte den Brief geschrieben? Samara nicht. Deren Handschrift kannte er. Connor? Brendan? Nein, Brendan sicher ebenfalls nicht. Der Gedanke an den Abschied von dem früheren Freund schmerzte Raymond immer noch.

Langsam öffnete er den Umschlag, las den Brief und zerknüllte ihn verärgert in der Hand. Doch er empfand nicht nur Zorn. Hinzu kam ein heftiger Schmerz, daß man ihm so wenig vertraut hatte.

Er versuchte, die O'Neills zu verstehen. Immerhin gehörte er, Raymond, einer Gesellschaftsschicht an, der die meisten Amerikaner mißtrauten, und er galt als Feind ihres Landes. Allerdings hatte er geglaubt, während der Monate in Glen Woods die Freundschaft der Familie gewonnen zu haben. Verurteilt zu werden, ohne sich rechtfertigen zu können, war besonders qualvoll.

Und Samara . . . Hatte sie so wenig Vertrauen zu ihm? Glaubte sie nach dem wunderbaren Tag in der Höhle ernsthaft, er habe die Situation nur leichtfertig ausgenutzt?

Raymond glättete das Pergament und las den Brief noch einmal. Connor hatte seine Worte sorgfältig gewählt. Er schrieb, Raymond habe seiner Ansicht nach ein Recht auf eine Erklärung. Leider habe er selbst diese erst erhalten, nachdem der Kapitän bereits abgereist war. Mit knappen Worten berichtete er von dem Zeitungsartikel und welch eine verheerende Wirkung der Inhalt auf Samara gehabt habe. Und er fuhr fort:

Mir ist klar, daß es eine Erklärung dafür gibt, und ich bedauere unendlich, daß Sie keine Gelegenheit erhielten, diese zu liefern. Ich bin davon überzeugt, daß Sie meine Tochter lieben und nichts tun würden, was sie verletzen könnte. Ich hatte bereits begonnen, Sie als Mitglied meiner Familie zu betrachten, und tue es immer noch.

Vermutlich ist es vermessen, Ihnen zu schreiben und Sie um Entschuldigung zu bitten oder sogar zu hoffen, daß Sie Verständnis für uns haben. Trotzdem glaube ich, daß Samara Sie zutiefst liebt.
Unter den gegebenen Umständen kann ich nicht mehr von Ihnen erwarten. Aber ich war der Meinung, daß eine Erklärung erforderlich war.
Mit besten Grüßen
Connor O'Neill

Seufzend sank Raymond in einen Ledersessel des Arbeitszimmers. Zumindest ein Rätsel war gelöst. Endlich wußte er, weshalb Samara sich plötzlich von ihm losgesagt hatte. Ihre Flucht hatte ihm schwer zu schaffen gemacht. Er hatte geglaubt, sie gut zu kennen, und Feigheit paßte wirklich nicht zu dem Bild, das er sich von ihr gemacht hatte.

Wie anschmiegsam und glücklich war sie bei dem Picknick am Fluß gewesen. Uneingeschränkt schien sie an seine Liebe geglaubt zu haben. Trotzdem mußte sie heimlich Zweifel hegen. Anders war es nicht zu erklären, daß sie ihm zwei Verlobungen zutraute.

Was sprach eigentlich gegen ihn? Plötzlich erinnerte sich Raymond an die Unterhaltung in der Höhle. Er hatte Samara geneckt und sich nach ihren früheren Liebhabern erkundigt, und Samara hatte ihn ebenfalls geneckt. Er hatte ihr versichert, daß er noch nie gebunden gewesen wäre. Kurz darauf hatte sie die Nachricht von seiner Verlobung erhalten.

Jetzt begriff Raymond alles. Konnten sie unter diesen Umständen noch einmal von vorn anfangen? Er liebte Samara, und keine Frau hatte bisher eine derartige Zärtlichkeit in ihm hervorgerufen. Ihr Gesicht, ihre Leidenschaft – und ihr Lachen waren ihm trotz aller Versuche, sie zu verbannen, immer im Gedächtnis geblieben.

Aber reichte das? Raymond wußte es nicht. Im Augenblick konnte er überhaupt nichts tun. Die Reparatur der »Phoenix« würde mehrere Wochen in Anspruch nehmen. Schon vor Monaten hatte er Connor einen Bankwechsel als Gegenleistung für Samaras Silbermedaille und seine Kosten während der Monate in Glen

Woods geschickt. Einen Moment überlegte er, ob er ihm antworten solle, doch er verwarf den Gedanken wieder. Dafür war er noch viel zu wütend und verletzt. Er würde den Teufel tun, irgend etwas zu erklären.

Obwohl Avery sich große Mühe gab, seinen Bruder stärker in die Führung des Gutes einzubeziehen, wurde Raymond von Tag zu Tag unruhiger. Er hatte längst erkannt, daß Avery gar keine Hilfe brauchte. Wo immer die Engpässe bestanden haben mochten, es gab sie nicht mehr. Selten hatte Raymond einen besser unterhaltenen Besitz gesehen. Auf keinen Fall wollte er in Beddingfield bleiben.

Dagegen gefiel ihm der Gedanke immer mehr, sich nach dem Krieg Land in Virginia zu kaufen – und zwar mit oder ohne Samara O'Neill. Schon eine ganze Weile war ihm klar, daß er etwas eigenes aufbauen mußte. Seine Tage als Freibeuter waren gezählt. Der Krieg zwischen England und Frankreich war vor einigen Wochen zu Ende gegangen, und er nahm an, daß es in Kürze ebenfalls Frieden mit Amerika geben würde. Er wollte ohnehin keine amerikanischen Schiffe mehr überfallen und hatte auch wenig Lust, Kaufmann oder echter Pirat zu werden. Und diese beiden Möglichkeiten besaß er nur, wenn er weiter zur See fahren wollte.

Während seiner Ausritte und Gespräche mit Connor war ihm die Vorstellung, sich als Farmer niederzulassen, immer reizvoller erschienen. Er hatte gemerkt, daß sich ein Teil von ihm nach der Sicherheit eines eigenen Heims sehnte. Früher hatte er sich über solch eine Vorstellung höchstens lustig gemacht. Seine Freiheit war ihm über alles gegangen, und er fragte sich, weshalb sich das geändert hatte.

Allerdings mußte er das Kriegsende abwarten, wenn er sich in Amerika festsetzen wollte. Er liebte die Tatkraft und die Unabhängigkeit der neuen Nation. Dieses Land paßte erheblich besser zu seinem Temperament als das alte England.

Ein weiterer Anreiz, sich in Amerika niederzulassen, war Samara. Nachdem er wochenlang vergeblich versucht hatte, sie zu vergessen, gestand er es sich endlich ein. Samara durfte nicht glauben, daß er sie leichtfertigt entehrt hatte. Dieser Gedanke machte ihm am meisten zu schaffen. Natürlich konnte er ihr schreiben, fürchtete aber, daß man ihm nicht glauben würde. Er mußte Samara unbedingt wiedersehen!

Schließlich erzählte Raymond Avery und Eloise einiges von dem, was in South Carolina vorgefallen war. Avery drängte ihn, die O'Neills persönlich aufzusuchen, und Eloise war entsetzt, wohin ihre Scheinverlobung geführt hatte. Trotz mehrerer Versuche ihres Schwagers, sie zurückzuholen, fühlte sie sich inzwischen in Beddingfield heimisch. Unter Averys Schutz war sie sicher und daher bereit, öffentlich die Auflösung ihrer Verlobung mit Raymond Hampton bekanntzugeben.

Raymond verabschiedete sich, ritt wieder nach London und rief Yancy und die anderen Mitglieder seiner Mannschaft zusammen. Er teilte ihnen mit, daß er diesmal nicht auf Kaperfahrt gehen wolle, sondern die »Phoenix« nach einer möglicherweise gefährlichen Fahrt an die Küste Carolinas vermutlich verkaufen werde.

»Wir segeln mit Ihnen auch in die Hölle«, sagte einer der Männer und sprach damit die Gefühle der meisten aus.

»Ich hoffe sehr, daß sie nicht unser Ziel ist«, erwiderte Raymond unbekümmert, doch seine Augen strahlten vor Stolz.

Drei Tage später segelten sie los. Im Gegensatz zu der sturmgepeitschten »Unicorn« glitt die »Phoenix« unter einem strahlend blauen Himmel in der Rekordzeit von weniger als drei Wochen über eine ruhige See.

Das ist ein gutes Omen, dachte Raymond, als er inmitten einer gewaltigen Armada britischer Kriegsschiffe im Hafen von St. George auf Bermuda vor Anker ging. Er wollte dort frisches Wasser aufnehmen, seine Lebensmittelvorräte ergänzen und anschließend versuchen, eine bestimmte Flußmündung wiederzufinden. Nachdem er Michael Simmons, der immer noch sein erster Offizier war, entsprechende Anweisungen gegeben hatte, ging er mit Yancy an Land, um die neuesten Nachrichten zu erfahren. Er erhielt sie im »White Horse«.

Die Kneipe war voller britischer Offiziere, von denen viele schon stark angetrunken waren. Raymond suchte nach einem vertrauten Gesicht. Plötzlich erkannte er einen alten Schulfreund und bahnte sich einen Weg zu ihm.

»Longley«, sagte er zu dem Colonel, der eine makellose scharlachrote Uniform trug. »Ich dachte, Sie wären bei Wellington.«

Der Offizier sprang auf und reichte Raymond die Hand. »Meine Güte, Hampton. Wir haben uns ja eine Ewigkeit nicht gesehen. Wollen Sie sich nicht zu uns setzen?«

Raymond nickte und stellte Yancy vor. »Der beste Schiffsarzt der Welt«, erklärte er.

»Dann sollte er mit uns fahren«, meinte Clifford Longley. »Uns scheint eine weitere Schlacht bevorzustehen.«

»Wo?«

»Das weiß ich noch nicht genau«, antwortete Longley. »Die Admiralität berät noch darüber. Ich tippe auf Washington. Es ist an der Zeit, Präsident Madison eine Lektion zu erteilen.« Er sah Raymond argwöhnisch an. »Sie sind immer noch Freibeuter, nicht wahr? Wie ich hörte, haben Sie eine ganze Reihe französischer Schiffe gekapert.«

»Und eine Menge amerikanische«, antwortete Raymond fröhlich.

»Weshalb schließen Sie sich uns nicht an?« fragte Longley.

»Wann segeln Sie?«

»Am ersten August«, erwiderte Longley. »Also übermorgen.

Raymond lächelte. »Bis dahin sollte ich fertig sein. Ich werde Ihnen zumindest eine Weile folgen. Und jetzt erzählen Sie mir, wie der Krieg mit Frankreich zu Ende gegangen ist. Sie waren doch dabei?«

Mehrere Tage folgte Raymond der englischen Flotte. Dann wurde er ungeduldig, weil sie zu langsam vorankamen, und segelte allein weiter. Der Wind stand gut, und er erreichte rasch die Küste Carolinas. Dort steuerte er sein Schiff in die Mündung des Flusses, in dem Brendan damals die »Samara« geankert hatte, und fuhr solange flußauf, bis er die »Phoenix« zwischen den gewaltigen Eichen verstecken konnte. Er gab Simmons einige Anweisungen und ging gemeinsam mit Yancy von Bord.

Sie wanderten meilenweit und kamen schließlich zu einer kleinen Farm, bei der mehrere Pferde in der Koppel grasten. Raymond bat Yancy, außer Sichtweite zu bleiben, verschmutzte seine Hose und sein Hemd und betrat das Haus.

Dort behauptete er, sein Pferd habe ihn abgeworfen und sei davongaloppiert. Deshalb müsse er ein neues Tier kaufen. Beinahe eine Stunde verhandelte er mit dem Farmer und dessen Frau, dann hatte er ein halbwegs ordentliches Pferd zu einem viel zu hohen Preis erstanden.

Er holte Yancy ab, und sie ritten einige Meilen weiter, bevor sie das zweite Pferd auf ähnliche Weise erwarben.

Mit einem seltsamen Gefühl in der Magengrube bog Raymond in die Straße nach Glen Woods. Er wußte nicht, wie er dort empfangen werden würde – und von wem. Falls Conn oder Brendan zufällig zu Hause waren, konnte es Schwierigkeiten geben. Und Samara? Wie würde sie reagieren? Seit seiner Abreise waren beinahe acht Monate vergangen. Er gab seinem Tier die Sporen und ritt auf den Pferdestall zu.

»Kapitän!« rief Marcus erfreut. »Schön, Sie wiederzusehen ... Mr. O'Neill wird sich bestimmt auch freuen.«

Raymond entspannte sich ein wenig. »Dies ist mein Freund Yancy«, erklärte er und fuhr fort: »Ist Mr. O'Neill zu Hause?«

»O ja, Sir. Er kam vor wenigen Minuten. Ich werde ihm sagen, daß Sie da sind.« Er rief einem Stallburschen zu, sich um die Pferde zu kümmern. »Kommen Sie mit ins Haus.«

»Ich möchte lieber hierbleiben«, antwortete Raymond, denn er wußte ja nicht, wer im Haus war und wie man ihn dort aufnehmen würde. »Würden Sie Mr. O'Neill bitten, allein zu mir herauszukommen?«

»Ja, Sir, sehr gern, Kapitän.« Mit einem breiten Lächeln eilte Marcus davon.

»Einen Freund scheinen Sie hier zu haben«, meinte Yancy trokken.

»Es könnte sehr gut der einzige sein«, antwortete Raymond skeptisch. Trotz der Zeilen, die Connor ihm geschrieben hatte, war es bei dieser Familie besser, sich auf alles gefaßt zu machen.

Endlich öffnete sich die Tür des Pferdestalls, und Raymond hörte Connors weiche, leise Stimme. »Raymond?«

Raymond trat ins Sonnenlicht und wartete argwöhnisch.

»Sie sind es tatsächlich«, sagte Connor, und seine Miene hellte sich auf. Dann bemerkte er Yancy, und er verzog lächelnd die Lippen. »Ein weiterer Spion?«

»Diesmal bin ich neutral, Connor«, erklärte Raymond und entspannte sich. »Und mein Freund ist es erst recht. Ich fürchte sogar, seine Sympathien liegen eher bei Ihren Landsleuten. Es ist Yancy, mein Schiffsarzt. Ich glaube, ich habe von ihm erzählt.«

»Willkommen, Yancy«, sagte Connor und wandte sich wieder an Raymond. »Meine Güte, es ist gut, Sie zu sehen. Ich hatte so gehofft ... Kommen Sie ins Haus.«

»Was wird Samara dazu sagen?«

Connors Gesicht verfinsterte sich. »Sie besucht gerade ihre Patentante in Washington.«

»In Washington?« fragte Raymond scharf zurück.

»Sie ist schon einen Monat dort und will noch ein paar Wochen bleiben. Annabelles Ehemann ist krank, und Samara hat das Gefühl, daß sie dort gebraucht wird. Natürlich werde ich ihr sofort schreiben, damit sie erfährt ...«

»Ich kann nicht lange bleiben, Connor«, unterbrach Raymond ihn. Er hatte inzwischen erfahren, daß die Engländer tatsächlich nach Washington unterwegs waren, um die Stadt zu zerstören. Ihm wurde ganz elend. Niemand konnte vorhersagen, was Samara anstellte, wenn sie plötzlich englischen Truppen gegenüberstand. Die Offiziere, mit denen er in Bermuda gesprochen hatte, würden nicht gerade zimperlich vorgehen. Er und Yancy tauschten einen unglücklichen Blick.

»Bleiben Sie zumindest ein paar Tage«, bat Connors. »Ich – wir haben soviel zu bereden.«

Raymond merkte, daß er in der Falle saß. Selbst wenn Connor noch heute Samara schrieb, konnte es zu spät sein. Die britische Flotte war vermutlich schon nahe der Mündung des Chesapeake. Außerdem durfte er Connor nicht von den britischen Plänen berichten, denn er war kein Verräter. Tief in Gedanken folgte er O'Neill ins Haus und suchte verzweifelt nach einer Lösung.

In der Bibliothek schenkte Connor für alle ein Glas Brandy ein, während ein Diener Samantha holen ging. Dann sah er Raymond eindringlich an. »Sie haben meinen Brief erhalten?«

Raymond war in Gedanken immer noch bei der gefährdeten Samara und nickte nur.

»Sind Sie deshalb zurückgekommen?«

»Ich mußte – muß – hier noch einiges erledigen«, antwortete Raymond langsam. »Ich möchte Ihnen alles erklären, und das ging nicht in einem Brief.« Lügner, schalt er sich, du wolltest Samara sehen. »Samara darf nicht glauben – ich empfände nichts für sie.«

»Lieben Sie sie noch immer?« fragte Connor leise.

Raymond begann, in der Bibliothek auf und ab zu gehen. »Ich weiß es nicht«, sagte er und wußte augenblicklich, daß auch das gelogen war. »Wenn kein Vertrauen da ist, bleibt nicht viel.«

Er wollte weiterreden, doch die Tür öffnete sich, und Samantha stand mit hoffnungsvoller Miene auf der Schwelle. »Raymond?« sagte sie und suchte mit ihren hübschen blauen Augen nach einer Antwort in seinem Gesicht.

Raymond verbeugte sich leicht, blieb aber sehr ernst, und Samanthas Lächeln erstarb.

»Dies ist mein Schiffsarzt«, erklärte er nur. »Yancy.«

Samantha begrüßte Yancy herzlich. »Samara hat mir viel von Ihnen erzählt. Danke, daß Sie meiner Tochter solch ein guter Freund waren.«

Yancy war ebenso verblüfft wie Raymond bei der ersten Begegnung mit Samantha. Er konnte sich nicht vorstellen, daß diese kleine energische Frau mit den lebhaften blauen Augen fünf Kinder hatte, darunter einen Sohn in Brendans Alter.

»Es war mir ein Vergnügen«, antwortete er lächelnd.

Samantha drehte sich wieder zu Raymond. »Ich glaube . . . Mein Mann glaubt . . . Ich muß mich unbedingt bei Ihnen entschuldigen.«

Raymond wandte sich ab – nicht aus Unhöflichkeit, sondern um seine Gedanken zu sammeln. »Vielleicht war es mein eigener Fehler«, sagte er langsam. »Ich hätte meine Abmachung mit Eloise erwähnen sollen, aber ich sah keine Notwendigkeit dafür. Sie war mir nicht wichtig.«

Er sah das Ehepaar an.

»Ich war nur der Form halber verlobt, um eine Lady zu schützen, die ich kannte und sehr schätzte. Es war kein echtes Eheversprechen, sondern sollte jemanden davon abhalten, sie und ihre Familie weiterhin zu bedrohen. Ich habe es nicht erwähnt, weil mir diese Verlobung nichts bedeutete. Um ehrlich zu sein, ich hatte gar nicht mehr daran gedacht.« Er schwieg einen Moment und fügte bitter hinzu: »Wenn man mir Gelegenheit dazu gegeben hätte, hätte ich alles leicht aufklären können.«

Die letzten Worte trafen Samantha wie eine Ohrfeige. Wider besseres Wissen hatte sie Brendan und Samara nachgegeben. Vielleicht hatte sie dadurch Samaras Lebensglück zerstört.

»Es tut mir wirklich leid«, flüsterte sie.

Raymonds Miene blieb hart. Er hatte während der letzten acht Monate Höllenqualen erlitten – zunächst wegen Samaras beinahe unverständlicher Flucht und später, nachdem er Connors Brief gelesen hatte, weil ihn O'Neills mangelndes Vertrauen ungeheuer kränkte.

Connor begriff, was in Raymond vorging. Er hatte ähnlich empfunden, als Samantha ihm oder seiner Liebe vor nunmehr dreißig Jahren nicht trauen wollte.

»Sie hätten alles brieflich aufklären können«, sagte er und versuchte herauszufinden, weshalb der Kapitän gekommen war. »Statt dessen haben Sie eine lange Reise auf sich genommen – von deren Gefahren gar nicht erst zu reden.«

»Hätte Samara einem Brief geglaubt?« erwiderte Raymond heftig und wandte sich an Samantha. »Oder Sie? Mir scheint, meine Worte gelten hier wenig.«

Connor blickte ihn ruhig an. »Das gilt nicht für mich«, sagte er mit seiner tiefen Stimme. Raymonds Schmerz war ihm nicht entgangen. »Bleiben Sie, bis ich Samara geholt habe?«

Raymond sah ihn ausdruckslos an und schüttelte langsam den Kopf. »Tut mir leid, das geht nicht. Wir müssen noch heute nachmittag wieder fort.«

Connor war verblüfft. Raymond Hampton hatte den Atlantik überquert, um mit Samara zu reden und die Dinge zurechtzurükken. Weshalb dieser eilige Aufbruch? »Und was sollen wir Samara sagen?«

»Daß ich zurückkommen werde. Allerdings weiß ich noch nicht, wann und wie. Aber ich werde es versuchen.« Wenn ich Ihre Tochter nicht schon vorher sehe, dachte er insgeheim.

»Gehen Sie zurück nach England?«

Raymond zögerte. Er wollte weitere Lügen und weitere Mißverständnisse vermeiden, durfte Connor aber nicht erzählen, daß er an der englischen Invasion von Washington teilnehmen wollte – und sei es nur, um Samara zu beschützen.

Statt einer Antwort zuckte er kurz die Schultern und erkundigte sich nach Samanthas Pferden.

Connor merkte, daß Raymond ihm auswich, und ein kalter Schauder rieselte ihm den Rücken hinab. Der Kapitän hatte ihm versichert, er werde nicht länger an dem Krieg gegen Amerika teilnehmen. Fühlte er sich nicht mehr an dieses Versprechen gebunden?

Nach dem Abendessen mit Samantha und Connor verabschiedeten sich Raymond und Yancy. Als Glen Woods hinter ihnen lag, meinte Yancy: »Ich nehme an, wir reiten nach Washington.«

Raymond nickte nur, und beide Männer gaben ihren Pferden die Sporen.

18. KAPITEL

In Washington herrschte heller Aufruhr. Britische Truppen, in jahrelangem Kampf in Europa erprobt, waren den Chesapeake hinaufgefahren und nur noch wenige Meilen entfernt.

Francis hatte in der vorigen Nacht einen berittenen Boten geschickt und Samara und Annabelle dringend gebeten, die Stadt zu verlassen. Die amerikanischen Truppen waren zersprengt und konnten den Feind nicht mehr aufhalten. Sie hatten den Befehl bekommen, sich nach Georgetown zurückzuziehen und Washington verteidigungslos zu räumen.

Doch die Gesundheit von Annabelles Mann Joshua verschlechterte sich ständig. Er war über achtzig, und alte Wunden verschlimmerten den Zustand seines Herzens. Annabelle wagte nicht, mit ihm zu reisen, und Samara wollte die beiden nicht allein lassen.

Nach einer schlaflosen Nacht besprachen Samara und Annabelle, was zu tun sei. Vor allem mußten sie einen Vorrat jener Medikamente besorgen, die Joshua benötigte. Falls die Engländer in Washington einfielen, war ungewiß, ob die medizinische Versorgung noch klappte.

Auf den Straßen herrschte ein großes Chaos. Zahlreiche Wagen mit Hausrat mischten sich unter die flüchtenden amerikanischen Soldaten. Ein Reiter kam vorüber und warnte vor den englischen Rotröcken. Samara bahnte sich einen Weg zu Dr. Ewells, erfuhr jedoch, daß der Arzt nicht zu Hause war. Deshalb beschloß sie, bis zu Juliens Laden weiterzulaufen.

Julien war einer der ersten Freunde, die sie in Washington gefunden hatte, und sie waren sich während der letzten unsicheren Tage nähergekommen. Samara wußte, daß sich der Sohn französischer Einwanderer ein wenig in sie verliebt hatte. Doch sosehr sie sich bemühte, sie konnte ihn nur als guten Freund betrachten, denn sie hatte Raymond immer noch nicht vergessen.

Der Laden war geschlossen und die Fensterläden gegen mögliche Plünderung verriegelt. Julien stand davor und beobachtete die Flucht der Städter und des Militärs. Als jemand Samara anrempelte, eilte er zu ihr, ergriff ihren Arm und brachte sie in Sicherheit.

»Sie sollten nicht hier sein«, erklärte er besorgt.

»Ich kann nicht einfach dasitzen und abwarten. Es gibt soviel zu tun. Haben Sie etwas Neues erfahren? Hat Präsident Madison die Stadt schon verlassen? Wohin gehen unsere Truppen, und wo ist General Winder?«

»Langsam, langsam«, antwortete Julien. »Ich weiß nicht mehr als Sie. Niemand hat Präsident Madison gesehen – er war in Bladensburg, als die amerikanische Armee geschlagen wurde. Es heißt, seine Frau bereite die Flucht vor. Was General Winder vorhat, ahne ich nicht einmal.«

»Reisen Sie auch?«

»Vater und Mutter sind noch Franzosen und gelten als neutral, nachdem Napoleon kapituliert hat«, antwortete er. »Ihrer Meinung nach haben sie nichts zu befürchten und hoffen daher, daß die Engländer den Laden verschonen. Aber Sie und Mrs. McLaughlin sollten die Stadt verlassen.«

»Das geht nicht«, sagte Samara. »Mein Onkel Joshua ist nicht reisefähig. Annabelle fürchtet, die Flucht könne ihn umbringen.«

»Dann bleibe ich bei Ihnen«, erklärte Julien und faßte ihre Schultern fester.

Samara lächelte ihm dankbar zu. Sie bekam langsam Angst, wenn sie all die fliehenden Truppen sah. »Ich muß unbedingt Doktor Ewell finden«, erklärte sie.

Samara und Julien fanden den Arzt in dem allgemeinen Durcheinander nicht und kehrten zu Annabelle und Joshua zurück. Joshua tobte, weil er nicht kämpfen konnte, und es kostete Annabelle große Kraft, ihn zu beruhigen.

Die ganze Nacht hörten sie immer wieder Schüsse und kleinere Explosionen. Überall loderten Flammen zum Himmel, denn die Engländer brannten alle Regierungsgebäude nieder.

Die Stunden krochen unendlich langsam dahin, und Samara hatte das Gefühl, die Nacht würde nie enden. Als der Morgen dämmerte, streiften englische Soldaten mit dem Gewehr im Anschlag durch die Straßen. Die wenigen Menschen in Annabelles Haus frühstückten und fragten sich, was der Tag bringen werde.

»Julien und ich wollen noch einmal versuchen, Doktor Ewell zu finden«, erklärte Samara. Annabelle, die sich immer größere Sorgen um ihren Mann machte, stimmte zu.

Samara zog ein formloses Kleid an und versteckte ihr dichtes Haar unter einer Mütze. Deshalb beachteten die englischen Soldaten sie nicht.

Als sie Dr. Ewells Haus erreichten, war es von zahlreichen Soldaten umstellt. Alle Fensterscheiben waren zerbrochen.

Samara nahm allen Mut zusammen und stieg die Treppe hinauf. Gerade wollte sie klopfen, da öffnete sich die Tür, und sie wäre beinahe mit einem großen britischen Oberst zusammengestoßen. Mit einer Hand fing er Samara auf und lächelte warmherzig.

»Colonel Clifford Longley, immer zu Diensten, Miss«, sagte er höflich. »Kann ich Ihnen behilflich sein?«

Samara krauste verwirrt die Stirn. »Doktor Ewell. Ich wollte zu Doktor Ewell.« Ihre Stimme wurde wieder sicherer. »Dies ist sein Haus. Was haben Sie mit ihm gemacht?«

Longleys Augen funkelten vor Belustigung über die wütende kleine Amerikanerin. Trotz ihres formlosen Kleides erkannte er, wie hübsch sie war. »Überhaupt nichts, Miss. Er lud General Ross und seinen Stab ein, sein Haus als Hauptquartier zu verwenden.«

»Das glaube ich Ihnen nicht«, zischte Samara durch ihre zusammengebissenen Zähne. »Er würde nie freiwillig Engländer in sein Haus lassen.« Die Beleidigung war unüberhörbar.

»Sie kränken mich, Miss ... Miss ...

Samara dachte nicht daran, dem Mann ihren Namen zu nennen. Stolz hob sie den Kopf, und ihre grauen Augen blitzten. »Wo ist Doktor Ewell?« fragte sie.

»Ich werde versuchen, es für Sie herauszufinden«, sagte der englische Oberst. Er sprach mit einem Akzent, der ihr gefiel. Vielleicht erinnert er mich an Raymond, dachte Samara elendig. Obwohl

Raymonds Aussprache nach all den Jahren auf See mit Männern vieler Nationen weicher geworden war, fiel er manchmal in seine Muttersprache zurück – vor allem, wenn er verärgert war.

Denk jetzt nicht an Raymond, schalt Samara sich, denk an Joshua.

Gemeinsam mit Julien folgte sie dem Oberst ins Haus und stand unbehaglich im Wartezimmer. Longley bat sie um etwas Geduld, während er sich nach Dr. Ewells Verbleib erkundigen wollte. Die meisten Offiziere, auch General Ross, schliefen noch. Vielleicht war der Arzt ebenfalls noch im Bett.

Fasziniert blickte Samara auf die offene Tür zum Sprechzimmer des Arztes, das der englische Oberst als Arbeitszimmer benutzte. Von der Stelle, wo sie sich befand, konnte sie den Schreibtisch sehen. Er war über und über mit Papieren bedeckt.

»Julien«, flüsterte sie erregt, »achten Sie auf den Offizier an der Tür.« Bevor er sie zurückhalten konnte, war Samara ins Sprechzimmer gelaufen, beugte sich über den Schreibtisch und betrachtete eindringlich die Unterlagen. Es handelte sich um Stadtpläne von Washington mit markierten Zielen sowie Landkarten, auf denen bestimmte Straßen ebenfalls gekennzeichnet waren. Die durfte sie nicht an sich nehmen, es wäre sofort aufgefallen.

Ihr Blick fiel auf einen dicken Lederkasten. Samara holte tief Luft, stöberte darin herum und holte eine weitere Landkarte hervor. Darin war die Stadt New Orleans eingekreist und in deren Umgebung waren etliche seltsame Markierungen angebracht.

»Du liebe Zeit«, murmelte Samara, denn ihr wurde klar, daß es sich um eine Art Invasionsplan handelte.

Sie stopfte die Landkarte und einige weitere Unterlagen, die ihr wichtig erschienen, unter ihr linkes Strumpfband und stellte den Kasten rasch an seinen Platz zurück. Plötzlich begann Julien wie wild zu gestikulieren, und sie eilte ins Wartezimmer zurück.

Äußerlich völlig gelassen stand sie da, als der Oberst mit Dr. Ewell das Zimmer betrat, und wippte nur ungeduldig mit der Zehe. Dr. Ewell war offensichtlich aus dem Bett geholt worden, deshalb hatte der Oberst so lange gebraucht. Merkwürdig, daß die Engländer sie nicht bewacht hatten. Allerdings lag eine anstrengende

Nacht hinter ihnen. Immerhin hatten sie das Weiße Haus, das Capitol und wer weiß was sonst noch abgebrannt.

Bei diesem Gedanken wurde Samara erneut wütend, und sie sah den Oberst scharf an. »Ich möchte mit Doktor Ewell allein reden«, erklärte sie ziemlich hochmütig.

Der Offizier blickte bekümmert drein, weil Samara trotz der Mühe, die er sich ihretwegen gemacht hatte, so feindselig blieb. »Wie Sie wünschen«, antwortete er und zog sich in das Arbeitszimmer zurück.

Samara zuckte innerlich zusammen und hoffte inständig, daß Longley nicht in den Kasten schaute. Je schneller sie fortkam, desto besser.

»Doktor«, sagte sie, »Joshua braucht unbedingt noch etwas von seinem Schlafmittel. Annabelle fürchtet, daß die Engländer alles stehlen könnten.« Sie warf einen gehässigen Blick auf die Tür zum Sprechzimmer.

Dr. Ewell schüttelte den Kopf. »Das ist eine schlimme Sache. Aber ich muß zugeben, daß sich General Ross sehr höflich verhält. Er hat versprochen, mich nicht bei meiner ärztlichen Tätigkeit zu behindern und auch keine Medikamente zu beschlagnahmen.«

»Ich kann einfach nicht glauben, daß Sie die Engländer wie Gäste aufgenommen haben.«

Der Arzt seufzte. »Ich hatte keine Wahl, meine Liebe. Sie haben sich das Haus selber ausgesucht, und solange General Ross hier ist, brauche ich nichts zu befürchten. Sie werden nicht allzu lange bleiben.«

»Weshalb sollten sie, nachdem sie Washington praktisch zerstört haben?« fragte Samara verbittert. Dann erinnerte sie sich, weshalb sie gekommen war. »Ich muß schnell wieder zurück, sonst macht Annabelle sich Sorgen.«

»Und das dürfen wir nicht zulassen«, sagte der Arzt freundlich. »Ich hole die Medikamente.«

Kurz darauf kehrte er mit mehreren kleinen Flaschen zurück. Samara wickelte sie sorgfältig in ein Taschentuch und legte sie in die kleine Handtasche.

»Danke«, sagte sie und verließ rasch mit Julien das Zimmer.

Kaum hatten sie die Straße betreten, begannen die Papiere unter dem Strumpfband zu rutschen. Samara versteckte sich hinter einem Haus, um sie besser zu befestigen. Als sie wieder aus dem Schatten trat, kämpfte Julien mit einem englischen Soldaten. Sobald er sie bemerkte, riß er sich los und floh die Straße hinab, um den Mann von Samara abzulenken. Der Soldat riß das Gewehr hoch und schoß sofort.

Entsetzt eilte Samara zu Julien und barg seinen blutüberströmten Kopf in ihren Armen. Sie merkte dabei nicht, daß die Papiere erneut hinabgerutscht waren und auf der Straße verstreut lagen.

Raymond bemerkte den Zwischenfall am Ende der Straße, konnte aber keine Einzelheiten erkennen. Er sah nur eine Frau, die sich tief über den Kopf eines Mannes beugte, und überlegte kurz, ob er helfen solle. Doch es hatten sich schon einige Soldaten um das Paar versammelt, und es blieb sicher nicht mehr viel zu tun. Außerdem hatte er es sehr eilig.

Hampton war an der Mündung der Chesapeake Bay wieder auf die britische Flotte gestoßen und mit der »Phoenix« den Potomac hinauf bis nach Alexandria gesegelt. Dort hatte er geankert und zu einem außerordentlich hohen Preis erneut ein Pferd von einem englandfreundlichen Amerikaner gekauft. Schuldgefühle hatten ihn erfaßt, als er an den brennenden Schiffswerften und zahlreichen weiteren zerstörten Gebäuden vorübergeritten war. Er litt mit den Amerikanern und war froh, daß er nicht mehr gegen sie kämpfte.

Ein Fußgänger zeigte ihm den Weg zu Joshua McLaughlins Haus, bald stand Raymond vor einem hübschen klassischen Gebäude mit einem kleinen Vorgarten, in dem bunte Blumen in allen Formen und Farben blühten.

Raymond lächelte versonnen, denn diese amerikanischen Gärten, die viel bunter und üppiger waren als die gepflegten englischen Anlagen, erinnerten ihn an Samara.

Die Tür wurde geöffnet. Annabelle und Raymond sahen sich an und wußten sofort, wer der andere war.

Samara hatte häufig von ihrer ungewöhnlichen Patentante gesprochen, die sich wenig um die Sitten der feinen Gesellschaft kümmerte. Neugierig betrachtete sie Raymond.

Für Annabelle gab es keinen Zweifel, wer der große Engländer war. Samara hatte ihn genau beschrieben. Aber selbst die wehmütigen Worte ihrer Patentochter hatten sie nicht auf eine derartige männliche Ausstrahlung vorbereitet. Raymond Hampton war einer der bestaussehenden Männer, die ihr je begegnet waren. Jetzt lächelte er, und sie erwiderte dieses Lächeln unwillkürlich.

»Kapitän Hampton«, sagte sie. Es war eher eine Feststellung als eine Frage.

Raymond freute sich, daß sie ihn erkannte. »Und Sie sind Annabelle. Samara hat mir viel von Ihnen erzählt.«

»Ich möchte lieber nicht fragen, was«, antwortete sie und betrachtete Raymonds verschmutztes Batisthemd, seine enganliegenden Büffellederhosen und die abgetragenen, aber zweifellos teuren Stiefel.

»Keine Sorge«, erwiderte er lachend. »Hätte Samara nicht schon mein Herz gestohlen, hätte es Ihnen gelingen können. Mir hat durchaus gefallen, was ich über Sie erfahren habe.« Sein freundlicher Blick verriet, daß es sich um kein hohles Kompliment handelte.

Du hast Glück, Samara, dachte Annabelle. Das ist wirklich ein außergewöhnlicher Mann. Wie Connor. Er ähnelt ganz entschieden deinem Vater. Einen Moment zog sich ihr Herz schmerzlich zusammen. Sie liebte Connor O'Neill seit fünfzig Jahren und würde ihn immer lieben. Aber das Schicksal hatte es anders gewollt. Inzwischen reichte es ihr, daß er ein guter Freund für sie geblieben und mit Samantha so glücklich war.

Jetzt wünschte sie dasselbe für Samara, und sie würde dafür sorgen, daß die Nichte ihr Glück nicht achtlos beiseite schob.

»Kommen Sie herein, Kapitän«, sagte Annabelle. »Samara macht gerade eine Besorgung und muß jeden Moment zurück sein.

»Hat sie – irgend etwas über mich erzählt?«

»Eine ganze Menge«, antwortete sie verschmitzt.

»Jetzt wage ich nicht weiterzufragen«, gab Raymond zu und lächelte beinahe wehmütig. »Obwohl ich einiges erraten kann: Pirat,

Schurke, Spion, Engländer. Das ist wohl das Schlimmste. Alles andere könnte sie notfalls ertragen.« Sein Lächeln erstarb. »Ich fürchte, die Ereignisse der letzten Tage haben ihre Meinung über mich nicht gerade gebessert.«

»Samara liebt Sie, Kapitän. Daran zweifele ich keine Sekunde.«

»Ich schon«, gab er zu. »Sie vertraut mir nicht.«

»Dann war an der Geschichte mit Ihrer Verlobung nichts dran?«

»Nein, und sie hätte es erfahren, wenn sie mich gefragt hätte.«

»Ich glaube, Samara liebt Sie zu sehr«, antwortete Annabelle nachdenklich. »Und das macht ihr Angst. Es macht ihr ebensolche Angst wie vor Jahren ihrer Mutter ... Samantha lief auch immer davon.«

»Und wie kann ich sie davon abhalten?«

»Ich glaube nicht, daß Sie es können. Sie muß von allein zu sich kommen, und sie wird es. Sie hat es bitter bedauert, daß Sie kurz vor Weihnachten abreisten.«

»Aber jetzt – diese Invasion?«

»Das macht die Sache zwar nicht einfacher. Aber Sie werden sich von dieser zusätzlichen Schwierigkeit doch nicht abschrecken lassen?« fragte sie herausfordernd.

»Und was ist mit Ihnen? Haben Sie nichts dagegen, einen Engländer im Haus zu haben?«

»Das hängt von den Umständen ab«, antwortete Annabelle lächelnd. »Falls Sie hier etwas anderes rauben wollen als meine Patentochter, würde ich mit dem Gewehr auf Sie losgehen. Und ich schieße gut.«

»Daran zweifele ich keine Sekunde«, sagte Raymond und fühlte sich sehr wohl in Gegenwart dieser außergewöhnlichen Frau.

Sie unterhielten sich eine ganze Stunde, dann wurde Annabelle langsam unruhig.

Auch Raymond machte sich Sorgen. Samara durfte nicht auf der Straße sein, wenn so viele englische Soldaten in der Stadt waren. So diszipliniert sich die meisten auch verhielten, ein hübsches junges Mädchen wie Samara konnte leicht in Schwierigkeiten geraten.

»Ich gehe sie suchen«, erklärte er. »Ein Freund von mir ... Mitten im Satz hielt er erschrocken inne.

»Keine Sorge, Kapitän«, sagte Annabelle. »Natürlich haben Sie Freunde in der englischen Armee. Nutzen Sie diese Verbindungen unbedingt.«

Er nickte dankbar für ihr Verständnis und wünschte nur, Samara besäße ein wenig von Annabelles Toleranz.

Raymond fand Cliff Longley am Ende der Straße in Dr. Ewells Haus. Zuerst wollte ein besorgter Korporal ihn nicht einlassen. »Er ist furchtbar schlechter Laune«, erklärte der Soldat.

»Wir sind alte Freunde«, beruhigte Raymond ihn, »und ich muß ihn dringend sprechen.«

»Es ist Ihr Kopf, nicht meiner«, sagte der Soldat, öffnete die Tür zum Wartezimmer und deutete auf das Arbeitszimmer.

Longley saß mit zusammengepreßten Lippen da und wirkte furchtbar ungehalten. Er sah nicht auf, als Raymond an der Tür zögerte, sondern blickte auf die Papiere auf seinem Tisch.

»Was zum Teufel ist los? Ich habe gesagt, ich will nicht gestört werden.«

»Nicht einmal von einem alten Freund?«

Longleys Gesicht entspannte sich. »Raymond, Sie sind es«, meinte er. »Vielleicht können Sie mir einen Rat geben. Sie kennen sich doch mit den Frauen aus.«

»In letzter Zeit nicht mehr«, murmelte Raymond, zog jedoch fragend eine Braue in die Höhe.

»Mir ist etwas sehr Dummes passiert«, fuhr Longley fort. »Ich könnte dafür aus der Armee verstoßen werden.«

Raymond sah ihn eindringlicher an.

»Vorhin kam ein junges Mädchen zu mir und wollte den Arzt sprechen, der hier im Hause wohnt. Ich ließ sie draußen im Wartezimmer, während ich den Doktor holte. Offensichtlich hat sie in den Papieren gestöbert, die ich für General Ross aufbewahre. Es waren sehr wichtige Unterlagen.«

Raymond richtete sich auf und wurde äußerst wachsam. Eigentlich konnte es sich nur um ein junges Mädchen handeln ... »Ihr Name?« fragte er leise.

»Doktor Ewell nannte sie nach langem Drängen Miss O'Neill.«

Raymond erstarrte, obwohl er diese Antwort erwartet hatte. Er versuchte, sich nichts anmerken zu lassen, und hatte plötzlich furchtbare Angst um Samara. »Sie sind ganz sicher, daß sie spioniert hat?« fragte er ruhig.

»Sie wurde auf frischer Tat ertappt. Man fand eine Landkarte und einige weitere Unterlagen bei ihr.«

»Wo ist sie jetzt?« fragte Raymond durch die zusammengebissenen Zähne.

»Im Gefängnis. Es ist noch nicht entschieden, was mit ihr geschehen soll.«

Plötzlich bemerkte er Raymonds bestürztes Gesicht. »Weshalb dieses Interesse?«

»Wir – wollten heiraten.«

Cliff Longley sah den Freund entsetzt an. »Sie war mit einem Mann zusammen. Er wurde auf der Flucht angeschossen.«

Raymond erinnerte sich plötzlich an den Zwischenfall auf der Straße. Das war Samara gewesen? Es hatte ausgesehen, als hätten sich der Mann und die Frau sehr nahe gestanden. »Ist es unten an der Straße passiert?« fragte er gepreßt.

Longley nickte.

»Was ist mit dem Mann?«

»Er kommt durch und wird gehängt werden. Es sah schlimmer aus, als es war.«

»Und das junge Mädchen?«

Longley sah ihn mitleidig an. »Wir können sie nicht freilassen, Raymond. Sie hat eine Landkarte mit einem unserer wichtigsten Pläne gestohlen. Wir müssen annehmen, daß sie genau wußte, was sie tat.«

»Sie werden sie doch nicht ...«

»Das entscheiden höhere Offiziere als ich. Nach England wird sie bestimmt gebracht – mindestens.«

»Cliff ...« Raymond flehte geradezu. »Ich habe es Ihnen in Bermuda nicht erzählt: Als mein Schiff vor der Küste South Carolinas sank, geriet ich an einen Amerikaner, der den Engländern freundlich gesinnt war. Er bat mich, ihm einige Nachrichten zu besorgen, und ich wurde dabei gefaßt.«

Er merkte, daß Longley ihn interessiert beobachtete. »Samaras Familie rettete mich und versteckte mich über vier Monate lang. Sie riskierte ihr Leben für mich – obwohl sie den Krieg unterstützt und drei ihrer Söhne in der amerikanischen Armee dienen. Ich habe den O'Neills viel zu verdanken.«

»Ich verstehe«, sagte Longley leise. »Aber ich weiß nicht, ob ich etwas tun kann.«

»Ich könnte Samara heiraten«, antwortete Raymond eindringlich, »und sie selbst nach England bringen. Sofort. Als meine Frau.«

Longley rieb sich nervös die Hände. »Sie ist eine kleine Wildkatze. Als meine Soldaten sie von dem Mann trennen wollten, schlug sie rund um sich.«

»Das paßt zu Samara«, gab Raymond kläglich zu. »Nachdem wir uns gerade erst kennengelernt hatten, wollte sie mich mit einer Weinflasche erschlagen.«

»Trotzdem wollen Sie sie heiraten?«

»Seltsam, nicht wahr?« sagte Raymond. »Ja, ich möchte es.«

»Auch wenn sie nicht will?« Longley sah den Freund erstaunt an. Er konnte sich nicht vorstellen, daß der feinsinnige Hampton eine feurige Amerikanerin zur Frau nahm.

»Sie wollte mich einmal«, erklärte Raymond, »und ich glaube, ich kann sie erneut überzeugen. Wissen Sie irgend etwas über den Mann, mit dem sie zusammen war?« fuhr er fort, auch wenn es ihn noch so schmerzte. Trotz Annabelles gegenteiliger Versicherung hatte Samara offensichtlich nicht lange gebraucht, um sich zu trösten.

»Miss O'Neill behauptete gegenüber meinem Sergeanten, der Mann habe sie nur begleitet und habe nichts mit der Sache zu tun. Aber ich glaube, sie versucht nur, ihn zu schützen.«

»Können Sie irgend etwas für ihn tun?«

»Ich kann mit General Ross reden. Vielleicht könnte man ihn ebenfalls nach England bringen, aber er würde bestimmt im Gefängnis von Dartmoor enden. Weshalb machen Sie sich seinetwegen Sorgen?«

»Weil Samara mir – und dem ganzen Britischen Empire – nie verzeihen würde, wenn er hängen müßte. Würden Sie es versuchen?«

Longley schüttelte ungläubig den Kopf. »Ich mache mir Sorgen, daß die Kleine meine Karriere zerstören könnte. Aber das ist nichts im Vergleich zu dem, was sie Ihnen zufügt, mein Freund. Wissen Sie überhaupt, was Sie tun?«

»Reden Sie mit Ross?« drängte Raymond ihn.

Longley zuckte die Schultern. »In Ordnung, aber ich kann nichts versprechen. Allerdings ist General Ross normalerweise ziemlich nachsichtig – vor allem, wenn es sich um eine hübsche Frau handelt.«

»Danke, Cliff.«

»Danken Sie nicht mir. Ich wäre nur allzu froh, wenn die Frau mir aus den Augen käme.« Zum erstenmal lächelte er. »Vielleicht vergessen die anderen den Zwischenfall dann. Ich verstehe immer noch nicht, weshalb ich derart nachlässig sein konnte ... Aber wer hätte das von einem so hübschen jungen Mädchen gedacht?«

»Ja«, stimmte ihm Raymond zu und lächelte kläglich. »Wer hätte das gedacht?«

Ruhelos wartete Raymond, während Longley mit General Ross sprach. Eine Frage nach der anderen ging ihm durch den Kopf. Wer war der Mann, mit dem Samara zusammengewesen war? Wie stand sie zu ihm? Weshalb hatte sie sich so zärtlich zu ihm hinuntergebeugt? Hatte sich Annabelle in bezug auf die Gefühle ihrer Nichte geirrt? Und würde Samara auf sein Angebot eingehen?

Raymond wußte nicht recht, ob er sie zu einer Ehe mit ihm zwingen sollte. Er verdankte den O'Neills viel, und er liebte Samara und würde sie immer lieben, auch wenn er es ungern zugab. Der Gedanke, daß sie von den Briten gefangengenommen worden war und höchstwahrscheinlich zu Gefängnis verurteilt wurde – wenn nicht zum Tod –, falls sie sich ihm widersetzte, machte ihn halb wahnsinnig.

Düster starrte Raymond vor sich hin. Wieviel Ärger und Verdruß hatte ihm die Liebe zu Samara schon beschert. Er war sich nicht sicher, ob er ihr sein Herz noch einmal so öffnen würde. Noch nicht.

Samara darf auf keinen Fall merken, was ich für sie empfinde, dachte er. Eine solche Waffe kann ich ihr nicht in die Hand geben.

Gerade war er zu diesem Entschluß gekommen, da kehrte Longley mit zufriedener Miene zurück.

»General Ross ist von Ihrem Vorschlag sehr angetan«, erzählte er. »Er hält ihn für einen guten Ausweg aus der sehr schwierigen Situation. Der General möchte verhindern, daß man ihm eines Tages vorwerfen könnte, er habe eine Frau erhängen lassen. Andererseits zögert er, Miss O'Neill wochenlang als Gefangene auf einem Schiff nach England zu transportieren. Falls sie einverstanden ist, sollen Sie sofort von unserem Kaplan getraut und auf die ›Phoenix‹ gebracht werden. Sie müssen uns Ihr Wort geben, daß Sie unmittelbar darauf lossegeln, damit Miss O'Neill zu niemandem Kontakt aufnehmen kann.«

»Sie haben mein Wort«, antwortete Raymond schnell. »Und der junge Mann? Ich bezweifle, daß Samara irgendeinem Vorschlag zustimmt, ohne zu wissen, was aus ihm wird.«

»Er kommt nach Dartmoor«, erklärte Longley. »Mehr konnte ich nicht erreichen.«

»Danke, Cliff.«

»Danken Sie mir noch nicht. Zunächst muß ich mit Miss O'Neill reden und feststellen, ob sie Komplizen hatte oder –«, sein Lächeln erstarb, »ob sie nur die Gelegenheit nutzte.«

Raymond nickte. Er bezweifelte sehr, daß es sich um eine geplante Aktion handelte. Dazu kannte er Samara zu gut. »Ich wäre gern dabei.«

»Nein, Raymond. Ich bin so weit gegangen, wie ich konnte. Wären Sie bei dem Gespräch zugegen, könnte sich die junge Dame in Sicherheit wiegen.« Er lachte beinahe über Raymonds grimmige Miene.

»Keine Sorge, ich werde ihr keine Daumenschrauben ansetzen,

sondern ihr nur mitteilen, was sie und ihren Freund erwartet.« Noch einmal sah er Raymond fragend an. »Wollen Sie das wirklich auf sich nehmen?«

Raymond nickte. »Eine andere Möglichkeit gibt es nicht, oder? Sie werden Samara nicht freilassen.«

»Nein«, gab Longley zu. »Und Sie müssen sie mindestens vier Monate lang zum Schweigen bringen. Verstanden? Es ist wichtig.«

»Ich weiß, was auf dem Spiel steht«, antwortete Raymond. »Sie zweifeln doch nicht an meiner Treue zu England?« Seine Stimme war etwas schärfer geworden.

»Nein, natürlich nicht«, versicherte ihm Longley. »Sonst hätte ich in diesen irrsinnigen Plan niemals eingewilligt.«

»Wann bringen Sie Miss O'Neill her?«

»Das dauert noch eine Weile. General Ross meint – und ich stimme ihm zu –, daß ein paar Stunden in der Zelle ihre Zunge lösen werden.«

»Verdammt, Cliff, sie wird schreckliche Angst haben.«

»Das hoffe ich«, antwortete Longley erbost. »Ich hoffe es sogar sehr.«

Samara kauerte auf der kleinen Bank in ihrer düsteren Zelle. Weitere Möbel gab es hier nicht. Nur ein Toiletteneimer stand in einer Ecke, und es stank entsetzlich nach Schweiß, Schmutz und Angst. Ihrer Angst.

Die Zelle besaß kein Fenster. In der Tür befand sich ein schmaler Schlitz, durch den nur wenig Licht drang. Am gelegentlichen Schneuzen erkannte sie, daß eine Wache davor stand.

Samara hatte erst gebeten und dann verlangt, daß man ihre Tante Annabelle verständigte, aber vergeblich. Die Soldaten behandelten sie nicht schlecht, blieben jedoch stumm. Sie wollten ihr nicht einmal sagen, ob Julien noch lebte.

Im Gegensatz zur Erwartung des Colonels schüchterten die Stunden im finsteren Gefängnis Samara allerdings nicht ein, sondern fachten ihren Zorn an.

Die Engländer waren in Washington eingedrungen. Sie waren

die Brandstifter, die Mörder, und sie hatten Juliens Blut an den Händen. Verdammte Engländer!

Endlich wurde Samara aus der Zelle geholt und in einer geschlossenen Kutsche erneut ins englische Hauptquartier gebracht. Sie betrachtete Oberst Longley ebenso verächtlich wie am Morgen, erreichte angesichts ihres kläglichen Zustands aber nichts damit. Ihr gelbbraunes Kleid war verstaubt und blutbefleckt, ihr Gesicht war schmutzig und ihr Haar vom Kampf mit den englischen Soldaten, die sie von Julien hatten trennen wollen, zerzaust.

»Setzen Sie sich, Miss O'Neill«, sagte der Offizier im roten Rock, ohne die Miene zu verziehen.

Longleys Gesicht war hart, seine Augen blickten kühl und unfreundlich. Samara fragte sich, ob dies wirklich derselbe Mann war, den sie schon einmal in diesem Haus gesprochen hatte.

Sie setzte sich steif hin und fingerte nervös an ihrer kleinen Tasche mit den Medikamenten, die man ihr nicht abgenommen hatte. Obwohl sie furchtbare Angst hatte, ließ sie sich nichts anmerken, sondern sah den Offizier offen an.

Longley hatte Mühe, seine Bewunderung für Samara zu verbergen. Zum erstenmal begriff er Raymond. Trotz ihres unvorteilhaften Äußeren war Samara tatsächlich eine bildhübsche Frau, die Mut und Temperament besaß.

Erbost fragte sie ihn nach Julien Devereaux, und sein Plan, bei dem Gespräch die Oberhand zu behalten, geriet gleich zu Beginn ins Wanken.

Longley beugte sich in seinem Sessel vor und ließ sich absichtlich Zeit. Eindringlich sah er Samara an und antwortete unbekümmert: »Oh, er lebt und wird gehängt werden – und das könnte Ihnen auch passieren.«

Diese scheinbare Gleichgültigkeit verängstigte Samara mehr als alles andere. Es klang, als wäre der Tod am Galgen für den Offizier nichts Besonderes und kümmere niemanden – höchstens das Opfer selbst.

Trotzig hob sie den Kopf. Sie mußte Julien retten, denn sie hatte ihn in die Sache hineingezogen.

»Es war allein meine Schuld«, sagte Samara beinahe verzweifelt. »Mr. Devereaux hatte nichts damit zu tun ... Ich habe die Unterlagen zufällig entdeckt...« Sie begann zu stottern. »Er ist unschuldig und wollte mich nur beschützen.«

Longleys Miene blieb eisig. »Sie haben die Unterlagen nicht zufällig entdeckt«, sagte er. »Sie befanden sich in einem Lederkasten.«

Wider Willen errötete Samara und suchte nach einer Ausrede, aber es gab keine.

»Ich bin es gewesen, ich allein«, stieß sie endlich hervor. »Ich sah die Papiere auf Ihrem Schreibtisch und entdeckte den Kasten. Und ich ... Julien war gar nicht dabei.«

»Nehmen Sie Mr. Devereaux nicht nur in Schutz, weil Sie hoffen, daß wir keine Frau hängen? Dann irren Sie sich gewaltig. Wir hängen unsere Spione auf – gleichgültig, wer sie sind.«

»Julien ist kein ...«

»Aber Sie sind eine Spionin?« fragte Longley unbarmherzig. Er verabscheute sich selbst, aber er mußte es herausfinden. »Geben Sie es zu?«

Samara starrte ihn an, und ihr Trotz legte sich ein wenig. Verzweifelt preßte sie die Hände zusammen. Es ging um Julien oder sie, und sie würde Julien nicht ausliefern.

»Ja«, sagte sie leise. »Und jetzt lassen Sie Julien bitte gehen.«

»Waren Sie allein? Sie kämen besser davon, wenn Sie mir von den anderen berichteten.« Er bezweifelte inzwischen, daß Samara Mittäter hatte. Sicher war es eine impulsive Tat gewesen, die für viele Leute, ihn eingeschlossen, schlimme Folgen haben konnte. Er selbst war außerdem nicht ganz unschuldig daran, denn er hatte Samara durch seine Nachlässigkeit geradezu eingeladen.

Samara biß sich auf die Unterlippe. Glaubte der Offizier ihr? Sie wollte nicht sterben, aber sie konnte auch nicht mit dem Gedanken weiterleben, daß Julien an ihrer Stelle hingerichtet wurde.

»Man könnte Sie auch ins Gefängnis werfen«, fuhr Longley fort. »Eine kleine Vorstellung, wie es dort ist, haben Sie ja heute schon erhalten. Ich versichere Ihnen, englische Gefängnisse sind schlimmer.« Er sah, wie sie erschauderte, und sein Abscheu vor sich selbst nahm zu. »Bestehen Sie immer noch darauf, daß Sie allein schuldig sind?«

»Ja«, flüsterte Samara und dachte an die Hölle, die sie erwartete. Einen Augenblick überlegte sie, ob der Tod nicht vorzuziehen wäre, verwarf den Gedanken aber sofort. Der Tod war sehr endgültig.

»Vielleicht gibt es noch eine dritte Möglichkeit«, meinte Longley rätselhaft und nickte dem Soldaten auf der Schwelle zu.

Samara sah hoffnungsvoll auf, senkte aber gleich wieder den Kopf. Was für ein schrecklicher Vorschlag würde jetzt kommen? Um ihn nicht sofort hören zu müssen, stellte sie eine Frage, die ihr schon die ganze Zeit zu schaffen machte.

»Wie haben Sie entdeckt – daß ich . . .«

»Das habe ich gar nicht«, gab Longley zu. »Ich schickte Ihnen die Soldaten nach, damit sie Sie sicher nach Hause geleiten. Offensichtlich glaubte Ihr Freund, meine Männer wollten Sie belästigen, und griff sie an, um Sie zu beschützen.«

Ein vertrautes Lachen klang von der Tür, und Samara fuhr herum.

»Mir scheint, wir beide sind die unfähigsten Spione auf Gottes Erde, Liebling.« Raymond lächelte bitter und sah sie mit seinen grünblauen Augen eiskalt an. »Du siehst, wir haben tatsächlich eine Menge gemeinsam. Entweder wird diese Ehe im Himmel geschlossen oder in der Hölle.«

Der Kapitän stand scheinbar gelassen auf der Türschwelle und lehnte im Rahmen. Samara kannte diese Laune. Wenn Raymond so ruhig sprach, war er in Wirklichkeit aufs äußerste gereizt und konnte seine Verärgerung kaum noch beherrschen. Ihre erste Freude beim Klang seiner Stimme verwandelte sich in Verzweiflung.

Raymond war all die Zeit dagewesen. Er hatte gehört, wie man sie bedroht, erschreckt und gedemütigt hatte. Und er hatte nichts dazu gesagt. Nicht nur das. Seine Anwesenheit im britischen Hauptquartier machte es ihr erschreckend klar: Dieser Mann gehörte zu ihren Feinden!

Samara rang die Hände, und ihre Augen wurden feucht. Aber sie wollte nicht weinen. Nicht in Raymonds Gegenwart. Diese Genugtuung würde sie ihm nicht geben.

»Du Scheißkerl!« stieß sie ruhig hervor.

Longley sah erschrocken auf, dann lächelte er. Der berühmte Frauenheld, der unzählige Herzen in England gewonnen und gebrochen hatte, bekam es ordentlich zurück. Doch Raymond ließ sich nichts anmerken, seine Augen wurden höchstens noch kühler. Wie ist das möglich? fragte sich Longley und wartete gespannt auf die Antwort des Freundes.

Raymond hatte einen Teil des Gesprächs mit angehört, und jedesmal, wenn der Name Julien Devereaux fiel, einen heftigen Stich verspürt. Plötzlich wollte er Samara ebenso weh tun wie sie ihm.

»Mir scheint, wir haben diese Szene schon einmal gespielt«, sagte er schließlich. »Damals hast du dich ebenfalls wie ein ungezogenes Kind benommen.«

Daß Raymond sie ausgerechnet jetzt daran erinnern mußte! Am liebsten wäre Samara aufgesprungen und hätte auf ihn eingeschlagen. Dann erkannte sie plötzlich, daß er sie absichtlich herausforderte. Er war wütend, und sie war der Grund dafür.

Sie sammelte alle Willenskraft ihres zarten Körpers, drehte sich zu Oberst Longley und fragte: »Muß er dabeisein?«

»Ich fürchte, ja«, antwortete der und lächelte fröhlich. »Er ist nämlich die dritte Möglichkeit.«

Die Worte drangen erst allmählich in Samaras Bewußtsein, und sie blickte von dem Oberst, dem die Situation sicher Spaß machte, zu Raymond. Sein Gesicht war völlig ausdruckslos.

»Das verstehe ich nicht«, sagte sie nervös.

»Der gute Kapitän hat sich erboten, Sie zu heiraten und so weit fortzubringen, daß Sie die Informationen, die Sie uns schändlicherweise gestohlen haben, nicht mehr verwerten können.«

Samara schwieg verblüfft. Dann begriff sie oder glaubte es zumindest. Die beiden wollten ein Spiel mit ihr treiben, aber dabei machte sie nicht mit. Raymond war schon verlobt – wenn nicht inzwischen verheiratet.

Verzweiflung erfaßte Samara, denn trotz allem, was Raymond ihr angetan hatte, wäre sie am liebsten zu ihm gelaufen und hätte sich in seine Arme geworfen. Aber das konnte sie nicht. Sie durfte ihren Stolz nicht verlieren. Er war das einzige, was ihr noch blieb.

»Lieber lasse ich mich aufhängen«, sagte sie ruhig und sah Raymond ebenso eiskalt an. Trotzig schob sie das Kinn vor.

Raymond verriet keinerlei Gemütsbewegung. »Und was ist mit deinem Freund?« fragte er und beobachtete sie eindringlich, um ihre Gefühle zu erkennen.

Samara wurde blaß. »Was soll das heißen?«

»Es geht nicht nur um Ihr Schicksal, Miss O'Neill«, fiel der Oberst ein, »sondern auch um das Ihres Gefährten.«

»Ich habe Ihnen doch gesagt . . .«

»Glauben Sie, wir lassen ihn laufen, obwohl er die Papiere gesehen haben könnte?« fragte Longley, und seine Stimme klang zum erstenmal mitfühlend.

»Das hat er aber nicht«, erklärte Samara hartnäckig.

»Tut mir leid, Ihre Versicherung genügt mir nicht. Darauf darf ich mich nicht verlassen. Sie könnten ihm ja davon erzählt haben.«

»Ich schwöre, daß ich nichts gesagt habe.«

»Soll ich Ihnen etwa trauen, Miss O'Neill? So wie ich Ihnen heute morgen in diesem Zimmer traute?«

Samara merkte, daß sie Longley nicht umstimmen konnte. »Was werden Sie mit Mr. Devereaux machen?« fragte sie ängstlich und spürte, daß ihr jeden Augenblick die Tränen kommen konnten. Ihre Hände zitterten, obwohl sie sich unwahrscheinlich zusammenriß.

Sie sah Raymond nicht an und bemerkte auch nicht den heftigen Schmerz in seinem Gesicht, sondern hörte nur seine Stimme. Und die klang unsäglich spöttisch. »So besorgt, Samara? Soviel Mitgefühl hast du nicht gezeigt, als es um meinen Hals ging.«

Samara stand auf und ging einen Schritt auf Raymond zu. »Julien hat nichts getan, er wollte mich nur beschützen. Du darfst nicht zulassen, daß er gehängt wird.«

»Wirklich nicht?« fragte Raymond und konnte sich kaum noch beherrschen. Beinahe ein Jahr hatte er nur an Samara gedacht. Und jetzt liebte sie diesen jungen Kerl. Weshalb wollte sie sonst ihr Leben für ihn geben? »Und weshalb nicht?« fragte er gepreßt. »Weil er dein Liebhaber ist?«

Aufs äußerste erzürnt über diese ungeheure Gleichgültigkeit und über ihr eigenes schändliches Verlangen, endlich wieder in Raymonds Armen zu liegen, konnte Samara es ihm nur noch mit gleicher Münze heimzahlen. »Ja«, erklärte sie tonlos und sah Raymond trotzig an.

Beide vergaßen Longleys Anwesenheit.

»Du liebst ihn?« fragte Raymond, und seine Stimme versagte ihm fast den Dienst.

»Ja«, antwortete sie unerschrocken. »Er ist freundlich und nett und . . .«

»All das, was ich nicht bin«, beendet er ihren Satz, und sein Herz zog sich schmerzlich zusammen. »Vielleicht hatte er ja mehr Grund als ich, freundlich und nett zu sein.«

Diese Worte taten sehr weh, und Samara sah Raymond sprachlos an. Einen Moment wirkte er so wehmütig und verletzlich, wie sie ihn noch nie erlebt hatte. Doch gleich darauf war sein Blick wieder ausdruckslos.

»Wir warten auf deine Antwort, Samara.« Seine Stimme klang hart und gnadenlos.

Samara sah ihn verwirrt an. Das konnte doch nicht sein Ernst sein. »Aber du – bist doch schon . . .«

Raymond hatte keine Lust, jetzt eine Erklärung über seine Scheinverlobung abzugeben. Die Ehe mit Samara würde doch nur auf dem Papier bestehen. Sie liebte ihn nicht mehr, falls sie es je getan hatte. Kühl blickte er sie an. Er war Connor diesen Ausweg schuldig, und er wurde wahnsinnig, falls Samara etwas passierte. Die Ehe konnte später in aller Stille geschieden oder annulliert werden.

»Eine andere Möglichkeit gibt es nicht, Samara«, erklärte Raymond. »Auch nicht für deinen Freund. Man hat mir versichert, daß er nach England ins Gefängnis gebracht wird, falls du in diese Lösung einwilligst. Wenn nicht«, er zuckte die Schultern, »wird er gehängt.«

»Weshalb tust du das für mich?« fragte Samara mit zusammengebissenen Zähne. »Ich verabscheue dich.« Sie sah in sein hübsches Gesicht, das jetzt von tiefen Sorgenfalten durchzogen war, und wußte, daß sie nicht die Wahrheit gesagt hatte. Sie würde Raymond niemals verabscheuen. Wenn er nur nicht merkt, wie sehr ich ihn liebe und wie gern ich in seinen Armen liegen würde, dachte sie.

»Weshalb?« fragte sie erneut.

»Ich bin es deinem Vater schuldig«, erklärte er trocken.

Samaras letzte Hoffnung schwand dahin. Raymond wollte sie nur wegen ihres Vaters heiraten, nicht weil er sie ebenfalls liebte.

Sie dachte an Julien, der ihretwegen nicht sterben durfte. Daher senkte sie den Kopf und gab nach. »Einverstanden«, flüsterte sie, »um Juliens willen.« Den wahren Grund würde Raymond nie erfahren.

»In Ordnung«, erklärte Raymond so barsch, daß Samara seine Stimme nicht wiedererkannte. »Die Trauung findet heute nachmittag statt.« Er sah sie prüfend an. »Ich werde dir etwas zum Anziehen von Annabelle holen.«

»Ich möchte selbst mit meiner Tante sprechen. Und mit Julien.«

»Das ist leider unmöglich, Miss O'Neill«, mischte sich Longley aus dem Hintergrund ein und erinnerte die beiden daran, daß er den demütigenden Wortwechsel mit angehört hatte.

Raymond war derart erschöpft, daß es ihm gleichgültig war. Samara verabscheute den Engländer jetzt um so mehr, weil er sie in eine Ehe zwang, die sie nicht wollte.

»Weshalb nicht?« fragte sie trotzig, denn sie hatte nichts mehr zu verlieren.

»Weil wir Ihnen keine Gelegenheit geben wollen, irgendwelche Informationen weiterzugeben, meine liebe künftige Mrs. Hampton«, erklärte der Oberst und lächelte über ihre erboste Miene. »Unser Kaplan wird Sie trauen, und anschließend werden Sie sofort auf das Schiff Ihres Mannes gebracht.« Offensichtlich machte es Longley Spaß, Samara noch ein bißchen zu ärgern.

Samara blickte von einem Mann zum anderen, doch keiner machte Anstalten, ihr zu helfen. Bei keinem Streit war Raymond bisher derart kühl geblieben. Verzweiflung erfaßte sie. Sie mußte ihre Familie und ihr Land mit einem Mann verlassen, der sie eindeutig verachtete. Daß sie diesen Mann unvernünftigerweise liebte, erleichterte das Ganze nicht gerade.

Endlich nahm Samara allen Mut zusammen und sah Raymond in die Augen. »Wirst du Annabelle erzählen, was geschehen ist?«

»Ich werde ihr sagen, daß du beschlossen hast, mich in England zu heiraten. Da ich leider sofort abreisen muß, sendest du ihr beste Grüße und versicherst ihr, daß du sehr glücklich bist«, erklärte er. »Es gibt keinen Grund, deiner Familie unnötige Sorgen zu bereiten.«

»Das ist ja wahnsinnig nett«, antwortete Samara verbittert. »Aber Annabelle wird dir nicht glauben, wenn ich nicht bei dir bin.«

»Sie wird es, da bin ich mir ziemlich sicher«, meinte Raymond. »Annabelle und ich haben uns heute nachmittag kennengelernt und sofort gut verstanden. Du wirst ihr einen Brief schreiben, die etwas ungewöhnlichen Umstände erklären und hinzufügen, daß du über dieses Vorgehen sehr glücklich bist.«

»Nein«, wehrte Samara sich trotzig, »ich werde nicht lügen.«

Ihre heftige Ablehnung erboste ihn erneut. »O ja, du wirst.« Seine Stimme klang stahlhart. »Sonst gibt es keine Heirat. Deine Familie soll nicht glauben, ich hätte dich gegen deinen Willen fortgeschafft.«

»Genau das hast du vor«, sagte Samara wütend, »ich will dich nicht heiraten.«

»Denk an Julien«, warnte er sie leise.

»Oh, fahr doch zur Hölle.«

»Da bin ich längst«, antwortete er, verließ den Raum und schlug die Tür hinter sich zu.

Samara hörte diese Worte nicht mehr.

Oberst Longley lehnte Samaras erste Brieffassung ab. Er konnte sich ein Lächeln kaum verkneifen, während er die Zeilen las. Darin befand sich ein deutlicher Hinweis auf die Sorge um einen Bruder in New Orleans. Gegen die zweite, milde ausgedrückt nicht gerade überschwengliche Fassung wehrte sich Raymond, dessen Geduld langsam zu Ende ging. »Ich werde dir den Text diktieren, und du wirst dich genau an meine Worte halten«, wies er sie an.

Erschöpft gab Samara nach. Als Raymond gehen wollte, erinnerte sie sich an Joshuas Medikamente. »Warte«, sagte sie, holte die Fläschchen aus ihrer Handtasche und reichte sie ihm. »Für meinen Onkel.« Daß eine Flasche zurückblieb, merkte sie nicht.

Raymond nahm ihr die Medikamente ab und betrachtete Samaras bekümmertes Gesicht. Gern hätte er sie getröstet, aber er war selbst viel zu verletzt. Daher nickte er nur kühl und verließ den Raum.

Samara wurde in ein Zimmer im oberen Stockwerk gebracht und dort eingeschlossen. Als sie aus dem Fenster blickte, entdeckte sie unten eine Wache. Erschöpft sank sie auf das Bett.

Einige Stunden später brachten zwei Soldaten einen Badezuber, einige Eimer dampfend heißes Wasser, ferner ihr Lieblingskleid sowie Kamm und Bürste.

»Ich soll Ihnen ausrichten, daß Sie in einer Stunde fertig sein müssen, Miss«, sagte einer der Soldaten verlegen.

19. KAPITEL

Dies müßte eigentlich der glücklichste Tag meines Lebens sein, dachte Samara, als sie und Raymond vor dem britischen Kaplan standen. Statt dessen war es der schlimmste.

Sie warf Raymond einen verstohlenen Blick zu. Er stand steif und unbeugsam da. Sein Mund war nur eine schmale, harte Linie, seine Augen von Falten und Erschöpfung umrahmt. Ein Muskel zuckte in seiner Wange, und Samara merkte, daß er zusammenfuhr, als sie sich die Hände reichen sollten.

Ihre eigene Hand war eiskalt, ebenso ihr Herz. Sie hatte Angst, etwas zu fühlen oder auch nur nachzudenken. Ihr letzter Funke Hoffnung, den sie entgegen aller Vernunft noch gehegt hatte, war verlöscht, sobald sie Raymonds Gesicht in der kleinen Gruppe von Offizieren unmittelbar vor der schrecklichen Trauungszeremonie entdeckte. Kühl und verbittert hatte er sie betrachtet, als sie die Treppe herunterkam, und nicht einmal den Mund spöttisch verzogen.

Samara hatte versucht, sich so hübsch wie möglich zu machen, obwohl ihr niemand dabei half und sie keinerlei Haarklemmen oder Schmuck dabeihatte. Ihr Stolz ließ es nicht zu, daß sie besiegt vor ihren Feinden erschien. Auch wenn sie es nicht zugeben wollte: Raymond sollte sie hübsch finden.

Deshalb hatte sie ihr Haar gewaschen und gebürstet, bis es rötlich glänzte, und es offen ihren Rücken hinabfallen lassen.

Annabelle hatte ihr Lieblingskleid aus hellblauem Batist geschickt, das ihren Augen einen bläulichen Schimmer verlieh. Der tiefe Ausschnitt gab ihren hohen Brustansatz frei, die kleinen Puffärmel betonten ihre elfenbeinfarbene Haut, und der schmale ausgestellte Rock brachte ihre schlanke Figur gut zur Geltung. Doch während die britischen Offiziere sie bewunderten, blickte Raymond gleichgültig drein.

Samara hörte die Worte des Kaplans kaum und merkte gar nicht, daß sie antwortete. Ihr war, als spräche jemand anders. Das konnte doch nicht sie sein, hier inmitten all dieser dunkelrot gekleideten Soldaten, mit dem kühlen Fremden an ihrer Seite, dessen Lippen beim Kuß eisig wie der Winterwind waren.

Um das Maß voll zu machen, gab es Champagner nach der Zeremonie. Wie albern, dachte Samara, trank aber selbst zwei Gläser, um ihren Schmerz zu lindern. Raymond legte den Arm um sie und murmelte etwas, dann wurde sie zu einer geschlossenen Kutsche geführt. Höflich half er ihr hinein, schloß die Tür und ließ sie allein.

Sobald sich die Kutsche in Bewegung setzte, brachen Samaras gute Vorsätze zusammen. Sie hatte sich ebenso gleichgültig wie Raymond geben wollen, doch sie sehnte sich nach seinem Trost und seiner Vorstellung, daß alles gutwerden würde. Aber er empfand nichts für sie, sondern bewies ihr nur, daß er sie verabscheute, und sie weinte lautlos.

Mit düsterer Miene schwang Raymond sich auf sein Pferd und ritt vor der Kutsche her. Im Gegensatz zu General Ross und Longley, der für eine Eskorte gesorgt hatte, befürchtete er nicht, daß Samara fliehen könnte. Nicht solange Juliens Leben auf dem Spiel stand.

Ursprünglich hatte er vorgehabt, Samara in der Kutsche zu begleiten, doch sie wollte ihn offensichtlich nicht. Das war ihm jetzt klar. Während der ganzen Trauung hatte sie ihn nicht angesehen, und ihre Lippen waren bei dem förmlichen Kuß kühl und gefühllos geblieben. So rasch wie möglich hatte sie ihm die Hand entzogen und kein Wort mehr als nötig mit ihm gewechselt.

Ihm war nichts übriggeblieben, als sich ebenfalls kühl und gleichgültig zu geben. Wütend erinnerte er sich an ihre Worte bei seinem Heiratsantrag: »Lieber lasse ich mich aufhängen.« Heftig drückte er die Schenkel gegen die Seiten des Pferdes und galoppierte mit ihm zu seinem Schiff.

Michael Simmons und Yancy waren von der bevorstehenden Abreise verständigt worden. Als Raymond die »Phoenix« erreichte, sah er, daß sein Schiff segelfertig war. Ein großes Beiboot lag am Ufer, um Samara und ihn an Bord zu bringen. Yancy saß auf der Böschung, als Raymond auf seinem schweißüberströmten Pferd herankam, und sah den Freund fragend an.

»Sie sehen aus, als wäre der Teufel hinter ihnen her«, erklärte er.

»Das ist er auch«, antwortete Raymond knapp.

»Wo ist die Braut?«

»Hinter mir. Ich warne Sie, Yancy, sie ist nicht gerade glücklich.«

Yancy, der die Umstände nicht kannte, zog fragend die Augenbrauen in die Höhe.

»Samara wurde beim Spionieren gefaßt. Eine Heirat mit mir war die einzige Möglichkeit, sie zu retten.« Mehr sagte er nicht, und sein Gesicht war so verschlossen, daß Yancy keine weiteren Fragen stellte.

Raymond übergab sein Pferd einem englischen Offizier, der das Tier verkaufen sollte, und wartete schweigend auf die Kutsche. Als sie herangekommen war, trat er zögernd näher und öffnete die Tür. Samara kauerte in einer Ecke, und ihre Augen waren stark gerötet. Zum erstenmal sah er sie in Tränen aufgelöst, und wider Willen schmerzte ihm das Herz.

Obwohl eine innere Stimme ihn warnte, stieg er in die Kutsche und setzte sich zu ihr. Instinktiv zuckte Samara zurück. Doch als er ihr zärtlich die Tränen abwischte, sah sie auf und erkannte das Mitleid in seinen Augen – und noch etwas, das sie nicht deuten konnte.

Raymond öffnete die Arme, und sie schmiegte sich hinein, während neue, heftige Schluchzer ihren Körper erschütterten. Besänftigend strich er ihr über das Haar und flüsterte ihr zu, alles werde sicher gut werden. Doch ihre Tränen flossen nur um so stärker.

Als die Schluchzer endlich verebbten, fühlte Samara Raymonds Lippen auf ihrer Stirn. Sie waren weich und zärtlich. Er küßte sie nicht wie ein liebender Mann, sondern wie ein tröstlicher guter Freund. Und das schmerzte noch viel mehr.

Qualvoll machte Samara sich von ihm los. »Bitte entschuldige«, sagte sie trocken.

Seine Stimme klang warm und freundlich. »Du brauchst dich nicht zu entschuldigen, kleine Wildkatze. Der heutige Tag hätte dem stärksten Soldaten zugesetzt.« Er spielte mit einer Locke. »Du bist sehr tapfer gewesen. Alles wird gut werden, das verspreche ich dir. Wir lassen die Ehe in England annullieren, anschließend kannst du nach Carolina zurückkehren und . . .« Er konnte nicht zu Ende sprechen.

Die Freude, die Samaras Herz erfaßt hatte, schwand dahin. Raymond wollte nur nett zu ihr sein. Sie richtete sich auf, wischte wie ein Kind die Tränen fort und bemühte sich vergeblich, stark zu erscheinen. »Ich bin völlig in Ordnung«, sagte sie. »Bestimmt.«

Raymond nickte, und seine Bewunderung für Samara wuchs. Und sein Verlangen ebenso.

Er öffnete die Tür, stieg aus, drehte sich herum und reichte ihr die Hand. Samara zögerte eine Sekunde, dann griff sie sie und merkte, wie seine Wärme in ihren ganzen Körper ausstrahlte. An der Kante der Bank zögerte sie noch einmal und sah Raymond aufmerksam an. Er trug immer noch die Kleider von der Trauung: einen dunkelgrauen Paraderock und eine etwas hellere, silberbestickte Weste, die sich gut von dem schneeweißen Batisthemd abhob. Eine hellgraue Hose betonte seine muskulösen Schenkel, und kniehohe glänzende schwarze Stiefel umschlossen seine starken Waden.

Ihr Ehemann . . . Ihr äußerst widerwilliger Ehemann. Wieder wurde ihr ganz elend.

Raymond merkte, daß ihre Miene sich erneut verfinsterte. Er hob Samara mit beiden Armen aus der Kutsche und wunderte sich, wie leicht sie war. Behutsam setzte er sie in das Beiboot und gab dem Schiffer das Zeichen, abzulegen. Als sie die »Phoenix« erreichten, half er ihr an Bord und stand neben ihr an Deck, während Michael Simmons das Schiff langsam den Potomac hinabsteuerte. Er blieb bei ihr, als sie zum Ufer hinüberstarrte und sich von ihrer Heimat verabschiedete.

Der Himmel war blau, und die Winde wehten günstig. Raymonds

Verärgerung hatte sich angesichts von Samaras Kummer gelegt und war einem brennenden Verlangen und nagendem Schmerz gewichen, der sich verstärkte, sobald er zu Samara hinüberblickte. Aus diesem Grunde mied er sie entschlossen und suchte nach einer Ausrede, das Deck zu verlassen, sobald sie auftauchte.

Er hatte ihr Michael Simmons' Kabine überlassen, behandelte sie mit ausgesuchter Höflichkeit und aß allein in seiner Kabine, während Samara den ersten Abend in Gesellschaft seiner Offiziere verbrachte.

Doch seine Laune verschlechterte sich in dem Maße, wie seine Enttäuschung wuchs, und erreichte geradezu legendäre Höhepunkte.

Samara spürte die Spannung an Bord und blieb sooft wie möglich in ihrer Kabine, bis sie es vor Einsamkeit nicht mehr aushielt. Deshalb suchte sie die Gesellschaft von Yancy. Sie sagte wenig, aber ihr wehmütiger Blick sprach Bände.

Yancy betrachtete Samara und seinen reizbaren Kapitän erst nachdenklich, dann besorgt. Er begriff nicht, weshalb die beiden so blind waren. Wenn sie einander unbemerkt beobachteten, glänzten ihre Augen vor Liebe und Verlangen. Am liebsten hätte er ihre beiden Köpfe zusammengestoßen. Aber er durfte sich nicht einmischen. Außerdem dauerte die Reise noch einige Wochen. Wenn er, Yancy, etwas von der menschlichen Natur verstand, würden sich ihre Probleme – vielleicht mit ein wenig Nachhilfe – sicher von allein lösen.

Nach dem Essen am zweiten Abend nahm Yancy Samara mit auf das Hauptdeck und beobachtete mit ihr den Sonnenuntergang. Ihm entging nicht, daß sie immer wieder zu Raymond hinübersah, der barfuß am Ruder stand, während der Wind ihm das Haar zerzauste.

Samara war nur zögernd an Deck gekommen. Der kürzeste Anblick von Raymond erfüllte sie mit neuem Kummer. Seine Höflichkeit war schwerer zu ertragen als seine Verärgerung. Wie gern hätte sie sich in seine Arme gestürzt und sich an seine warme Brust geschmiegt. Aber sie wußte ja, daß er sie nicht länger begehrte.

Trotzdem konnte sie den Blick auch jetzt nicht von ihm lassen.

Ihr Herz pochte heftig, und ihr Hals wurde ganz trocken. Raymond sah phantastisch aus. Der Wind preßte sein Batisthemd an seine breite Brust, und seine Muskeln zeichneten sich deutlich unter seiner engen Hose ab. Widerstrebend riß Samara sich von seinem Anblick los und sah hinüber zum Horizont, wo die leuchtend rote Sonne beinahe die dunkelblaue See erreicht hatte. Goldene, scharlachrote und rosa Strahlen fielen auf das kräuselnde Wasser, als wollten sie die »Phoenix« in ein magisches Land entführen.

»Ich muß einen Moment nach unten gehen. Bleiben Sie hier«, sagte Yancy hinter ihr.

»Ich komme mit«, antwortete Samara mit einem Anflug von Panik in der Stimme.

»Nein – bleiben Sie. Ich bin gleich zurück.«

Hingerissen von dem zauberhaften Sonnenuntergang stimmte Samara zu. Einen Augenblick stellte sie sich vor, sie wäre ein Vogel und würde in die wunderbaren Farben tauchen und anschließend hoch zum wolkenlosen Himmel steigen. Wunderbar, so frei zu sein ...

»Es ist schön, nicht wahr?« unterbrach Raymonds dunkle Stimme ihre Träumerei.

Samara hatte nicht bemerkt, daß Michael Simmons den Kapitän der »Phoenix« abgelöst hatte und Raymond sie schon eine ganze Weile beobachtete.

Sie faßte die Reling fester und drehte sich zu ihm. Aller Widerstand brach in ihr zusammen, und sie sah nur noch ihn. Raymonds Lippen waren so nahe, und sein Blick war so warm. Wortlos ging sie zu ihm und konnte gar nicht anders. Er ergriff ihre Hand, küßte sie zärtlich, und ihr wurde ganz heiß. Zentimeter für Zentimeter schob sie die Hände seine Brust hinauf. Sie merkte nicht, daß ihr Tränen in die Augen stiegen, während sie suchte, was sie für immer verloren zu haben glaubte. Sie wollte Raymonds Liebe und wußte, daß ihr Herz nur ihm gehörte. Aber sie hatte Angst, es auszusprechen und diesen zärtlichen Augenblick zu zerstören.

Raymond fuhr mit den Lippen von ihrem Mund zu ihrem Haar,

zog Samara an sich und drückte ihr Gesicht in sein dichtes blondes Brusthaar. Verzückt roch sie seinen Duft und leckte an seiner salzigen Haut.

Raymond stöhnte auf und wurde immer erregter. »Kleine Wildkatze«, murmelte er gequält.

Samara lehnte sich zurück, sah ihm in die Augen und erschrak über den heftigen Schmerz, den sie darin erkannte. Sie schob die Hände in sein Haar und reckte sich zu ihm hinauf, so daß er ihren Lippen erneut nicht widerstehen konnte. Immer verzehrender wurde sein Kuß, während beide versuchten, ihre Zweifel und Fragen in der Nähe und der Wärme des anderen zum Schweigen zu bringen.

Ganz langsam machte sich Raymond von Samara los. Er nahm ihre Hand und drehte sich in Richtung Sonne, die inzwischen untergegangen war und einen roten Schein auf dem Wasser hinterließ.

»Wir müssen unbedingt miteinander reden«, sagte er leise, und Samaras Knie wurden weich. Ein Schauer durchrieselte ihren bebenden Körper.

Raymond betrachtete ihr ausdrucksvolles Gesicht. Er merkte, was in ihr vorging, und fühlte sich nicht mehr ganz so leer.

»Ich war in Glen Woods«, sagte er, »und dein Vater erzählte mir, daß du nach Washington gereist wärst. Kurz zuvor hatte ich gehört, daß die englische Armee die Hauptstadt einnehmen wollte. Deshalb war ich dort – ich wollte dich in Sicherheit bringen.

»Du warst nicht – mit der Armee gekommen?«

»Nein, Samara«, antwortete Raymond mit einem leichten Lächeln. »Ich hatte dich vor dir selbst bewahren wollen – und kam gerade noch rechtzeitig.« Er wurde wieder ernst. »Außerdem wollte ich dich noch einmal bitten, meine Frau zu werden. Eigentlich hatte ich mir das ganz anders vorgestellt, aber ich konnte meine Verärgerung nicht beherrschen.«

Samara preßte die Hände zusammen und versuchte zu begreifen. »Deine Verärgerung?«

»Die Wut darüber, daß du dem jungen Mann scheinbar so zugetan warst ... Daß du mir nicht vertrautest ... Daß du ohne weiteres angenommen hattest, ich hätte mein Wort gebrochen – nicht einmal, sondern gleich mehrmals.«

Ein heftiger Schmerz erfaßte Samara, während sie Raymond zuhörte. Er hatte recht, sie hatte ihn tatsächlich mehrmals rasch verurteilt und einfach zu große Angst gehabt, ihn zu lieben. »Aber der Zeitungsartikel ...«

»Deshalb war ich in Glen Woods. Als ich deine Familie kurz vor Weihnachten verließ, wollte mir niemand sagen, weshalb du plötzlich verschwunden warst. Selbst dein Vater wußte es nicht. Er schrieb mir, sobald er den Grund erfahren hatte, denn ihm war klar, daß es eine Erklärung geben mußte.«

»Und gibt es eine?« fragte Samara kleinlaut.

Raymond hob ihren Kopf an, bis Samara ihm in die Augen sehen mußte. »Ja, eine sehr einfache. Du hättest mich nur zu fragen brauchen«, antwortete er verbittert, und Samara zuckte bei seiner Stimme zusammen.

Er ließ sie los und blickte wieder auf das Wasser. »Du hast mir nie wirklich vertraut, nicht wahr, Samara?«

Sie wollte ihn nicht belügen, weil soviel auf dem Spiel stand. »Nein«, sagte sie daher langsam, »wahrscheinlich nicht. Du bist so anders als alle Menschen, die ich bisher kennengelernt hatte. Ich begriff nicht, weshalb du ausgerechnet mich gewählt hattest. Es mußte viel hübschere, viel intelligentere Frauen in deinem Leben geben. Und als Bren ...«

»Du kleiner Dummkopf«, sagte Raymond richtig verärgert. »Weißt du nicht, wie außerordentlich hübsch du bist? Ich verliebte mich in dein Temperament, in deinen Humor und deinen Mut – so fehlgeleitet er auch häufig ist. Solche Eigenschaften sind sehr selten. Ebenso – hoffe ich zumindest – wie dein verdammter Eigensinn.«

Samaras Augen leuchteten, und sie spürte neue Hoffnung. »Heißt das, du – hast mich – nicht nur wegen Vater geheiratet? An unserem Hochzeitstag erwähntest du, unsere Ehe könne in England gleich wieder annulliert werden.«

»Weil ich dachte, du wolltest es gern«, antwortete er leise. »Du hast gesagt, du liebtest den jungen Amerikaner.« Er sah sie fragend an.

»Ich glaubte doch, du wärst mit einer Frau in England verlobt, und ich war so wütend . . .«

Raymonds Augen funkelten vor Freude. Er gluckste tief in seiner Brust und hielt rasch die Hand vor den Mund, um nicht laut aufzulachen. Doch er konnte nicht mehr an sich halten. Zum erstenmal seit Monaten hörte die Mannschaft der »Phoenix«, die das Paar verstohlen beobachtet hatte, ihren Kapitän wieder herzlich lachen.

Selbst Samara fürchtete einen Augenblick, Raymond hätte den Verstand verloren. Dann ließ sie sich von seinem Gelächter anstekken und kicherte ebenfalls.

Endlich beruhigte er sich und zwinkerte ihr zu. »Wir sind vielleicht ein schönes Paar«, erklärte er wehmütig. »Ich glaube, ich bin mindestens ebenso eigensinnig wie du. Ich war einfach zu stolz, um den Irrtum über meine Verlobung aufzuklären. Anschließend hast du mich absichtlich über dein Verhältnis zu Julien Devereaux im unklaren gelassen, und ich wurde noch wütender.«

Liebevoll streichelte Samara seine Wange. »Wenn du wüßtest, wie gern ich mich in deine Arme geworfen hätte. Aber du warst so kühl.«

»Und du warst so erbost.«

»Und verängstigt – furchtbar verängstigt.«

»Und hübsch und tapfer . . .«

»Ich liebte dich so sehr und dachte, du verabscheutest mich.«

»Mir scheint, wir haben uns ständig gegenseitig mißverstanden«, gab Raymond zu. »Aber das ist jetzt vorbei, Samara.« Er beugte sich hinab und küßte sie leicht. Plötzlich lachte er leise. »Jetzt haben wir der Mannschaft wohl genügend Stoff zum Reden gegeben. Ich habe eine schöne Kabine, und wir haben soviel Zeit verloren . . .«

Samara freute sich über den Blick, mit dem er sie ansah. »Viel zuviel«, stimmte sie ihm zu, »besonders weil wir schon zwei volle Tage verheiratet sind.« Lachend hob Raymond sie auf und eilte mit ihr zu seiner Kabine.

Als sie endlich allein waren, standen Raymond und Samara sich mehrere Sekunden gegenüber, hielten sich beinahe verzweifelt an den Händen und sahen sich an. Dann beugte Raymond den Kopf, küßte Samara und schob seine Zunge gierig zwischen ihre Lippen.

Samara ließ sie bereitwillig eindringen und merkte, wie ihr ganzer Körper auf seine Liebkosungen reagierte. Sie bebte vor Erwartung und körperlichem und seelischem Begehren. Zärtlich spielte sie mit seinen Lippen und zeigte Raymond auf unterschiedlichste Weise, wie sehr sie ihn liebte.

Raymond öffnete den Verschluß ihres Kleides, schob den Stoff zusammen mit dem Hemd von ihren Schultern und sah Samara an. Mit glänzenden Augen und vor Liebe gerötetem Gesicht stand sie vor ihm. Wie hatte ihm diese Frau gefehlt! Er wollte sein Hemd ebenfalls ausziehen, aber Samara hielt seine Hände fest.

»Laß mich das machen«, flüsterte sie.

Sie führte ihn zu der Koje, bat ihn, sich zu setzen, zog ihm das weiße Hemd über den Kopf und streichelte dabei seine gebräunte Haut und sein blondes Haar. Anschließend kniete sie nieder und löste die Schnüre an seiner Hose.

Raymond stöhnte leise. »Samara ...« Mit einer Hand zog er sie neben sich auf das Bett, mit der anderen schob er seine restliche Kleidung hinab.

Erneut staunte Samara über seinen schönen Körper. Doch Raymond ließ ihr nicht viel Zeit. Er küßte ihre Brüste und liebkoste fieberhaft ihren Körper, bis sie innerlich glühte.

Samara zog Raymond heran, fuhr mit den Händen über seinen Rücken und knabberte an seinem Ohr. Er keuchte und schob sich mit seinen schlanken Hüften auf sie.

Samara bog sich ihm entgegen und wurde emporgerissen in eine Welt schwindelnder Empfindungen. Sie klammerte sich an ihn, zog Raymond tiefer und tiefer und genoß jeden Stoß, der sie der Ekstase näher brachte. Gemeinsam erreichten sie den Höhepunkt, und die Welt um sie herum versank.

Minutenlang lagen sie anschließend da, und ihre Körper bebten noch von der Nachwirkung ihrer Vereinigung. Zärtlich strich

Raymond mit den Lippen über ihren Mund und legte seine Wange an ihre.

»Ich liebe dich, Raymond«, flüsterte Samara. »Ich habe dich immer geliebt. Schon seit du mich zum erstenmal ausgelacht hast.«

Sie merkte, wie er tief in der Brust lachte. »Heißt das, ich sollte es öfter tun?«

»Danke, mir reicht es«, antwortete sie. »Außerdem glaube ich nicht, daß ich dich noch stärker lieben könnte«, fügte sie ernsthaft hinzu.

»Ich wünschte, ich hätte es früher gewußt, Liebling«, sagte er sehnsüchtig. »Dann wäre uns eine Menge Kummer erspart geblieben . . .«

»Du warst auch nicht sehr entgegenkommend«, erwiderte sie.

Wieder lachte er innerlich. »Mag sein – aber ich werde dich dafür entschädigen.«

Erneut zog er Samara an sich, und sie merkte, daß ihr Körper sofort reagierte.

Die ganze Nacht lag Samara in Raymonds Armen und genoß seine Nähe. Mehrmals wachte sie auf, sah ihren Mann verwundert an und berührte ihn zärtlich mit einem Finger, um sich zu vergewissern, daß er tatsächlich da war.

Mehrere Tage vergingen, und Samara und Raymond verbrachten ungewöhnlich viel Zeit in der Kabine, wie Yancy und Michael Simmons befriedigt feststellten. Kam der Kapitän einmal an Deck, war er wie ausgewechselt und sang oder pfiff fröhlich vor sich hin. Alle schauten zu ihnen hinüber, wenn die beiden gemeinsam das Deck betraten. Sie waren ja so verliebt.

Leider verschwand Raymonds gehobene Stimmung bald, denn die Fahrt seiner »Phoenix« verlangsamte sich ständig. Der Wind, der seit der Abfahrt von Washington nur leicht geweht hatte, legte sich beinahe, und das Schiff war noch viel zu nahe der amerikanischen Küste, um außer Gefahr zu sein.

Seine schlimmsten Befürchtungen bestätigten sich, als der Ausguck am vierten Tag »Segel in Sicht« rief. Raymond eilte auf das Vorderdeck und griff nach dem Fernglas.

»Welche Flagge?« fragte Yancy, der neben ihn getreten war.

Raymonds Gesicht wurde starr. »Eine amerikanische«, erwiderte er. »Ein Schoner – vermutlich ein Freibeuter.«

»Was sollen wir machen?« Er wußte, daß der Kapitän geschworen hatte, nicht mehr gegen amerikanische Schiffe zu kämpfen. Seine Beziehung zu Samara, die immer noch zerbrechlich war, würde durch einen Feuerwechsel nicht gerade gefestigt werden.

»Wie der Teufel davonfahren«, erklärte der Kapitän, »falls der verflixte Wind endlich auffrischt.«

Aber der Wind wurde nicht stärker, und das amerikanische Schiff mit seinen zusätzlichen Segeln kam immer näher. Besorgt ging Samara zu ihrem Mann an Deck. »Was wirst du tun?«

»Was ich tun muß, Samara«, sagte er. Ein Muskel zuckte in seiner Wange und verriet, wie erregt er war.

»Du willst dich nicht ergeben?« fragte sie kleinlaut und wußte die Antwort im voraus.

Zärtlich streichelte er ihr Gesicht, als hätte er Angst, es wäre das letztemal.

»Das darf ich nicht, Samara. Ich habe versprochen, dich nach England zu bringen.«

»Mir hast du auch etwas versprochen.«

»Daß ich nicht angreifen werde. Verteidigen muß ich mich aber.« Erneut blickte er durch das Fernglas und sah, daß die Kanonen des Amerikaners für einen Warnschuß geladen wurden. »Michael soll unsere Kanone bereitmachen.«

Yancy sah von dem entschlossenen Raymond zu der verängstigten Samara. »In Ordnung, Sir«, erwiderte er ungewöhnlich ergeben. »Geh nach unten, Samara«, bat Raymond ruhig.

»Nein.«

Er wirkte müde. »Ich tue es nicht gern, aber falls nötig, laß ich dich binden. Geh jetzt!«

»Raymond . . .« Es klang wie ein Schmerzensschrei.

»Tut mir leid, Samara, ich habe keine Wahl«, sagte er gequält.

Sie streckte die Hand nach ihm aus, ließ sie aber wieder fallen. »Sei vorsichtig«, flüsterte sie.

»In Ordnung, kleine Wildkatze«, antwortete er mit einem schiefen Lächeln und wandte sein Aufmerksamkeit dem Amerikaner zu. Der erste Kanonendonner hallte herüber, und die Kugel schlug kurz vor dem Bug der »Phoenix« ins Wasser. »Bringen Sie Samara nach unten!« rief Raymond Yancy zu.

Ohne sich zu wehren, ging Samara mit dem Arzt. Sie bezweifelte keinen Augenblick, daß Raymond sie sonst gezwungen hätte,

Sie begleitete Yancy zu seiner Kabine und half ihm, alles zum Verbinden eventueller Wunden bereitzulegen.

Das Schiff erzitterte, als die Mannschaft das Feuer erwiderte, dann traf die erste Kanonenkugel die »Phoenix«.

Samara preßte die Hände zusammen, bis sie weiß wurden. Wie gern wäre sie an Deck geeilt, um sich zu vergewissern, daß Raymond nichts passiert war. Aber sie wußte, daß sie ihn nur stören würde. Das amerikanische Schiff war ihr jetzt gleichgültig, wenn nur Raymond überlebte. Sie konnte sich ein Leben ohne ihn nicht mehr vorstellen.

»Ihm ist bestimmt nichts geschehen«, sagte Yancy, der ihre Gedanken erraten hatte. »Er ist unbesiegbar. Deshalb fahren die Seeleute ja gern mit ihm. Wenn ihm nichts passiert, geschieht ihnen ebenfalls nichts.«

»Ich liebe ihn so sehr, Yancy.«

»Ich weiß«, antwortete der Schiffsarzt leise, »und er liebt Sie. Ich habe ihn noch nie so verzweifelt gesehen wie nach seiner Abreise von South Carolina.«

»Ich hätte ihm mehr vertrauen müssen . . .« Sie hielt inne, denn sie hörten eine weitere Explosion an Deck. Kurz darauf eilten die ersten Männer blutüberströmt und schwarz vom Pulver in das kleine Lazarett.

Samara kümmerte sich um die Verwundeten und merkte nicht, daß das Schiff Fahrt aufnahm und der Kanonendonner sich entfernte. Endlich tauchte Raymond mit einem schiefen Lächeln auf der Türschwelle auf. Wohltuend beobachtete er Samara bei der Arbeit und schüttelte den Kopf, als sie sein blutbeflecktes Hemd bemerkte. »Nichts Ernstes«, versicherte er. »Nur ein Splitter. Versorg erst die anderen.

»Was ist geschehen?«

»Unsere Kanonenkugel hat den Hauptmast getroffen und geknickt. Der Amerikaner kommt nicht weiter. Außerdem ist der Wind zum Glück aufgefrischt, wir sind jetzt weit genug entfernt.«

»Und die ›Phoenix‹?« fragte Yancy und sah von dem Mann auf, den er gerade versorgte.

»Sie hat einiges abbekommen. Die Takelage und die Spiere sind beschädigt. Doch alles in allem haben wir Glück gehabt«, erklärte Raymond ruhig. »Wir werden zur amerikanischen Küste zurückkehren und sie dort reparieren. Falls Sturm aufkommt, würden wir es keinesfalls bis England oder auch nur nach Bermuda schaffen.«

In dieser Nacht hielt Raymond Samara fest in seinen Armen. Die Möglichkeit, einander zu verlieren, hatte ihr Verlangen geradezu ins Unermeßliche gesteigert. Als er in sie eindrang, zog Samara ihn tiefer und tiefer, als wollte sie ihn für immer halten und so sehr zu einem Teil von sich machen, daß er sie nie wieder verließ. Verzückt erlebte sie den Höhepunkt und hoffte, daß Raymonds Samen sich fest in ihr verwurzelte. Sie wünschte sich jetzt unbedingt ein Kind von ihm. Die Angst hatte sich noch nicht gelegt, und sie fürchtete, sie könne Raymond verlieren, bevor es soweit war.

Anschließend lagen sie eng beieinander und zitterten immer noch von den Nachwirkungen ihrer Vereinigung. Die ganze Nacht hielten sie sich fest umschlungen.

Die »Phoenix« machte sich träge auf den Weg zur Küste. Trotz der ständigen Gefahr waren Raymond und Samara glücklicher, als sie es je für möglich gehalten hätten. Immer wieder hielten sie sich in den Armen und genossen jeden Augenblick, als wäre es der letzte.

Die »Phoenix« ankerte in einem kleinen Schlupfwinkel abseits der

Küste, und Raymond ging mit einer Gruppe Männer an Land. Bevor er Samara in Yancys Obhut zurückließ, faßte er ihr Kinn und betrachtete eindringlich ihr Gesicht. »Würde es etwas nützen, wenn ich dich bäte, an Bord zu bleiben?«

Ihr elendes Gesicht sagte ihm genug.

Zärtlich streichelte er ihre Wange und wandte sich an Yancy. »Lassen Sie sie nicht aus den Augen. Sperren Sie sie in ihre Kabine, wenn es sein muß!« Er beugte sich hinab und streifte Samaras Lippen. »Kleines eigensinniges Ding«, murmelte er lächelnd. Dann war er fort.

Samara sah zu, wie das Boot das Ufer erreichte, und wandte sich an Yancy. »Ich weiß, daß Sie zu den Verwundeten zurückgehen möchten. Ich komme mit.«

»Mit Ihren sanften Worten erreichen Sie mehr als ich mit meinen armseligen Bemühungen«, antwortete der Schiffsarzt, damit sie wieder lächelte. Leiser fuhr er fort. »Laufen Sie nicht weg, Samara. Raymond würde Ihnen eine Menge verzeihen, aber kaum, daß Sie ihn zum Verräter machen. Er hat einen Eid geschworen, Sie nach England zu bringen. Setzen Sie ihrer beider Glück nicht aufs Spiel.«

»Mein Bruder ist in Gefahr«, antwortete Samara. »Mein Land ist in Gefahr. Wie könnte ich das vergessen? Wie kann ich mich für einen der beiden entscheiden?« Sie verhehlte ihren Schmerz nicht.

»Raymond ist Ihr Ehemann. England ist jetzt auch Ihr Land.«

»Nein – England nicht«, erklärte Samara.

Yancy seufzte. »Wie der Kapitän sagte: Bleiben Sie ständig in meiner Nähe.«

Der Nachmittag ging vorüber, und es wurde Abend. Die Männer kehrten zurück und brachten mehrere Bootsladungen Bauholz an Bord. Raymond war zwar erschöpft, überwachte aber die Reparaturen bis spät in die Nacht. Endlich war er zufrieden und erzählte Samara, daß sie am Morgen noch einmal ans Ufer übersetzen müßten und anschließend wieder lossegeln würden.

Er nahm seine Frau mit hinunter in seine Kabine und ließ sich von ihr ausziehen und den Schweiß von seinem Körper spülen.

Wollüstig stöhnte er über ihre Fürsorge und trank dankbar ein Glas Brandy.

Nachdem er sich wieder sauber fühlte, zog er Samara zu sich auf das Bett und hielt sie fest, war aber zu erschöpft, um der Einladung in ihrem Blick zu folgen. Müde schloß er die Augen, öffnete sie jedoch wieder und sah Samara eindringlich an. »Ich habe einen sehr leichten Schlaf, meine hübsche kleine Wildkatze. Außerdem wirst du heute nacht auf der Innenseite der Koje schlafen.«

Raymond hatte durchaus bemerkt, daß Samaras Augen seltsam glänzten. In seiner Schläfrigkeit führte er es auf die Funken zurück, die zwischen ihnen sprühten. Er würde diese Glut später richtig anfachen.

Samara wartete, bis Raymond fest schlief. Sie erinnerte sich, daß man Joshua nach ein paar Tropfen seines Schlafmittels nicht mehr aufwecken konnte, und hoffte, daß das Mittel auf Raymond und seine Offiziere dieselbe Wirkung haben würde. Schon am Abend hatte sie einiges davon in den Kaffee der Mannschaft getan und Raymond soeben eine kleine Menge in den Brandy gegossen. Da er furchtbar erschöpft war, mußte er jetzt eigentlich einige Stunden fest schlafen.

Samara setzte sich auf und beobachtete ihren Mann. Eine blonde Locke war über seine Stirn gefallen, und er lächelte ein wenig, als träume er etwas Wunderbares. Er wirkte so verletzlich, so schön. Und sie liebte ihn so sehr.

Trotzdem würde sie es sich nie verzeihen, wenn sie nicht zumindest den Versuch unternahm, ihre Informationen an die amerikanischen Behörden weiterzugeben. Was war, wenn Conn ums Leben kam? Oder wenn die Engländer einen entscheidenden Sieg errangen und das Land besetzten?

Zärtlich streichelte Samara die Wange ihres Mannes, barg das Gesicht in seinem Haar und wünschte, er würde aufwachen und sie von ihrem Vorhaben abhalten.

»Ich liebe dich«, flüsterte sie, »bitte, bezweifle das nie.«

Die Worte blieben ihr beinahe im Hals stecken. Vorsichtig kletterte sie über Raymond hinweg, zog eines seiner Hemden über und schrieb im Schein der Kerze eine kurze Nachricht für ihn auf ein Pergament.

Anschließend nahm sie einige Goldstücke, die sie bestimmt benötigen würde, und schlüpfte hinaus. Während das Schiff repariert wurde, hatte sie in der Seekiste eine Seglerkluft gefunden, die ihr paßte. Schnell holte sie die Sachen aus dem Versteck und zog sie an.

Zwei Ausgucker saßen in den Wanten, aber sie blickten hinaus auf die See. Deshalb lief Samara auf die andere Seite, ließ lautlos eines der Taue hinab, kletterte über die Reling und schwamm an Land.

20. KAPITEL

Nicht zum erstenmal fragte sich Raymond Hampton, weshalb er all die Strapazen auf sich genommen hatte. Mehrmals hatte ihn ein innerer Zwang erfaßt, und er hatte Yancy mit warmer Kleidung, Dekken und Essen zu Julien Devereaux in die Festung Dartmoor geschickt. Nun hatte er sogar den Namen Hampton dazu benutzt, die vorzeitige Freilassung des Amerikaners zu erwirken. Vor drei Tagen hatte er den jungen Mann auf ein dänisches Schiff gebracht und dafür gesorgt, daß er sicher zu seiner Familie nach Amerika zurückkehren konnte. Das war er Julien schuldig. Immerhin war der Amerikaner nur in Schwierigkeiten geraten, weil er Samara beschützen wollte.

Der Krieg war seit über einem Monat zu Ende, doch der Austausch der Gefangenen verzögerte sich, denn zwei Wochen nach dem Waffenstillstand, am 18. Januar, war es in New Orleans noch einmal zu einem Kampf gekommen, bei dem die Engländer eine verheerende Niederlage erlitten hatten. Drei britische Regimenter mit mehr als 2000 Soldaten waren dabei vernichtet worden, während die Amerikaner fast keine Verluste zu beklagen hatten.

Als Raymond die Nachricht hörte, hatte er sich sofort gefragt, inwieweit er in seiner Blindheit mitschuldig an dem Debakel wäre. Zwar war es ziemlich unwahrscheinlich, daß die amerikanischen Behörden der Aussage einer jungen Frau große Bedeutung schenkten, aber auf jeden Fall hatte General Andrew Jackson die Engländer bereits erwartet . . .

Schmerzlich erinnerte sich Raymond an jenen Septembermorgen, als er allein in seiner Kabine erwachte und feststellen mußte, daß Samara nicht mehr da war. Die Flut hatte alle Spuren fortgeschwemmt, also war sie schon die ganze Nacht unterwegs.

Yancy und Simmons hatten ihn davon überzeugt, daß er Samara

nicht nachreisen durfte, wenn er sein Schiff und seine Mannschaft nicht gefährden wollte.

Die Nachricht, die Samara ihm hinterlassen hatte, hatte er nie gelesen. Obwohl sie seine Frau war, hatte sie sich gegen ihn entschieden und seine Ehre geopfert, um ihrem Land zu helfen. Das war mit Worten nicht wiedergutzumachen. Ihm blieb nur die Scheidung.

Nachdem er Julien auf das dänische Schiff gebracht hatte, verließ Raymond London noch am selben Nachmittag. Der Amerikaner hatte dem Kapitän vorgeschlagen, ihn nach Hause zu begleiten und noch einmal mit Samara zu reden. Aber dafür war es zu früh, der Schmerz war noch zu groß.

Raymond hatte während der beiden letzten Jahre den Unabhängigkeitssinn und die Toleranz der Amerikaner schätzen gelernt, und sein Plan, sich dort anzusiedeln, festigte sich.

Er übernachtete in einem Gasthof und dachte lange über seine Zukunft nach. Als er gegen Mittag das Gut erreichte, war sein Entschluß gefaßt, und er ritt hinaus zu seinem Bruder.

Avery überwachte gerade die Arbeit auf den Feldern.

»Ich gehe nach Amerika«, erklärte Raymond.

Sein Zwillingsbruder zwinkerte ihm zu. »Ich habe mich schon gefragt, wie lange es noch dauern würde, bis dein gesunder Menschenverstand über deinen eigensinnigen Stolz siegt. Was hast du vor?«

»Ich möchte Land in Virginia kaufen . . . Allerdings wird es noch einige Zeit dauern, denn erst muß ich die ›Phoenix‹ verkaufen. Sie wird mir zu einem guten Start verhelfen.«

Avery verzog den Mund. Er wußte, wieviel das Schiff Raymond bedeutete. Wenn sein Bruder das letzte Unterpfand seiner hochgepriesenen Freiheit opfern wollte, mußte er tatsächlich ernsthaft vorhaben, sich niederzulassen. »Vielleicht ist das gar nicht nötig«, sagte er langsam.

Raymond warf ihm einen verblüfften Blick zu, aber Avery lachte nur. »Wer ist als erster bei den Pferdeställen?« rief er, und die beiden Brüder ritten um die Wette.

Raymond beanspruchte den Sieg für sich und verlangte nach einem Brandy. Nachdem er die Gläser vollgeschenkt hatte, ging Avery zu seinem Schreibtisch, zögerte einen Augenblick und zog mehrere Umschläge heraus. Ungewöhnlich düster betrachtete er Raymonds Gesicht, das so entspannt wie seit Monaten nicht mehr war. Die nächsten Minuten würden die enge Beziehung der beiden Zwillinge auf eine harte Probe stellen, deshalb überlegte sich Avery seine Worte genau.

»Deine Samara hat mir vor einigen Monaten geschrieben. Sie schickte mir einen Brief für dich und bat mich, ihn dir nicht sofort auszuhändigen. Sie meinte, ich wüßte sicher, wann der richtige Zeitpunkt dafür wäre.« Er gab seinem Bruder den Umschlag.

Der sah ihn einen Moment lang fassungslos an. Verwirrung und Verärgerung mischten sich in seinem Blick. »Du hättest ihn nicht zurückhalten dürfen«, sagte Raymond wütend.

»Da ist noch etwas«, fuhr Avery fort. »Ich habe das Geld, daß du mir für Beddingfield geschickt hast, nicht gebraucht, sondern es sicher für dich angelegt – sicherer als beim Spiel. Du besitzt inzwischen ein kleines Vermögen und kannst dir soviel Land kaufen, wie du möchtest – ohne die ›Phoenix‹ zu verkaufen.« Er blickte seinen Bruder fest an und wich auch nicht zurück, als der ihn vor Verärgerung am liebsten ins Gesicht geschlagen hätte. Darauf war er gefaßt. Immerhin hatte er sich geradezu unverzeihlich in Raymonds Privatleben eingemischt.

Der Schlag kam nicht, aber Raymonds Blick wurde auch nicht freundlicher. Der Kapitän hielt Samaras Brief nur in die Höhe und fragte: »Kennst du auch den Inhalt, nachdem du offensichtlich mehr über mein Leben weißt als ich?«

»Nein«, sagte Avery leise, »obwohl ich ihn errate. Samara ist eine unglückliche junge Frau – und sie liebt dich sehr.«

Raymond sah seinen Zwillingsbruder an. »Darf ich dich jetzt höflich bitten, mich einen Moment allein zu lassen?« Avery nickte und verließ den Raum.

Raymond betrachtete Samaras zierliche, saubere Handschrift, brach mit bebenden Fingern das Siegel und öffnete es. Lächelnd las er die Anrede:

Geliebter Engländer,
ich habe Deinen Bruder gebeten, Dir diesen Brief erst zu geben, wenn Deine Verärgerung sich gelegt hat und Du Deine Ehefrau hoffentlich sehr vermißt.
Denn ich betrachte mich durchaus als Deine Frau und werde es immer tun. Wenn Du es möchtest, werde ich natürlich in eine Auflösung unserer Ehe einwilligen. Ich würde allem zustimmen, um Dich für das Leid zu entschädigen, das ich Dir angetan habe.
In einer Beziehung darf es allerdings kein Mißverständnis geben: Ich liebe Dich. Ich habe Dich immer geliebt und werde Dich immer lieben. Du bist mein ganzes Herz, und ohne Dich bin ich einsam und leer. Du hast mir so viel gegeben, und ich habe Dir nichts als Kummer bereitet. Dieser Gedanke verfolgt mich Tag und Nacht.
Bitte verstehe, weshalb ich dich in jener Nacht verlassen mußte. Nie ist mir etwas so schwergefallen. Aber ich hätte nicht weiterleben können mit dem Gedanken, daß ich meinem Bruder und meinem Land hätte helfen können, ohne es zu tun. Ich bin Dir nicht untreu geworden, mein Liebling, sondern ich wollte mir selbst nicht untreu werden.
Ich werde mich Deinem Entschluß fügen. Aber ich hoffe von ganzem Herzen, daß Du mich verstehst. Ich kann Dich nicht um Vergebung bitten. Unter denselben Bedingungen würde ich noch einmal so handeln. Dafür entschuldige ich mich nicht. Es tut mir nur leid, daß Du darunter wahrscheinlich nicht weniger gelitten hast als ich.
Ich werde Dich mein Leben lang lieben. Samara.

»Avery!« brüllte Raymond. Lächelnd betrachtete er die besorgte Miene des Bruders. »Guck nicht so verdrießlich . . . Für diesmal verzeihe ich dir. Aber solltest du je wieder den Wunsch verspüren, dich einzumischen . . .« Er beendete seine Drohung nicht, sondern strahlte plötzlich. »Dann tue dir keinen Zwang an.«

Avery lächelte ebenfalls. Die beiden Brüder fielen sich in die Arme, und ihr Gelächter hallte durch das ganze Haus.

Drei Tage später ritt Avery mit Raymond zu seiner Bank nach London und händigte ihm einen Wechsel aus. Avery kehrte nach Beddingfield zurück, während Raymond seine Mannschaft zusammenholte und Proviant für sein Schiff besorgte. Am 1. April 1814 segelte die »Phoenix« nach Amerika.

Einstich, Ausstich. Einstich, Ausstich. Geschickt glitt Samaras Nadel durch ihr neuestes Sticktuch. Sie saß in der Bibliothek, und die frühe Morgensonne verlieh ihrem dunklen Haar einen roten Schimmer.

Samara konzentrierte sich auf ihre Arbeit. Sie stickte einen Schutzengel, der seltsamerweise dem blonden Engländer ähnelte, auch wenn er eher mit dem Teufel im Bunde zu sein schien. Trotzdem hatte sie nicht verhindern können, daß der Engel automatisch Raymonds Züge annahm.

Liebevoll legte sie eine Hand auf ihren gewölbten Leib, in dem sich das Kind bewegt hatte. O Raymond, dachte sie, ich wünschte, du wärest hier und könntest es ebenfalls fühlen. Ihre Sehnsucht nach dem Engländer hatte nie nachgelassen, sondern quälte sie Tag und Nacht. Selbst inmitten ihrer Familie fühlte Samara sich einsam. Ihr einziger Trost war das Baby, und selbst das wurde manchmal zur Quälerei.

Schon als sie an Raymond und dessen Bruder schrieb, hatte Samara gewußt, daß sie ein Kind erwartete. Aber sie hatte absichtlich nichts davon erwähnt. Nach allem, was geschehen war, wollte sie Raymond nicht zu einer Ehe und einer Vaterschaft zwingen, die er vielleicht nicht wollte. Sie wünschte, er würde ihren Brief lesen, sie verstehen und aus Liebe zu ihr kommen. Der Gedanke, daß er nur aus Pflichtgefühl erschien, war ihr unerträglich.

Samara beendete die letzten Stiche und betrachtete ihre Arbeit prüfend. Ob Raymond sich mit diesen ausgebreiteten Flügeln wiedererkannte? Plötzlich lachte sie leise. Wahrscheinlich wäre er entsetzt.

»Worüber freust du dich?« – unterbrach Brendan ihre Gedanken.

Samara sah ihren Bruder an und zeigte ihm die Stickarbeit. »Ich habe mir gerade überlegt, was Raymond sagen würde, wenn er sich als Engel sähe.«

»Der Pirat, der Schurke, der Engländer«, zog Brendan sie mit finsterer Miene auf. Er hatte sich nie verziehen, wie er den Kapitän behandelt hatte, und war zutiefst beschämt gewesen, als er die Wahrheit erfuhr. Sofort hatte er Samara angeboten, sie nach England zu bringen, aber Samara hatte abgelehnt. Ja, sie hatte ihm verboten, Raymond von ihr oder dem Kind zu schreiben. Raymond sollte seine Entscheidung unbelastet fällen.

»Ich fahre nach England, um mit deinem Mann zu sprechen«, erklärte Brendan plötzlich.

Samara setzte sich auf, daß ihr Baby gegen diese plötzliche Bewegung protestierte. »Du hast mir etwas versprochen.«

»Ich werde nichts von dem Kind erzählen«, sagte er. Allerdings finde ich es nicht richtig. Raymond hat ein Recht, davon zu erfahren. Es ist doch auch sein Kind!«

Tränen stiegen Samara in die Augen. »Ich möchte das Kind nicht dazu benutzen, ihn zurückzuholen.«

»Dann komm mit, Samara. Rede mit ihm. Du solltest – wir sollten denselben Fehler nicht zweimal machen.« Seine Stimme brach beinahe. »Wir haben ihm nicht vertraut – und das war ein Fehler.«

»Was ist, wenn er mir diesmal nicht verzeihen kann?«

»Trotzdem mußt du ihm die Wahrheit sagen. Du kannst nicht immer davonlaufen.«

»Ich laufe nicht davon«, sagte Samara leise, und eine Träne rann ihre Wange hinab. »Aber ich möchte ihm nicht noch mehr weh tun. Wenn er eine Frau heiraten will, der er vertrauen kann . . .«

Brendan nahm ihr Gesicht zwischen beide Hände und trocknete ihre Tränen. »Samara, du mußt ihm zumindest eine Chance geben.«

»Er hat nicht geschrieben, er hat nicht einmal versucht, mit mir Verbindung aufzunehmen . . . Wahrscheinlich will er meinen Namen nie wieder hören. Sicher ist es am besten, wenn er gar nicht mehr an mich denkt«, sagte sie.

»Ihr seid verheiratet«, erinnerte Bren seine Schwester freundlich. »Eine Annullierung eurer Ehe dürfte nicht so leicht zu erreichen sein – nachdem der Vollzug unübersehbar ist.« Er sah an ihrem Leib hinab. »Wir sollten bald reisen.«

»Ich werde es mir überlegen«, versprach Samara.

»Tue es«, sagte Bren. »Sonst wirst du es ewig bereuen.«

Die nächsten Tage dachte Samara ernsthaft über Brendans Worte nach. Ihr Bruder hatte recht, Raymond mußte von seinem Kind – und rechtlichem Erben – erfahren. Ein Brief reichte dazu nicht aus. Wenn sie ihm von Angesicht zu Angesicht gegenüberstand, würde sie merken, ob er sie noch begehrte.

Raymond: allein der Gedanke an ihn erfüllte sie schon mit Freude.

Am letzten Märztag verließ die »Samara« mit der amerikanischen Flagge am Mast den Hafen von Charleston.

Die Reise verlief angenehm. Es war schön, über den Ozean zu schauen und in der Ferne Segel zu entdecken, ohne in Angst und Schrecken versetzt zu werden. Zum erstenmal seit Jahren herrschte praktisch Frieden auf der ganzen Welt.

Trotz ihres zunehmenden Leibesumfangs stand Samara lange an der Reling und blickte zum Horizont, wo der Himmel und die See miteinander zu verschmelzen schienen. In solchen Augenblicken hatte sie beinahe das Gefühl, Raymond stünde neben ihr. Sie glaubte, sein freudiges Lachen im Rauschen des Windes zu hören und seine zärtlichen Liebkosungen zu spüren, wenn die Sonnenstrahlen ihr Gesicht erwärmten.

Sie freute sich über jede Bewegung ihres Babys und erkannte, daß sie Raymond ein wirklich kostbares Geschenk bereitete. Jeder Windstoß brachte sie ihm näher.

Als sich die Kutsche Beddingfield näherte, beugte sich Samara neugierig aus dem Fenster und schaute nach draußen. Raymond hatte ihr von den Geldschwierigkeiten seines Bruders erzählt. Zu ihrer Verwunderung war das Gut jedoch in einem ausgezeichneten

Zustand. Die Hecken waren sauber geschnitten, die Gärten ordentlich gepflegt. Und erst das Haus! Wenn man das Gebäude überhaupt als solches bezeichnen durfte. Samara kam es eher wie ein Schloß vor. Ehrfürchtig betrachtete sie die schöne Anlage.

Brendan stieg aus und bat den Kutscher, sich weiterhin bereitzuhalten. Sie konnten ja nicht vorhersehen, wie sie nach allem, was inzwischen geschehen war, empfangen werden würden. Er ergriff die kalte Hand seiner Schwester und drückte sie fest, denn er merkte, daß Samara vor Sorge zitterte. Behutsam half er ihr aus dem Wagen.

Die große Tür des Herrenhauses öffnete sich, und ein sehr würdiger Bediensteter trat heraus. Das Gesicht des Mannes war völlig ausdruckslos, nur seine Augen funkelten ein wenig. Fragend sah er den gutgekleideten Brendan und Samara an, deren Zustand unübersehbar war.

»Womit kann ich Ihnen dienen, Sir?«

»Ist Mr. Raymond Hampton anwesend?« erkundigte sich Brendan unbehaglich, denn er wußte nicht recht, welcher Titel seinem Schwager zustand.

»Nein, Sir«, antwortete der Mann und bemerkte Samaras Enttäuschung.

»Und sein Bruder, der Earl of Beddingfield?«

»Ich glaube, er ist beim Abendessen«, antwortete der Mann höflich. »Darf ich ihm Ihre Karte geben?«

Brendan spürte Samaras Unbehagen und wurde ungeduldig. »Diese Dame ist Mrs. Raymond Hampton, und ich bin ihr Bruder.«

Das Gesicht des Dieners hellte sich plötzlich auf, und er verbeugte sich leicht. »Mrs. Hampton ... Mister?«

»O'Neill.«

»Mr. O'Neill, wenn Sie mir bitte folgen wollen ...«

Sie durchquerten eine Halle mit zahlreichen Bildern an den Wänden und betraten einen großen Raum, der mit kostbaren Wandteppichen geschmückt war.

»Warten Sie hier, bitte«, bat der Diener.

Samara ließ Brendans Hand nicht los, denn sie fühlte sich ganz klein angesichts der Pracht, die sie umgab. Dieses Gefühl legte sich auch nicht, als sich die Tür öffnete und Avery den Raum betrat.

Eine Sekunde glaubte Samara, der Diener habe sich geirrt und Raymond lächelte ihr zur Begrüßung herzlich zu. Dann erkannte sie die Unterschiede. Das Gesicht war Raymond außerordentlich ähnlich, aber das Haar des Mannes war nicht ganz so golden, und seine Augen leuchteten nicht so stark.

Avery betrachtete seine Schwägerin interessiert.

»Sie sind Samara«, sagte er herzlich, ging zu ihr, ergriff ihre Hände und blickte auf ihren gewölbten Leib. Plötzlich grinste er jungenhaft. »Von dem neuen Mitglied der Familie Hampton hatten Sie nichts geschrieben.«

»Ich wußte nicht, ob – Raymond sich darüber freuen würde.«

»Er wird darüber ebenso glücklich sein wie ich, Samara. Willkommen in Beddingfield.« Dann wandte er sich an Bren. »Und Sie sind . . .«

»Brendan O'Neill.«

»Ich habe Ihren Namen schon gehört«, sagte Avery und lächelte. »Ich bin Avery Hampton, Raymonds Bruder.« Sein Blick kehrte zu Samara zurück. »Setzen Sie sich, bitte.«

»Raymond – wo ist er?«

Avery kämpfte zwischen Mitleid und Belustigung. »Ich fürchte, meine hübsche kleine Schwägerin, Sie haben sich mitten auf dem Ozean verpaßt. Raymond ist vor etwa vier Wochen losgesegelt, um Sie zu besuchen.«

»Er wollte zu mir?« fragte Samara verblüfft.

Avery sah Brendan kurz an und fuhr fort: »Er brachte Ihren jungen Freund Devereaux – so heißt er doch – nach London. Bei seiner Rückkehr war er entschlossen, zu Ihnen zu fahren. Da gab ich ihm Ihren Brief, und er setzte den Plan sofort in die Tat um.«

»Julien? Was hat Raymond mit Julien zu tun?« Samara wurde immer verwirrter. Sie freute sich, daß Raymond sie noch wollte, und bedauerte es unendlich, daß sie ihn verpaßt hatte. Aber sie begriff beim besten Willen nicht, welche Rolle Julien dabei spielte.

»Offensichtlich fühlte sich mein Bruder für ihn verantwortlich. Er tat für ihn, was er konnte, erreichte seine Entlassung und besorgte ihm einen Platz auf einem Schiff.«

»Tatsächlich?«

»Überrascht Sie das?« fragte Avery freundlich.

»Nein . . .« Plötzlich strahlte Samara, und Avery begriff, weshalb Raymond so entzückt war. Diese Frau war ganz reizend. Ihr Lächeln konnte selbst den Himmel noch strahlender erscheinen lassen.

Samara drehte sich zu Brendan. »Wir müssen noch heute nachmittag umkehren und nach Charleston zurückfahren.«

Avery schüttelte den Kopf. »Das halte ich nicht für klug.« Er betrachtete ihren umfangreichen Leib. »Ich kenne meinen ungeduldigen Bruder. Er wird ebenfalls sofort umkehren. Sie könnten sich wieder verpassen.« Er lächelte erneut. »Ich bin nicht sicher, ob ich seinen Wutausbruch noch einmal aushielte. Es war schon schlimm genug, als er erfuhr, daß ich Ihren Brief zurückgehalten hatte, wie Sie es wünschten.«

Samara beugte sich vor und küßte Avery auf die Wange. »Danke«, sagte sie.

Die Tür öffnete sich, und eine hübsche junge Frau trat ein. Avery ergriff ihre Hand. »Dies ist meine Frau Leigh, und das ist Samara Hampton, jene junge Dame, die Raymond beinahe zur Raserei getrieben hat.«

Leigh lächelte herzlich. »Sie sind wirklich sehr hübsch. Aber ich wußte gar nicht . . .«

»Raymond wußte es offensichtlich auch nicht«, meinte Avery kläglich. »Er wird sich wundern. Inzwischen wird Samara bei uns bleiben.« Er wandte sich an Brendan. »Und Sie, Kapitän O'Neill? Werden Sie ebenfalls unser Gast sein?«

»Ich weiß nicht, ob es Ihrem Bruder recht wäre.« Brendan war verlegen. »Unsere letzte Begegnung verlief nicht freundlich.«

»Natürlich wäre es ihm recht«, versicherte Avery. »Wir sind Ihnen sehr dankbar, daß Sie Samara sicher hergebracht haben.«

»Dann nehme ich Ihre Einladung gern an. Ich habe einiges wiedergutzumachen.«

Averys Mundwinkel zuckten. »Ich freue mich schon darauf, mehr über die Familie O'Neill zu erfahren. Aus Raymond war nicht viel herauszubekommen.«

Brendan entspannte sich ein wenig und lächelte zum erstenmal. »Ich verstehe sehr gut, weshalb. Unter uns gesagt, wir haben ihm eine Menge Kummer bereitet.«

»Darüber würde ich gern mehr hören«, meinte Avery. »Aber ich glaube, Ihre Schwester muß sich erst einmal ausruhen. Leigh wird sie auf ihr Zimmer bringen. Bitte, fühlen Sie sich hier wie zu Hause.«

Nachdem Leigh und Samara verschwunden waren, wandte sich Avery wieder an Brendan. »Ich glaube, jetzt können wir beide einen Brandy gebrauchen.«

Langsam näherte sich die »Phoenix« der Themsemündung. Zwei Monate war Raymond jetzt unterwegs, und seine Verärgerung hatte beinahe ihren Höhepunkt erreicht.

Nur der Gedanke, daß Samara auf dem Weg zu ihm war, als er Glen Woods erreichte, tröstete ihn ein wenig. Waren je zwei Menschen derart von Pech verfolgt? Die ganze Zeit ihrer jungen Liebe hatte eine Katastrophe die andere abgelöst. Jetzt war er nur noch eine gute Tagesreise von seiner Frau entfernt und fragte sich, welches Hindernis ihn diesmal erwartete.

Yancy stellte sich neben ihn, und Raymond beruhigte sich langsam. »Kommen Sie mit nach Beddingfield?«

»Ich glaube, Samara und Sie sollten eine Weile allein sein – soweit das in diesem Palast von Beddingfield möglich ist.«

»Falls Samara noch dort ist.« Raymond seufzte. »Ich glaube manchmal, es soll einfach nicht sein.«

»Natürlich ist sie da«, versicherte Yancy lächelnd. »Nachdem Sie beide so viel durchgemacht haben, muß es Liebe sein.«

»Brendan könnte ebenfalls noch in Beddingfield sein.«

»Das ist ziemlich wahrscheinlich«, meinte Yancy unbekümmert. »Wie denken Sie inzwischen über ihn?«

»Ich weiß nicht recht. Er wollte Samara beschützen. Dagegen ist eigentlich nichts einzuwenden.« Trotzdem klang Zweifel in seiner Stimme durch. Innerlich hatte er die letzte Begegnung mit Brendan noch nicht verwunden. Sein verflixter Stolz hinderte ihn daran.

»Nun, es dauert ja nicht mehr lange . . .«

Samara saß am Fenster und blickte hinaus auf die lange Einfahrt von Beddingfield. Ihre Brüste prickelten noch vom Stillen ihres Sohnes, der jetzt glücklich in der kleinen Wiege neben ihr gurrte. Sie sah zu ihm hinüber. Mit seinem dunklen Haar und den leuchtend blauen Augen war er unwahrscheinlich hübsch. Ehrfürchtig streckte Samara die Hand aus und berührte seine Wange. Er war so klein und doch so vollkommen.

Samara schaute erneut die Straße hinunter, wie sie es seit zwei Wochen beinahe ständig tat. Es war eine leichte Geburt gewesen, und sie war schon am dritten Tag trotz der Einwände der anderen wieder aufgestanden. Niemand konnte sie von ihrem Ausguck fortlocken.

Die Gärten begannen gerade zu blühen. Die ersten Blüten wiegten sich im Wind und leuchteten in unzähligen Farben im Sonnenschein. Samara beobachtete ihre Nichte und ihren Neffen, die unter Aufsicht ihrer Mutter im Hof spielten, und eine ungeheure Dankbarkeit erfaßte sie. Alle waren so nett zu ihr. Avery, Leigh und die beiden Kinder waren ihr inzwischen fast so lieb wie die eigene Familie.

Erneut blickte Samara die Straße hinab und entdeckte einen Fleck, der vorher nicht vorhanden gewesen war. Eindringlich beobachtete sie, wie er größer wurde, und erkannte einen Reiter. Ohne das Gesicht zu sehen, wußte sie, wer es war. Niemand saß so stolz im Sattel wie Raymond. Die Sonne glänzte auf seinem goldblonden Haar, als er den Kopf hob und die Fenster absuchte.

Da hielt es Samara nicht länger aus. Sie lief aus dem Zimmer und eilte dem geliebten Mann entgegen.

Drei Wochen später . . .

Die Taufe fand im engsten Familienkreis in der kleinen Kapelle von Beddingfield statt.

Samara und Raymond hielten sich fest an den Händen, während Pfarrer Tristan Adrian Hampton taufte. Leigh und Brendan waren die stolzen Paten, während Avery der Zeremonie befriedigt zuschaute. Es war sein Vorschlag gewesen, auch Bren als Paten zu wählen.

Brendan nahm seine Rolle sehr ernst. Er hielt den Kleinen vorsichtig auf den Armen und betrachtete ihn zärtlich. Als die Zeremonie vorüber war, lächelte er Samara dankbar zu.

Dies ist der drittglücklichste Augenblick meines Lebens, dachte Samara und drückte Raymond die Hand. Welcher der beiden anderen der wichtigere war, hätte sie nicht sagen können. An dem einen hatte sie ihren Sohn geboren, an dem anderen war sie mit wehenden Röcken und Haaren Raymond entgegengelaufen.

Sobald Raymond sie bemerkt hatte, war er herangaloppiert und hatte sein Pferd neben ihr zum Stand gebracht. Er hatte sie zu sich heraufgezogen und so fest in seinen Armen gehalten, als sei sie der kostbarste Schatz der Welt. Leidenschaftlich hatte er sie geküßt, und sie hatte den Schlag seines Herzens gefühlt.

In wildem Verlangen umarmten sie sich und hielten sich gegenseitig fest, damit niemand sie wieder trennen konnte.

Das Pferd scheute kurz bei der ungewohnten Bewegung, und Raymond lachte kräftig. »Ich liebe dich, Mrs. Hampton.«

»Und ich bete dich an, Mr. Hampton.«

Er lehnte sich zurück, betrachtete verzückt Samaras hübsches Gesicht und überschüttete es mit zärtlichen, wahrhaft wundersamen Küssen. Es war, als schenke er ihr sein ganzes Herz.

Samara berührte sein Gesicht so verwundert und liebevoll, daß Raymond endlich sicher war: Sie gehörte nur ihm.

»Ich habe ein Geschenk für dich«, flüsterte Samara.

»Du reichst mir als Geschenk«, antwortete er. Trotzdem betrachtete er sie interessiert. Sie hatte so ruhig und eindringlich gesprochen.

Doch Samara wollte nicht mehr verraten. »Du mußt schon mitkommen.«

»Muß ich? Ich möchte dich viel lieber in den Armen halten.«

»Meinst du, dem Pferd wäre das recht?« fragte sie schelmisch und betrachtete verzückt sein spitzbübisches Gesicht.

»Stimmt, du bist dicker geworden«, zog er sie auf. »Aber es gefällt mir. Und du strahlst richtig.« Erneut betrachtete er ihr Gesicht. Irgend etwas hat sich verändert, dachte er. Samara ist noch schöner geworden, als ich sie in Erinnerung hatte.

Samara lachte leise. Raymond hätte sie vor drei Wochen sehen sollen!

Sie machte sich von ihm los, und er ließ sie vorsichtig hinab, bevor er ebenfalls abstieg und das Pferd an einen Pfosten band. Samara nahm seine Hand, zog ihn zum Haus, vorbei an dem würdigen Diener, der ihnen die Tür öffnete, führte ihn die Treppe hinauf und lief mit erwartungsvoller Miene den Flur entlang.

Leise öffnete sie die Tür zu ihrem Zimmer und schickte die Kinderschwester hinaus, die den Kleinen beaufsichtigt hatte. Erneut nahm sie Raymonds Hand, hob den Kopf und küßte ihn noch einmal auf die harte, rauhe Wange. Er legte den Kopf zur Seite und beobachtete sie neugierig.

Plötzlich hörte er erst leises, dann lauteres Weinen, und Samara lächelte breit. »Dein Sohn kann schon genausogut schreien wie du.«

Verblüfft starrte Raymond seine Frau an und war mit drei langen Schritten an der Wiege. Samara blieb an der Tür stehen und beobachtete, wie er erst ungläubig, dann verwundert und schließlich überglücklich auf das Baby hinabblickte.

Samara trat zu ihm. »Darf ich dir deinen Sohn vorstellen, den jüngsten Hampton? Mit der Wahl seiner Vornamen wollte ich bis zu deiner Rückkehr warten.«

Raymonds Lippen zitterten, und seine Augen wurden verdächtig feucht. Er legte den Arm um seine Frau und betrachtete das kleine Wesen, das sich wieder beruhigt hatte und beinahe feierlich zu seinem Vater aufsah.

Nach der Taufe kehrte die Familie zu einem Umtrunk mit Champagner in die Bibliothek zurück. Es war der Anfang einer ganzen

Reihe von Abschiedsfeiern, die in den nächsten Tagen stattfinden sollten. Brendan wollte als erster reisen, Raymond und Samara würden in der Woche darauf folgen. Eloise sollte sie begleiten. Zu Samaras Freude mochte Brendan Eloise sehr und hatte sie gebeten, die O'Neills eine Weile zu besuchen.

Besonders froh war sie, daß Raymond und Brendan ihre Freundschaft erneuert hatten. Die beiden Männer hatten sich zunächst argwöhnisch begrüßt und waren anschließend in der Bibliothek verschwunden. Sie hatten soviel gemeinsam. Brendans Wahl als Pate des kleinen Tristan hatte den Bund zwischen ihnen nur noch besiegelt.

Sie kamen überein, daß Eloise mit Raymond und Samara reisen sollte. Einmal war es schicklicher, zum anderen wollte Eloise bei dem Kind helfen. Auf diese Weise hatten beide Frauen während der Überfahrt auch weibliche Gesellschaft.

Jeder Tag und jede Nacht brachte für Samara und Raymond neue Freuden. Ihre Leidenschaft war aufs äußerste entflammt. Engumschlungen schmiedeten sie Pläne und genossen die gegenseitige Nähe. Endlich vertrauten sie einander ganz und gar.

Am Morgen ihrer Abreise sah Raymond zärtlich zu, wie Samara seinen Sohn stillte und der Kleine mit seinen winzigen Händen eifrig nach der Brust seiner Mutter suchte.

»Typisch amerikanische Ungeduld«, meinte er herzlich.

»Britische Habsucht«, antwortete Samara lächelnd.

»Also die beste Mischung aus beiden Welten«, stellte Raymond mit dem selbstzufriedenen Lächeln eines englischen Piraten fest.

Samara wollte etwas einwenden, doch er verschloß mit seinen Lippen ihren Mund. Äußerst befriedigt gab sie auf.